徳間文庫

警察庁私設特務部隊KUDAN

エレウシス・プラン

神野オキナ

徳間書店

目次

序章　エレウシスの名の下に　7
第一章　リストと引き際　38
第二章　襲撃と迎撃　62
第三章　逃走と追撃　112
第四章　毒牙と謀殺　162
第五章　熱意と反逆　194
第六章　奪還と報復　264
第七章　奪還と別離　324
終章　ブルー・スカイ・ブルー　371

design：coil

くだん（KUDAN）

件とも書く。幕末頃から伝わる妖怪。

牛から、あるいは人から、人の頭と牛の身体（からだ）、あるいは逆に牛の頭に人の身体を持って生まれ、生まれたと同時に人言を解し、喋（しゃべ）る。

人に害を為すことはない。

歴史に残る大凶事の前兆、あるいは警告として生まれ、流行（はや）り病、凶作豊作、天変地異、戦争など重大なことに関して様々な予言をし、凶事が終われば死ぬ、という。

登場人物

〈KUDAN〉メンバー

橋本泉南　元公安。通称〈ボス〉
比村香　警察庁警部補。通称〈ケイ〉
元陸上自衛隊。通称〈ツネマサ〉
元死刑囚。通称〈時雨〉
アウトロー。通称〈狭霧〉
ハッカー。通称〈トマ〉

栗原正之　警視監

序章　エレウシスの名の下に

★

深夜でも渋谷は眠らない、と言われていたのは過去の話だ。

一年前のクーデター（政府はこの見解をあくまでも否定し『核兵器による脅迫事件』としていたが）により、渋谷は最初に被害を受けた。

ウクライナにも供されたことで有名な、対塹壕用ミサイルは、この地に建っていた利権の象徴たるビルを、その主ごと粉々に吹き飛ばした。

瓦礫と化したビルが完全に撤去されて更地になった今、周辺のビルのテナントは、ほぼ撤退。

抜け殻となった商業ビルは、夜が来れば、歯の抜けた骸骨のような、虚ろな四角い影になる。

そんなビルが、この一年で、渋谷には増えた。

中には一区画まるごと、ということも珍しくない。

故（ゆえ）に夜の闇は深くなる一方で、人通りも減る。

その道を、クラウンが走る。

後部座席で、膝の上で必死になってノートＰＣを操っている、乾三蔵（いぬいさんぞう）は八期目の与党のベテラン議員である。

つい三十分前に、とある人物――それも彼が最も唾棄（だき）すべき存在と思っていた相手――中国の工作員筋から、あることを知らされた。

最初は、攪乱（かくらん）戦術だろう、と思った。

自分は、対中国に関しては強硬派の急先鋒（きゅうせんぽう）の一人であるという自負がある。

だが、徐文劾（シエ・ウエンカイ）と名乗った中国の諜報員は、警告すると言うより、もったいぶって、挑戦するような口調で、彼に今回の情報を伝えたのだ。

「今更上手くいくとは、思えませんがね？」

と。

カチンとなって、乾は公安関係だけでなく、内閣官房や政界筋への、情報収集を行った。

徐のもたらした情報は、あまりにも壮大で、馬鹿馬鹿しいものだったからだ。

日本政府が関与する余地など、髪の毛一筋ほどもない。

結果は、裏腹なものだった。

そして、最後のパズルが、二十分前に「裏が取れてしまった」ことに衝撃を受け、なんとか、それを言語化しようと、ノートPCのキーボードを叩いてる。

「ええい、くそ」

数行にまとめられた事実。

それを「上」にどう伝えるか、伝えるべき相手は誰か。頭の中で思考が回り続けている。

その下に無限のメモが打ち込まれ、消されていく。

派閥の長の耳に入れるのは、向こうの都合もあって明日だが、出来れば今すぐ、彼の家に、とも思うほど、あまりにも大きすぎる事実であり、情報だった。

（こんな馬鹿なことを、いくら貧しくなりつつあるとは言え、日本の、しかも政府が手を出しては決していけない……）

思考は千々に乱れ、メモアプリの中は無数の感想と、感情に満ちていく。

今年五十二になる乾は昔、企業でシステムエンジニア——ＳＥをしていた。なので、メモや瞑想よりこの方が思考を整理出来る。

まず、全てをキーボードで打ち出し、それから整理。

この前のテロ騒動で道一本向こうから移動になった、渋谷のＷＩＮＳを右手にクラウンは通り過ぎ、明治通りと八幡通りが交叉する十字路で静かに左折。

神社の近くに来た所で、急停車した。

派手なブレーキ音と共に、車体が前につんのめり、後部座席でシートベルトをしていた乾の手からＰＣが飛んで行きそうになる。

「どうした？」

「き、急に飛び出して……」

見るとヘッドライトに照らされた、高校の制服姿らしき少女が、鞄（かばん）を背負ったまま、横座りに倒れているところだった。

思わず、乾はドアを開けた。

普段なら、決してそんなことをしない男だが、この日ばかりは違っていた。

命を尊く思っている。

乾の知った事実はそういう行動を起こさせるほどのものであった。

「どうしたんだ、君！」

駆け寄ろうとしたところで、少女が顔を上げた。

いやな違和感を、乾は感じた。

（この娘、香りがない）

すぐに、その正体に思い至る。

女子高生らしい、ファンデーションの匂いも、香水の香りも、少女には何もなかった。

「女の殺し屋に、体臭はない」

以前、メキシコに訪問した時、現地の警官に聞いた話を思い出す。

危険を感じた乾が飛び退こうとした時。

女子高生の右手が、驚くべき身体の柔らかさで、背中に負ったミニチュアの学生鞄のような、サッチェルバッグに伸びる。

少女は、バッグの側面の中に手を入れた。

側面の革は内側に向かって開く蓋で、少女の手をまるごと飲み込む。

同時に背負い帯の電磁石が外れ、鞄が背中から外れる。

少女は鞄の中に手を入れたまま、反対側の側面を乾に向けた。

押し殺した、ため息のような音。

赤い点が、乾の額に線を結び、次の瞬間黒い穴に変じた。

後頭部から赤黒い物が飛び散って、クラウンのフロントガラスを濡らす。

鉄錆の匂いが周囲に立ちこめ、乾だったものがアスファルトに倒れて鈍い音を立てた。

どこからか、コオロギの鳴く音が聞こえている。

「ひっ！」

声をあげて車のバックギアを入れようとした運転手の額の前、フロントガラスに三つ重なった歪（いびつ）な穴と亀裂が走り、粉々に砕ける。

鞄の中に突っ込んだ右手を、少女は引き抜いた。

なめらかな曲線で構成された、クリス・ベクターのＣＰ１が現れる。

独特なデザインで評判になったが、安全装置に問題があり、回収となった曰（いわ）く付きの銃だ——それに、少女はレーザー照準器と一体化した、四角い減音器（サプレッサー）を装着していた。

「えーと、空薬莢（からやっきょう）、空薬莢……っと」

死体のそばを少女はローヒールを汚さないように歩き回りながら、鞄に偽装した入れ物の隙間から飛んで行った四発の薬莢を探し、運良くそれを見つけた。

「ラッキー」

呟（つぶや）いてその薬莢を制服の上着、内ポケットに入れる。

反対側の内ポケットからスマホを取りだした。

「……はい、桜（さくら）です。標的を処理。運転手も……はい、死亡は確認しました。写真送ります」

言って少女はスマホのレンズを死体二つに向けてシャッターを切る。

特殊なアプリでシャッター音はしない。

「送りましたー。この二人ですよね？　はい、確認取っていただき、ありがとうございまーす」

言いながら、少女は、乾の車が通りかかる直前まで隠れていた電柱の陰から、コンビニのレジ袋を取りだし、入っていた生理用品の紙パッケージを破いた。

中から出てきたのは、真四角の粘土のような物に、起爆タイマーがついたもの。

二分設定された起爆タイマーのスイッチを入れ、それを砕け散ったフロントガラス越しに、後部座席へ放り込む。

「ＰＣの回収はしないんですよね？」

相手の応答に、少女は何度か頷き、「ひっ」という声に振り向いた。

ためらいも自己嫌悪もなく、そのまま自然な動きで再びベクターの引き金を引く。

運悪く通りが掛かった、スカジャンを羽織った、安っぽい布地の高校の制服の女性――おそらくデリヘルの「嬢」だと思われる――は、心臓に穴を三つ、開けられた。

さらに頭に一発撃ち込まれ、仰向けに倒れる。

「すみません、目撃者一、追加で……はい、仕留めました」

言いながら少女は殺したデリヘル嬢の手首を摑むと、自分より二十センチは高い女性を、ぬいぐるみでも引っ張るような気軽さでずるずる引きずって、フロントガラスから放り込んだ。

次いで、自分よりも三十キロは重そうな、乾の背広姿の身体を引きずって、ひょい、と持ち上げ、今度は、クラウンの後部座席のサイドウィンドウに、頭から突っ込ませた。

派手な音と共にサイドウィンドウが粉砕され、乾の死体が後部座席に飛び込む。

尋常ではない怪力を見せながら、少女は息一つ乱さない。

「今回で幾らになります？　プラス二のマイナス一で――あ、二十万ももらえるんですか？　じゃ、戻ります」

スマホの相手に告げ、少女は、後ろを振り向かずに歩き始めた。

やがて、神社の角を曲がる辺りで、固形化した燃焼剤と、テルミットの混合物に着火する。

轟然と燃え上がる炎が、みるみるクラウンを内側から食い散らかし、中にいる運転手、もたれかけたデリヘル嬢、乾議員の死体を燃やし尽くす。

「あ……しまった」

少女は声を上げげた。額をぺちっと叩く。

「薬莢回収するの忘れてた……ま、いっか」

言いながら少女はＣＰ１の弾倉を、腰の後ろに装着したパウチから引き抜いた、新しい物に交換し、鞄の中に戻した。

炎が夜空を焦がし、誰かが通報したのか消防車のサイレン音が聞こえる。

歩きながら、少女の口元に微笑(ほほえ)みが浮かんだ。

「新たな経済秩序(エレウシス・プラン)の下に、あなたの命に価値あらんことを」

暗殺者の少女は、そう呟きながら、歩みをすこしだけ早めた。

★

「よしよし、よーし」

鏡の中の自分に片眉をあげ、頬をすぼめて皮肉に笑ってみせる「キメ顔」を見せた。

立中(たちなか)ハジメは、キツネのような顔立ちをしていた。

頬骨から顎にかけての線が鋭角で、細い眼。顔全体はのっぺりとしているが、鼻の先が妙に鋭角で描き眉も細い、というのもその印象を強めている。

彼の率いる「ブルー444（トリプルフォー）」はカラーギャングから発展して、今や新宿のヤクザとも張り合う大きな半グレグループの一つとなった。

さらに、新たな資金源も得て、順調に組織は拡大している。

まあ、拡大よりも嬉しいのはそれによって得られる、売り上げの金額が、指数関数的に増えてきているということだ。

中でも貧困ビジネスと呼ばれる、ホームレスに宿泊所を作り、住所を与えることで各種生活保護を受けやすくして「手数料」をとるビジネスが好調だ。

区の生活保護課職員を、知り合いの売春をする女子高生を使って、次々と骨抜きにした後、様々な抜け穴を弁護士の知り合いに見つけさせ、上手い具合に「手数料」をピンハネしている。

こうなった最初のきっかけは、一年前の「クーデター」だ。

「ウロボロス・リベリオン」を名乗る、クーデター軍が突如として国内最大手の広告代理店や五輪会場、「政商」とまで言われた、日本最大の人材派遣会社の本社を攻撃、大量の経済界の人員が死亡——それまで大きな顔をしていたヤクザ、半グレのそれぞれの「ツテ」が一夜にしてひっくり返った。

そこへ持って来て、「ウロボロス・クーデター」の連中は、武器弾薬を、都内のあちこちに隠し、これをもって「市民革命」を呼びかけたが、結果として、武器弾薬が一般市民ではなく、大量の半グレに渡った。

立中たちのグループは当時、新宿でも一番小さなグループのひとつで、武器を欲しがる者は多かった。だが、立中の命令は絶対だった。

他のイキリたがりの連中と違って、立中は、この「市民革命」と大量の武器弾薬に興奮しなかった——世の中には必ず、裏がある。

「手を出すな、絶対に」と彼は仲間たちに厳命し、仲間たちはそれに従った。

すでにその時点で、あちこちで「市民革命」な銃撃戦が起こっていたからだ。

その間、立中はひたすら地下に潜った。

どこのグループとも関わらず、仲間たちには「家の外には出るな、出るなら警察に『助けてくれ』と駆け込め」と命じて。

実際、近所で撃ち合いがあって「助けて」と駆け込んだ仲間もいる。

立中の決断の正しさは一ヶ月もしないうちに出た。

「ウロボロス・クーデター」は、まんまと大金をせしめて逃げ延びる寸前、警察の特殊部隊と自衛隊の連携で壊滅。全てはあっけない真夏の夢になって終わった。

そうなれば、治安は回復する。

警察も、ばらまかれた銃器類を、根絶やしにすべく動いた。

しかも、「ウロボロス・クーデター」の配った銃の表面には皮膚からの吸収だけでも作用する、一種の興奮剤系の麻薬が塗り込められていた。

銃を持てば最後、興奮して誰彼かまわず撃ちまくると、連日報道は連呼し、銃を隠し持っている人間は犯罪者であり、異常者であると報じた。

と、なれば逮捕者が出る。

半グレ同士の友情や仁義は、元から無きに等しいから、「自分が捕まったならあいつも」で、同じ「鉄砲仲間」が芋づる式に次々と検挙された。

中には銃撃戦になって壊滅したグループもいる。

半年もすると、新宿の勢力図はすっかり書き換わっていた。

そこで、立中たちは討って出た。

各勢力のうち、残っていた、チンピラレベルの連中をかき集め、あちこちのアジトに残された金を回収し、彼らが手がけていた仕事を、次々と引き継いだ。

普通ならそこで満足する。が、立中にはプランがあった。

前々から考えていたことだ。

それが軌道に乗れば、さらなる莫大な金と力が手に入る——上手く使えば警察の上にいる政治家連中ともつながりが出来るし、すでにその下準備は終えていた。
美味しいビジネスを最初に立ち上げようとすると、横やりは、入るものだ。
これまで、いくつもの横やりは入っていたが、立中には関係がない。
横やりは無視、あるいは自分と繋がる連中をけしかける「犬笛」を吹けばいい。
あいつ、どうやら俺らのアガリをかすめたいらしいぜ、と。
三日ぐらいすると、そいつはどこかに消えている。
誰も何も言わず、立中も気にしない。
「心臓一個で一億円、腎臓一個で二千万♪」
含み笑いを漏らしながら、立中は髪の毛を丁寧に櫛でとかした。
そのポケットで電話が鳴った。
「はいはいー、歌舞伎町のイケメン、立中くんでーっす！」
つい十分前、鼻から吸い込んだコカインの影響もあって、ハイになってる立中の耳に、
『お疲れ様です、昨日お話させていただきました……』
と、なめらかな女の声が聞こえてきて、立中は顔をしかめた。
「んだよ、あんたか」
『あなたの医者をお売りくださいな』

昨日も入った横やりが、今日もノコノコやってきた。

「巫山戯(ふざけ)んな、馬ッ鹿野郎！」

親指が折れる勢いで、通話終了のアイコンを押し、即座に「今の番号を着信拒否」に設定する。

「ったく、腹立つワー」

ブツブツ言いながら部屋を出ると、一番近くにいた舎弟分が、楽しそうに電話をしているのを見て。握ったスマホの角で頭を殴る。

一瞬、殺意の形相でこちらを見た舎弟分は、相手が立中だと判ると、「うぃっす」と頭を下げた――半グレとヤクザの世界は、理不尽が幅をきかせる。

「ったくぉお……腹ぁたつわぁ」

無視して元ラブホテルだった建物の廊下を、立中は歩く。

今の馬鹿が要求してきたのは、タダの医者ではない。

大学病院で、本来なら世界的な名医という奴を、四年掛けてギャンブル漬けにして、ナントカこっちの手に入れたのだ。

いつかこの日が来ることを信じての投資がようやく実を結ぶ。

「たかが一億で、ハイそうですか、って、くれてやれるかよ！」

呟いていると、メッセージ着信の音が、複数持っているスマホの一台に鳴り響く。

「おっ」

今度は打って変わった、ほくほく顔で、立中はそのスマホを取りだした。

奇妙な嬌声（きょうせい）をあげながら、メッセージをスワイプする。

〈はろー、たっちー。友達ＯＫでたよ！〉

メッセージの最後には都内有名高校の制服を着けた少女二人が、顔を隠しつつ、胸元を露（あら）わにしてはだけている姿だった。

「おっひょぉお」

意味不明な声を上げつつ、立中は身をくねらせながら、廊下を歩いて行く。

「いいねいいねいいねぇえ！」

絵文字で「いいね」を意味するもの――ケバケバしい女装したサンバダンサーが親指を立ててウィンクしている悪趣味なもの――を連打で送り、

「おっけー、三枚、いや四枚増加ねえ！」

と音声入力で入れて、派手な投げキッスと共に送信する。

すぐ既読がつくのを確認し、立中は、トンチキステップをつま先立ちで踏みながら、元ラブホのピンクの廊下を進む。

乗り込んだエレベーターの中で腰を左右にシェイクさせ、地下の駐車場につくと、一回転しながら降り立ち「うふぉー！」と奇声を上げた。

声が真夜中過ぎの地下駐車場に反響する。

「おーっし、いつものホテルへ行くぞー！　ゴウゴウ♪　ホテール♪　ＪＫとホッテールデハッピアワー♪　イエーぁ！」

控えていた運転手と、ボディガードに歌うように、不思議な節回しをつけながら行き先を告げ、車に向かう。

ロールスロイス・ゴーストの後部座席に滑り込むのと、息せき切って走ってきた運転手がドアを閉めてエンジンを始動するのは、ほぼ同時だった。

鍛え上げたボディガード二人が、ロールスの後ろに停車していたソアラに乗り込んで、出発する。

新宿は渋谷に比べれば活気があるほうだが、それでも疫病の影響もあって、人通りは少ない。

その中を、滑るようにロールスロイスは走る。

やがて、新宿病院裏にあるラブホテルのゴムで出来た車用の暖簾（のれん）をくぐり、駐車場に入ると、立中はイライラしながら、ボディガード二人が車を停めるのを待つ。

車を停め、ボディガードふたりが、

「遅くなりました」

と告げながら車のドアを開けると、立中は飛ぶような速度で、ラブホテルの部屋を選んでボタンを押し、エレベーターに乗り、急かされながらボディガード達は後を追った。

消臭剤の匂いがする狭いエレベーターは、男三人でぎゅうぎゅうになった。

ラブホテルのエレベーターに鏡はない。あっても張り紙で隠されている。

非現実の世界に行く際、鏡を見て我に返っては盛り下がるからだ。

立中はエレベーターの中でさっきの連絡相手に、何号室に入るかをメッセージで送る。

ボディガードたちは、腰からベレッタのM9を抜いて、初弾装塡を確かめた……半グレたちの銃器武装は、この半年で一気に進んだ。

東北にいた、足柄というヤクザ者が東京に戻ってきていて、そのツテで、遠洋漁業の漁師たちに話をつけ、かなりの分量の銃器が東京には溢れている。

中東で米軍が放棄していった、操作方法の広く知られたM4アサルトライフルや、今は制式装備から外されたベレッタM9の「中古品」は、かなりリーズナブルな価格になっている。

エレベーターが開き、ボディガードが、懐に戻したベレッタを握りしめながら、左右を確認し、立中は、入り口のアクリル板が点滅している部屋のドアの前まで行くと、ボディガードの一人がドアを開け、中を点検する。

ベッドの下、バストイレユニット……暗殺者の影だけではなく、隠しカメラ、マイクの類いも、装置を使ってチェックした。

「OKです、ボス」

「おぅ」

鷹揚に言って、開けたままのドアを、立中はくぐって中に入り、大きく深呼吸。

「いやあ、セックスの匂いがするねえ」

安っぽい芳香剤、ホテルの体裁を整えるために、適当な清掃で、うすく埃を被った、時代遅れの分厚い液晶テレビや、給湯ポットなどが置かれた、L字型の殺伐とした部屋。

小型冷蔵庫には「ウェルカムドリンクは4月で終了しました。飲み物のご用命はフロント0番まで」と、プリントされた紙が貼ってある。

ボディガードたちも中に入る——立中は、性行為を他人に観られて燃えるタイプで、興が乗ってくれば、ボディガードも、お裾分けにありつける。

「今日は三人だからな、お前らもチン○おっ立てて待ってろよ、ひひひ」

老人めいた笑い声をあげながら、立中はメッセージの返事を待った。

軽やかな音がして、いそいそと立中はメッセージを開く。

「お、もう来るのか、早いな……おい、そろそろ来るぞ」

数分後にドアがノックされた。

念の為、ボディガードの一人がのぞき穴から外を見る。

「こんにちわー」

茶色がかったベリーショート、黒髪ロング、日焼けしたセミロングという、三人の女子高生が、制服姿で顔を寄せ合って手を振る。

銀色のアイスピックが、のぞき穴のレンズを破って飛び出し、ボディガードの眼を貫いて、脳までを破壊する。

次の瞬間、爆竹を連続して鳴らす音をさらに鋭く、重くした音が重なり、ドアの前に立ったボディガードを無数の銃弾が貫いた。

部屋の中に充満していた安っぽい芳香剤が、みるみる無煙火薬の匂いに破壊されていく。

ドアが開くと同時に、上下に大きな八角形のパーツがついた、閃光手榴弾が放り込まれる。

甲高い破裂音と閃光がボディガードと立中の目と耳を塞(ふさ)いだ。

部屋の中に、ロシアの分隊支援火器、ＲＰＫ軽機関銃にベルト弾倉入り箱形ケースを装着した物を構えた黒髪ロングの女子高生を筆頭に、Ｓ＆Ｗ　Ｍ６２９の４インチモデルを構えたベリーショート、コルト・トルーパー4インチモデルを構えたセミロングが続く。

三人とも、耳栓も兼ねた、耳全体を覆うタイプのヘッドセットに、透明なアイプロテクターを装着している。

ベリーショートが立ち上がろうとしたボディガードの首と胸にM629の44マグナム弾を三発叩き込んだ。

よろめいて倒れた、ボディガードの手から、ベレッタが落ちる。

「た、助けてくれえええ！」

閃光手榴弾の閃光と音響で、目と耳をやられた立中が、わめきながら逃げだそうとする。

立中の足が、ボディガードの死体に引っかかり、転んだ。

「ひいいいい！」

立ち上がった瞬間。

「新たな経済秩序(エレウシス・プラン)の下に、あなたの命に価値あらんことを」

立中は、セミロングが構えたコルト・トルーパーの弾丸六発を、喉と心臓、腹、両脚とその付け根に食らって倒れた。

「死んだ？」

「死んだ死んだ」

「このおじさんの価値も、あとで出てくるのかなあ？」

「多分ね。博士の仰ることは間違ってないっていうし、実際そうなってるし」

「だよねー」

「あーもう、古い鉄砲ってなんでこんな重くて反動強いの？」

「ギンギラしてるからってＭ６２９取ったのはケーコだろー」

「あーもう、そっちのコルトにしときゃよかったぁ」

「３５７でも、古い弾薬だから火薬キツー」

「あー、重かったー」

　ロングヘアがＲＰＫ軽機関銃からベルト弾倉を外し、薬室から弾を抜いてベッドに放り出した後、背中の安っぽい作りをしたデイパックから、プラスチック爆弾と、起爆装置を取り出した。

「次からさー、ジャンケンで分担決めるのやめない？」

「やだ、くじ引きあたし弱い。この前それでＭ60持たされて死ぬかと思った」

「あれはちゃんと銃架に乗っけて伏射だったじゃんよぉ」

「持ってくまでが大変なんだってば！」

「もう、古い鉄砲嫌い」

「まったく……お、このM9、いい感じ」

ファストフードの店内の、下校時の会話のような、少女たちの会話を、

「ひいっ！」

という、老婆の悲鳴が中断させた。

ロングヘアがM9を持ったまま、素早く部屋の外に出ると、イヤフォンをした老婆が、横浜中華街の有名店のお土産袋を手に、腰を抜かしていた。

「あれ？　おばあさん、なにしてるの？」

「こ、ここは安いホテルだからっていうんで、娘が予約してくれて、私、夜行バスでさっき新宿駅に着いたばかりで、こ、これから一休みしたら、生まれたばかりの孫に……」

人間は恐怖に支配されると口が利けなくなるタイプと、饒舌になるタイプが居るが、老婆は後者らしい。

「あー、頑張って切り詰めて、お孫さんのお土産、ってわけかー」

ロングヘアは喉に巻かれたスロートマイクのスイッチを入れた。

「こちらサロメ2（ツー）、HQ（ヘッドクォーター）どうぞ。HQどうぞ。先生（コマンダー）に報告と相談アリ」

なおも何か言っている老婆へ、一瞬細い人差し指を唇に押し当てて「しー」と言い、少女は返事を待つ。

「サロメ2、美保（みほ）です。現着後、対象を無事に処理。で、あとおばあさんを一人助けたいんですけどー。ええ、お孫さんに会うために深夜バスでわざわざ来たみたいです。ヨコハマから――あ、はい」

「お、お願いです、ここで見たことは誰にも何も言いませんから……ただもう、煙と爆発の音で怖くて逃げた、と……」

老婆の、苦労が刻んだ皺に覆われた指が、つややかな少女――美保の太腿（ふともも）にすがる。

美保はそれを振り払わず、

「えーと、ここで見たことは誰にも言わない、ただもう、煙と爆発の音で怖くて逃げた、という証言を繰り返すつもりだ、って」

困り果てた表情のまま、通話を続ける。

「……はい、解りました。マイナス一〇〇……それ、困ります。解りました、ありがとうございます」

通話を終えたロングヘアは、にっこりと微笑んだ。

老婆は天使のような微笑みに、安堵（あんど）のため息をつく。

M9の銃口が上がった。

「新たな経済秩序（エレウシス・プラン）の下に、あなたの命に価値あらんことを」

乾いた銃声と共に、老婆の後頭部から脳漿（のうしょう）が、安っぽいピンクの壁紙と、リノリウムの廊下に飛び散った。

ぱたりと倒れる老婆へ、ロングヘアは心底すまなさそうに、

「ごめんね、おばあさん。やっぱり駄目だってさ。評価額を一〇〇万減らされたらあたし、仲間の二人に殺されちゃうから」

ロングヘアの長い指が、ベレッタのスライド後端にある、テイクダウンレバーを操作し、撃鉄がパチンと音を立てて、安全に戻される。

「仕方ないよね、このラブホに宿泊して、夜行バスで来ている時点で、社会的資産価値はマイナスに向いてるんだもの」

言いながら、老婆の身体を、美保は軽々と片手で摑んで引きずり、部屋の中に放り込んだ。

「おばあさん、いい人っぽいから、この悪党たちにあの世でお説教してね」

「また美保リンは宗教的なことをー」

「資産価値が下げられるよー、この前もそれで先生（コマンダー）に文句言われたじゃん」

セミロングとベリーショートが、揶揄（やゆ）するように口を尖（とが）らせた。

もちろん、本気ではない。じゃれ合いだった。

「あたしたちには価値がなくてもこの人たちにとっては、それが価値があると信じていて、

なおかつもう無害化されてるわけだから、付き合う労力ぐらい、余裕の中に入るのよ」

ロングヘアは、老婆の身体をベッドの上に、縫いぐるみの様に軽々と放り投げた後、唖然とした顔の眼を閉じて、両脚をそろえ、両手を胸の上で組ませる。

老婆の遺体の下には、先ほど放り投げたRPK軽機関銃があるが、それはどけない。

「死体も見つからない方が、家族には希望になるかもね」

セミロングが、RPKの半分ほどの分量の、プラスチック爆弾でトルーパーを包み、起爆装置を取り付ける。

「ロマンチックは人生の隠し味、っていうけど感傷主義は命取りだって言うよー」

ベリーショートがM629をプラスチック爆薬で包み終え、タイマーをセットする。

「三分にする？」

「五分で。余裕がないとね」

セミロングが、老婆の下敷きになった、RPKの起爆装置のデジタルタイマーを、五分にセットする。

「あいよー」

「終わったからさ、コンビニでケーキ買わね？」

「いーねー、どのケーキがいいかな？」

「最近、どこか忘れたけど、すっげー生クリーム山盛りのやつ、出てたよね？」

「ああ、あれは……」

楽しげに会話しながら、三人は階段を駆け下りる。

五分後、プラスチック爆薬が炸裂し、半グレの屑(くず)三人と、巻き添えになった哀れな老女の死体を、彼らの殺害に使われた銃器ごと、粉々に吹き飛ばした。

翌日。

「新宿ラブホテルで爆発、半グレ集団の抗争か？」

という、見出しも派手な、三面記事が、東京拘置所の面会室の中で、かざされた。

「見てください、それと……」

幼い指先が、すっと下がって、その下、国会議員の乾が、爆弾テロに遭って死亡した、という旨の記事が出る。

「ほら。あなたの時代が来ているんです」

東京拘置所の面会室に、司法関係者以外の他人は、入ることが出来ない。

だが、その少年は、堂々とそこを、くぐり抜けていた。

何処(どこ)と言って特徴のない、ただ、品の良さだけは感じられる、服装と気配だが、眼だけが奇妙なぐらい、人を小馬鹿にした感じがする。

「僕が何者かはこれでおわかりでしょう?」

少年がここに来るのは二回目だった。

「僕は本物のＩＮＣＯ(インコ)です」

その対面に座らされた元国会議員は、戸惑いの表情を浮かべた。

この少年は、その名前が元々、即興芝居管理者(インプロビゼーション・コミッショナー)という、何の意味も成さない単語の頭文字を拾っただけ、という事実をどう思っているのか……まるで誇らしい、貴族か何かの称号のように、口にしていた。

「それは、理解している」

戸惑いながら答えたのは、瀬櫛刊京(せぐしおみのり)。

一年前のクーデター事件で、その黒幕であった経済界の大物、宇豪敏久(うごうとしひさ)と知り合い、その陰謀に気づいて殺されかけ、正当防衛で「彼の持っていた銃を奪い殺さざるを得なかった」ため、拘置所に収監されて、起訴されるかどうかを待たされている、という身の上だ。

「それは、理解した」

今や、かつてのように一流のイタリア職人が作ったスーツどころか、拘置所から貸し出しされる、グレーの囚人服が似合うようになった瀬櫛は、背筋を、冷たい物が降りていくのを感じながら、頷いた。

実を言えば、瀬櫛は宇豪と、あの「クーデター」を共同立案した、いわば共犯であり、その資金をＩＮＣＯに出させた。

その折に、この少年の顔を見ている。

一週間前、いきなり現れた少年の正体を、疑うようなことを口にしたのは、本物のＩＮＣＯが再び関わってくることが自分の「責任」を取らせるためではないかと、恐れたためだ。

「だが、私はもう、拘置の身だ。政治には関われない」

よしんば、即座にＩＮＣＯが、こちらをすぐに殺さないにしても、何かの囮や手駒として使い潰す可能性はある。

何しろ自分たちのクーデターは暴走し、もう少しで、東京を放射性物質で、一万年以上汚染するところ、だったのだから。

これによって、ＩＮＣＯにどれだけの被害が出たかは、考えたくない。

数十億単位では収まらないだろう。

そして、父親のことがあった——元総理大臣の父親、瀬櫛吉郎。

父を、彼らに引き合わせることは、避けるべきだと、本能が囁いていた。

「大丈夫、あなたは今の与党の若手ホープですから」

だが、ＩＮＣＯの少年――〈オキシマ〉とだけ名乗った――はにこやかに微笑んで、彼の懸念を晴らそうと懸命だった。

「しかも自ら出頭することによる潔さで、保守本道派閥からの評価も高くなっている。さらに、貴方の更迭と起訴に熱心だった乾議員が世を去った」

これで、もう与党内にあなたを責める人間はいない、と少年は、見てきたようなことを言う――もっとも、それは瀬櫛も思う所ではあった。

「司法に関してもあなたに対しては同情的になるでしょう。後は僕らＩＮＣＯが、金の力で一押ししてあげますよ。そうすれば国政の中心にまた返り咲くことができるでしょう」

少年は、キラキラと眼を輝かせながら、言葉を続ける。

ブレザーにネクタイ姿の少年〈オキシマ〉の顔は、三十年近く昔、大人たちに夢を語っては、褒められていた頃の自分を思わせて、瀬櫛を不快にさせていた。

（この子供は危険だ、関わってはならない）

以前宇豪との「縁の切れ目」の時に感じた感覚が、警鐘を、乱打の勢いで鳴らしている。

とはいえ、東京拘置所の中に、他人のくせに大手を振って入ってこられる中学生のＩＮ

ＣＯ相手に、いまや曾祖父の代から続く、政治家という力を失った自分に、何が出来るというのか。

自分は結局、少年の申し出を受けるしかない、という無力感が瀬櫛の胃の中に落ちて来た。

大きくて、不愉快な不安の塊だが、もしもこれを腹の中で落ち着けて、手なずけて、頷かなければ「役立たず」という烙印が押される。

（それこそ、どうなるか……）

瀬櫛の思考を知ってか知らずか、少年は続ける。

「今日本人が求めているのは行動できる保守です。そして、治安の安寧と、好景気をもたらしてくれる。どちらも僕と手を組めばあなたの手元に転がり込んでくるものですよ？」

「しかし……」

「でも、あなたが僕らに協力すれば国家予算の支出のうち、三十五兆円が、少なく見積っても半分になるんですよ？　今の日本にとってあなたはヒーローになれるんですよ？」

「だけど、その話……本当なのかい？」

最後の抵抗を、瀬櫛は試みた。

「僕はその、エレなんとかという新しい経済理論、よく分からないんだが」

「ここを出て、僕に協力してもらえるなら、全部お教えしますよ」

少年は生意気な笑顔を浮かべた。

「新たな経済秩序（エレウシス・プラン）はすでに下準備を終えつつあります」

第一章　リストと引き際

翌日、東北の片隅にある寂れた、小さな港のそば。

昭和の終わりに建築されて、十数年放置されたとおぼしい、一階倉庫、二階から上は事務所という、三階建てのビルに、久々に明かりが灯った。

突堤にある小さな灯台からの光に時折照らされて、東京から来たばかりのトラックと、その荷主たちが乗ってきたベンツが数台、前の駐車スペースで、ボンネットを輝かせる。

係留された漁船は殆ど廃船間近という保存状態で、実際、数隻がこの前の台風で沈んだまま、木の操縦席をかろうじて波の上に出している。

密貿易には、もってこいの場所だ。

雑に埃を払い、東京から積み出される荷物が、腰までの高さの木箱となって三階に、迷路のように敷き詰められていて、その中央。

ずっしりと中身の重いジュラルミン製ケースが五つ、床に置かれた。

厳つい男たちがそれぞれの中身を開けて相手に見せる。

海から上がってきたばかりの男たちのケースは四つ。

四つの中は、石けんサイズの、赤黒い樹脂の塊が詰め込まれていた。

東京から来たばかりの男たちの、二つのケースの中身は一〇〇ドル紙幣。

赤黒い樹脂は、コカインの匂いを封じるため、特殊な樹脂に混ぜて固めたものである。

特定の化学式で作られた液体で樹脂を溶かし、精製すると一〇〇キロ近いコカインになる。

にこやかに、異様な目つきのアジア系ふたりが、固く握手を交わした瞬間、それぞれのこめかみに黒い点が穿たれ、反対側のこめかみを中心にした、顔の半分の表皮と、その中身を床と壁、さらにはそばに控えていた護衛達の横顔にぶちまけた。

くたりと、糸の切れた操り人形の様に、倒れる。

「いくぞ」

都市迷彩服にヘッドセット、スロートマイク、アイプロテクター姿の橋本泉南は、窓の隙間から閃光手榴弾を、部屋の中に放り込む。

そして、屋上から垂れ下がったロープの、カラビナ部分をしっかり握り、強く壁を蹴って反動をつけつつ、空中で軌道修正し、ブーツの踵（かかと）で窓ガラスの真ん中をぶち破った。

ちょうど閃光手榴弾が炸裂（さくれつ）し、中にいた中国系マフィアと、日本のヤクザが、それぞれに混乱しながらも何とか銃を抜くのへ、ツァスタバM92の銃弾を叩き込む。

ほぼ同時に反対側の窓からは仲間の〈ツネマサ〉と〈時雨（しぐれ）〉が飛び込み、ツァスタバを撃ち、的確に中にいる日中のヤクザたちを始末する。

7・62ミリの大口径銃弾を使いつつ、これまで使用してきたAKS74U並みのコンパクトさを持つツァスタバのコントロールは、かなり難しい。

L字型のファイアリングブロックが右に重量を掛けているので、AKS以上に右へと着弾がズレるのだが、橋本をはじめとしたKUDAN（クダン）全員が、一ヶ月の特訓のお陰で、すでに慣れていた。

さらに、ツァスタバには日本の闇市場において、20ミリ幅のピカティニーレールが先台（フォアグリップ）などに装着出来るキットが多くあり、光学照準機器や、擲弾筒（てきだんとう）が装着しやすい。

フルオートを指切りでなんとか三点射（スリーショットバースト）にして次々と、うろたえた状態の国内、国外のやくざ者たちを始末する。

7・62ミリを想定したクラスⅢ（スリー）の防弾ジャケットも、完全に衝撃を吸収できるわけではない。

首や腕、脚の付け根など、最初の一発で骨が折れるか、打撲を食らわせたところに、防弾チョッキで覆えない場所を狙う。

瞬く間に、この階にいた、十数名のヤクザたちは動かなくなった。

跳弾を恐れて橋本は、負い紐（スリング）で吊ったツァスタバを腰の後ろに回し、柔らかい、鉛が露出した弾頭を装塡（そうてん）した、マカロフの撃鉄を起こし、構えた。

念の為、生きている人間が、いないかどうかをチェックする。

迷路のように並べられた、腰の高さまである木箱の中身を、ノックして確かめた。

返事はない。

「外れか……ミスったな」

『注意してください、〈ボス〉、一階の連中が上がってきます』

耳に聞こえる、オペレーターを兼ねた仲間の〈トマ〉の声に橋本は階段へ銃口を向けた。

階段を駆け上ってくる足音が一瞬の静寂の中響く。

橋本は片手で腰に下げたロシアのＲＧＤ－５手榴弾を取り出し、歯を折らないようにピンを固定する指かけリングを嚙（か）んでそっと抜き、放り投げた。

クリップを兼ねたレバーがはじけ飛び、壁に当たってそのまま　階段を転がり落ちた。

「逃げろ」

階下からの声は、爆発音でかき消された。

さらに二個、手榴弾を放り込む。

階下からの爆発の震動で、コンクリ打ちっぱなしの床から、軽く埃が舞い上がる。

小さく、ガラスの砕ける音が起こり、わずかに遅れて、数発の、ライフルによる、狙撃の音が追いかける。

「何人残ってる?」

『階下に十五人、いえ二十人ぐらいいます』

「二分やる。狙撃でなるべく減らせ。それと今回の〈荷物〉の場所を頼む」

『了解』

狙撃の音が続く中、橋本はまだ数発残っている、ツァスタバの弾倉を替え、死体を確認した。

「阿東会(あとうかい)系の幹部に、こっちは八竜(バーロン)の幹部か……まったく、ぞろぞろ来るもんだ」

呟(つぶや)きながら、橋本は彼らの懐を漁(あさ)った。

分厚い札入れとスマホを、腰に巻いた装備用ベルトの、パウチの中に押し込む。

「完全鎮圧です」

元自衛隊員で、大柄かつ筋肉質、五分刈り頭な〈ツネマサ〉が報告する。

「弾倉替えたか」

「はい」

「〈荷物〉はあったか？」

「いいえ、自分の捜索域内では見つかりませんでした」

「〈時雨〉、そっちはどうだ？」

「全員殲滅を確認しましたけど、こっちにもありません」

長い黒髪をアップにまとめた、いかにも和風美人、な〈時雨〉が困った顔になった。

背中にハイスピードスチールで作られ、カイデックス製の鞘に収められた刀が、ロックボタン付きの柄を下にして下げられているのは、彼女が時に、接近戦や、今回のような強襲戦における強さを持つことを意味する。

『〈ボス〉、〈荷物〉見つけました』

〈トマ〉からの報告が入る。

『階段から降りて一番奥、北側の壁に立てかけておかれた木箱の中です。護衛が張り付いてるから間違いないと思います』

「狙えるか？」

『八名いるうち、半分はなんとか。でもそれ以上は難しいって〈狭霧〉さんが』

〈狭霧〉は、大柄で筋肉質な、中東系の血が入った女で、橋本たちの非合法組織「KUDAN」の中では一番の新参者だが、狙撃の腕がいい。

今回も親代わりの人物の形見である、三連発の猟銃を使って、狙撃を行っている。

その〈狭霧〉がいう以上、本当に難しいのだろう。

「厄介な」

橋本は呟いた。銃の弾丸は銃口を飛び出せば、何処へ飛んでいくか解らない。跳弾も起こりうる。

まして敵の背後にあるとなれば、流れ弾が当たる可能性が高い。

相手も撃ち返す。しかもリーダー格を橋本たちが始末した後だから、次にどんな行動に出るか解らないところがある。

致命的な一発……あるいは数発になるかもしれない。

窓からの強襲時にはここに〈荷物〉があると確信していたのだが。

「〈ボス〉、提案があります」

〈時雨〉がにこりと笑った。

★

一階下では、中国語と日本語が飛び交っている。

最近の日本は、長引きすぎる不景気による、政情不安が始まり、犯罪組織にとっては「美味(おい)しい猟場」になりつつある。まして一年前のクーデターにおいて、不特定多数の人間に銃器が出回り、警察の徹底的な捜索にもかかわらず、未(いま)だにその三割以上——報道によっては四割という話もある——が行方不明のママだ。

だからこそ、今回中国のマフィアと日本のヤクザが手を組むことになったのだが、政情不安になる国では、官吏のやり口も雑で、乱暴で、暴力的になる。

昨今言われているのが、日本警察が、極秘部隊を導入しているという噂(うわさ)だ。

問答無用で知られる、イタリアの国家憲兵(カラビニエリ)傘下の国家治安警察隊特殊介入部隊(GIS)や南アフリカ警察から再編された犯罪インテリジェンス部隊(CID)の実働隊に匹敵する荒っぽい、捜査不要、証拠無用で突入してくる「殲滅(せんめつ)部隊」がこの国にもいるという。

まさにそれを用心して、双方合わせて一〇〇人近い人数を集めての警護となったのだが。

「那里有多少？(何人いやがる)」

「我不明白！(わからねえ)」

「くそ、日本語で喋れ！」

「向こうも訳が分からんとよ！　一個小隊が来てるんじゃねえのか！」

しゅるり、と窓の外にロープが垂れた。

人影が二つ、三つ、窓の外に現れ、ゆっくりと突っ込んでくる。

「窓だ！　窓から来る！」

叫んだチンピラが、錆(さび)の浮いたベレッタM9を、ぶっ放した。

弾かれたように緊張で張り詰めていた、日中のヤクザたちも、持っていた銃を窓の外に向けて、めちゃくちゃに引き金を引いた。

拳銃だけではなく、散弾銃(ショットガン)や短機関銃(サブマシンガン)の銃声と銃火で、二階の事務所内は真昼のように明るくなる。

それまで舞っていたコンクリの埃の中、空薬莢(からやっきょう)が滝のように流れて涼しい音と硝煙(しょうえん)をたなびかせながら、部屋のあちこちに飛び跳ねた。

「あ！　わ、若頭！」

硝煙の中、窓の外にぶら下がっている物を、一人のチンピラが震える指で示した。

「こ、こっちは中華のオヤブンじゃねえか！」

「我洞殺了老板瀉？(おれたちボスを殺したのか？)」

どよめきと狼狽の声があがるが、何人かはまだ窓の外に突入用の細いナイロンロープで吊り下げられた死体に銃弾を撃ち込み続けている。

じつは、別方向から銃声が轟いている、と気づいた時、すでに十名ほどが階段から駆け下りてきた橋本と〈ツネマサ〉の銃弾に倒れていた。

銃を乱射しながら、本能で肩寄せ合ったヤクザたちの真ん中に、三つのロシア製手榴弾が転がっていく。

悲鳴と怒号が飛び交う中、三つの小さな金属の塊は、連続して爆発し、日中のヤクザたちを破片手榴弾として、ズタズタに引き裂く。

何名かが、窓を内側から突き破って、階下のベンツや、トラックの屋根の上に落っこちた。

破片で無惨に破壊された死体は、一台が、彼らの生涯年収の数千倍もする、高級車の屋根とフロントガラス、リアガラスを粉々に砕いた。

「くそ、荷物を落とせ！」

橋本たちが目指す「荷物」の護衛たちは、リーダー格の日本のヤクザの命令に従い、窓から四角い荷物を投げ出そうとした。

窓ガラスを、しなやかな影が突き破った。

カイデックス製の鞘から、全体をガンブルーで蒼黒く染められた刃(やいば)が一閃して、男たちの手首と足首、頸動脈を切断する。

ごとん、と床に落ちる木箱のそばで、四つの手首が、床にかすかに跳ね返って転がる。

さらに残った男たちの間に影は飛び込み、疾風(はやて)のようにその間を駆け抜けた。

その中で一番の腕利きが、かろうじて持っていたナイフを影の首に振り下ろそうとしたが、それより早く、影は刃の下をすり抜けた。

影の髪の毛を、後ろにまとめていた紐が、ハンティングナイフの刃で切断されて、床に転がる。

しなやかな黒髪の女が、男たちの腹を切り裂き、首を落とし、心臓を貫いて、喉を斬り裂く。

と、最後に床に片膝をついて、くるり、と振り返り、残心の姿勢をとる女の、周囲を飾るように黒髪は広がり、元に戻る。

〈時雨〉は、ハイスピードスチールの刀にまとわりついたものを、手首の勢いでぶん、と振って落とし、パウチから取り出した、粗めの紙やすりで刃の部分だけを拭(ぬぐ)うと、背中に装着したカイデックスの鞘に前を見たまま、するりと納めた。

「腕を上げたな」

死に損ねて、うめくヤクザたちに、マカロフで止(とど)めの銃弾を撃ち込みながら近づいてきた橋本が、そう褒めると、

「ありがとうございます」

と〈時雨〉は微笑(ほほえ)んで立ち上がる。

「よし、〈荷物〉を開けよう……マスクしろ。〈トマ〉、〈狭霧〉、そっちも撤収しろ」

『了解』

〈トマ〉は〈狭霧〉の横で、観測手の役割もしていて、かつ、〈狭霧〉は狙撃の時、ヘッドセットからの声を嫌う。

〈トマ〉に声を掛ければ、〈狭霧〉も動く。

橋本は落ちていたバールで、木箱の四隅を開けた。

木材から釘の抜ける、いやな音が響き、わずかに浮いた隙間に手を突っ込んで、あとはテコの原理で一気に開けた。

中には毛布が敷き詰められ、その中に両手両脚を、ガムテープでぐるぐる巻きにされて、固定され、猿ぐつわをかまされた、東欧系の赤毛の女性が目を見開いていた。

怯(おび)えきった表情で左右を見やる。

「Будьте уверены, мы готовы помочь вам(安心してください、貴女を助けに来ました)」

と橋本が言うと、三十台半ばらしい女性はコクコクと頷（うなず）いた。

「Пожалуйста, пожалуйста, не кричите（お願いします、大声をあげないでください）」

橋本の言葉に、女性は落ち着いた頷きを返し、橋本は持っていたナイフで、ガムテープを切り、最後に猿ぐつわにされていた布を取り去った。

「ありがとうございます」

女性は英語で言った。

「英語も、お話し出来るのですか？」

橋本も英語に切り替える。

「日本語は駄目ですが、英語は第二の言語です」

そういうのも道理で、この女性はロシアの反政府系ジャーナリストだ。

国内でＦＳＢ（ロシア連邦保安庁）に目をつけられ、逮捕状が出る前に、日本経由でアメリカに渡る予定が、報奨金目当ての日本のヤクザに拉致（らち）されたのである。

「コバヤシさんたちは大丈夫ですか？」

橋本は首を横に振った。

「貴女（あなた）をかくまったご一家は、悲しいことになりました」

何が起こったかは具体的に言わなかったが、悟った女性が息を呑（の）む。

顔を手で覆い、すすり泣き始める女性の肩を優しく叩き、

「ここから、あなたを安全な場所にお送りします。彼らの分まで生き延びてください」

そう言って、橋本は女性の肩に敷き詰められていた毛布を、一つ剝がして掛けた。

階段を降りる。

「ひい！」

どうやら、この廃屋に住み着いているらしい、垢まみれでボロボロの、メタリカのTシャツを着けたホームレスが、降りて来た橋本たちを見て、声を上げて逃げ出した。

死んでいるヤクザたちが開けたらしい、半分上がっていたシャッターをくぐる。

ホームレスは、そこに置いてあった、全財産が入っているらしく、パンパンに膨れ上がった近くの高校のロゴが、かろうじて判別できるスポーツバッグふたつを両手に、闇の中へ飛び出す。

長い悲鳴が、闇夜に消えていく。

だがドタバタした足音に似合わず、足が遅いのか一向に遠くへ去って行かない。

「どうします？」

〈ツネマサ〉が恐る恐る聞いた。

ＫＵＤＡＮの仕事は常に「目撃者はなし」だ。

名目上、目撃した人間は消すか、役に立つなら〈狭霧〉のように仲間にする。

「いや、いいだろう。誰も素顔を見られてないし、今日は人が死にすぎた」

疲れた声で橋本は言った。

ほっと安堵(あんど)するため息は、〈時雨〉と〈ツネマサ〉が同時に出していた。

悪党と解っている連中を殺すのに、何ら躊躇(ちゅうちょ)はないが、マトモに生きている一般人を手に掛けるのは、非合法の世界に生きる彼らにも、やはり抵抗があるのだった。

ロシアから逃れてきたロシア人記者を、しかるべき筋に預けて、軽く一眠りした橋本は、水道橋の駅から地続きと言っていい、ショッピングモール内の喫茶店に足を向けた。
「あの女性記者は無事に飛行機に乗りましたよ」
巨大なパンケーキを切り分けながら、ややぽってりとした体型の、彼の雇い主、栗原(くりはら)警視監は開口一番そう告げた。
「おそらく、彼女はこれからも付け狙われるでしょうが、米国に渡ったらそれは米国政府の仕事です。ま、彼らはなんとか上手くやるでしょう。証人保護プログラムは伊達(だて)じゃないはずですからね」

「そうですか」

　短く答えて、橋本はエスプレッソを注文した。

「珍しいですね、君がブレンドじゃなくてエスプレッソとは」

「昔と違って多少の寝不足が応えてくるようになりまして」

「まあ、ＫＵＤＡＮもそろそろ始動して五年ですか」

「そんなところでしょうか、もう十年も前のような気もしますし、去年始まったばっかりという気もします」

「しかし、人質奪還というのは珍しいですね」

「まあ、彼女が日本で奪われたとなれば、タダでさえ下落気味の日本の治安維持と政府に関する評価はさらに下がって、また円安ですからね」

「そういえば、昨日の現場に樹脂化コカインも置いていきましたが、あれ、ちゃんと処分されてるんでしょうね」

「さすがに樹脂化コカインは分解精製する手間暇を考えれば、横流しするうまみはありませんよ。各組織、分解精製用の工程と、使用する液体のレシピは極秘ですから」

「つまり、普通の粉のコカインだったらどうなるかわからない、と？」

「残念ながら、日本警察も末端は大分やられてきています。去年の『ウロボロス・クーデター』以後は特に」

ため息交じりに栗原は頭(かぶり)を振って、切った、分厚いのに、ふるふる震えるほど柔らかなパンケーキを口に運んだ。

「おかげで私は、こういう物に救いを求めざるを得ないわけです」

「奥様がそのいいわけを聞き入れてくれればいいですな」

「妻はともかく、娘たちですね、最近うるさいのは」

苦笑と共に、栗原は切り取ったパンケーキの一部を飲み込む。

「それよりも、不気味なのは、例のクーデターから一年で、君たちを再起動させたのに、何も言ってこない、ということですよ」

「上層部がですか？」

「どこもかしこも、です。公安すら皮肉一つ飛ばしてこない」

「裏があるんですかねえ」

橋本が考え込むと、栗原は頷いた。

「確かに、我々に対して彼らは感謝すべきです」

栗原はフォークとナイフで、優雅に、たっぷりバターと蜂蜜にまみれさせたパンケーキの一片を口に運び、ゆっくり咀嚼(そしゃく)し、飲み込む。

「……だからといってあの手の連中はまともにこちらに、感謝の意を持ってくれるなんて事は考えないですからね」

「……そりゃ奇妙を通り越して、不気味ですね」

「不気味と言えば、今回はかなり不気味です」

そう言って、栗原はテーブルの上に、資料をファイルした物を置いた。

最初のページをめくると、要注意単語のトップに「Eleusis」とあった。

「エレウシス……？」

ギリシャ語っぽい単語だ、と橋本が首をひねっていると、栗原が、

「古代ギリシャの地方都市の名前です。エレウシスの密議、という怪しいことをして、ローマ皇帝に弾圧されたとか」

「はあ……」

どうにもよく分からない。

「最後のページを」

言われるままにめくり、橋本の顔がこわばった。

栗原の名が記載されてあった。さらに橋本、ここにいない比村香（ひむらかおり）の名前もあった。

法律上、死刑台の露（つゆ）と消えたはずの〈時雨〉を除く、ＫＵＤＡＮの他のメンバーの本名

もそこにあった。

「これは……」

「私も眼を疑いました。誰かの悪戯なのか、あるいは警告なのか、と……で、『システム』のほうから直接ファイルをプリントアウトしたのが、これです」

つまり、同じ物が出てきたということだ。

アメリカにある、音声、電子の通信情報や監視カメラ情報などを総合し、重大犯罪を予測する通称「システム」はただ名前と、注意すべき単語をはじき出すだけだ。

それが三ヶ月から一週間以内に何らかの犯罪に関わる可能性がある、というだけで、実行者か被害者かは解らない。

「願わくば我々が加害者ではないことを、祈りたいものですね」

栗原は、立ち上がった。

パンケーキはまだ半分以上残ってる。珍しいことだった。

「ともあれ、次は、送った通りの人物たちを洗ってください。どちらも政府高官ですが」

栗原は伝票を手にレジに向かいながら、ふと足を止めた。

「気をつけてください、橋本君」

この人物は、全てにおいて、頭と終わりは極めて事務的な人物だ。

会うときは挨拶もそこそこに、で、別れるときも振り向いたりしない。

これも珍しい。

「全て何も変わっていないようで、気がつけば、身動きできない泥沼にはまっている感じがあります……いや、単に私も五年目で色々老いたのかもしれません。あと三年もすれば、定年ですしね」

元々、KUDAN自体が、栗原一代限りで、設立を黙認された私設部隊だ。

「わかりました」

橋本は立ち上がり、栗原に頭を下げた。

こちらも、いやな予感が胸に膨れ上がっている。

★

水道橋から、御徒町に作った最初のアジトに、久々に橋本は歩いて戻った。

尾行を警戒しつつ、頭を動かすには脚を動かしつつ、と思っていたら神田までのつもりがつい、延びた。

ソファに寝転び、栗原からの書類をめくりながら、途中で買ったファストフードのエッグバーガーを口にする。

要注意単語リストを見直すと、「Eleusis」の次に「ＱＧＨ」という懐かしい文字が目に飛び込んでくる。

「神々の試練の時(クエスト・オブ・ゴッドアワー)」の略称で、新興宗教団体だ。

ＫＵＤＡＮが最初に手がけた事件の、黒幕の片方が、ここの、ご神体兼、教祖だった。

さらに「経済価値」「指数」「理論」などが並び、あとは「殺人」「放火」などの犯罪用語が並んでいく。

（……ＱＧＨが巻き返しを図ってるってことか？）

だが、橋本のツテである公安の植木(うえき)という捜査官からの話では、教祖が死んだ後、教団自体は内輪もめと幹部による金の持ち逃げなどで、分裂した。

今のＱＧＨは三十以上の「分派」が、それぞれ自分たちが本家であると主張して、裁判やネット上の言い合いなどの抗争に明け暮れているはずである。

（被害者、ってことか？）

エッグバーガーを食べ終え、文書を半分ほど読んだ辺りで、橋本は手に入れたトバシのスマートフォンを使い、リストの名前を次々と検索してみる。

文部科学省の役人、それも事務次官や、その補佐役の名前が、幾つか挙がっていた。

しばらく文書を黙って見、橋本はさらにリストの中から、今朝の新聞で見た名前を見つけた。

爆弾テロで死亡した乾議員。

さらに今朝、ラブホテルで護衛たちと共に殺された半グレのリーダー、立中。

ネットニュースで本名を確かめる。

同一人物に間違いない。

だとしたら……

橋本はこういうときに頼りになる人物、警察庁の人間でKUDAN関係者でもある比村香に連絡を取ろうと、スマホの通話画面を呼び出した。

人感センサーが警告を出したのはその時だ。

鋭い電子音が鳴り響く。

一階の出入り口に、誰か来ている。

壁のモニター越しにカメラを起動させ、来訪者を見る。

高校生らしい、チェック柄のスカートと袖なしのベスト、白い長袖ブラウス姿の少女が二人、不安そうにカメラを見上げている。

『ねえ、どうする？』

『でも、住所ここ、ってことになってるよ？』

仕掛けたマイクから声がする。

片方の少女がここの住所を読み上げた。

『で、名前が橋本泉南――』

ここの住所だけなら何かの間違いだと思う。

だが、橋本の名前を呟いた、というのはただ事ではない。

即座に、滅多に使わない応答スイッチで声を掛けようと思い、一瞬、指が躊躇った。

何故かは解らない。

橋本は直感に従い、沈黙を守った。

少女たちは顔を見合わせ、

『えーと、あのー。私たち、これ』

と片方の少女が紙袋を取りだした。

『……を駅前でおばあさんに頼まれちゃったんで、置いていきますね』

少女たちは、小さくて分厚い紙袋を置く。

少女たちが、カメラの撮影可能範囲から、姿を消すのを待って、橋本は紙袋の中身に、監視カメラを移動させ、ズームした。

中には大きな包装紙に包まれた、球体状のものがある。

いやな予感がした。

橋本は迷わず、栗原のファイルを摑(つか)んでスーツの尻ポケットにねじ込むと、階段を駆け上がった。

屋上へのドアを開けて、入り口とは反対側にある、屋上の端を目指す。

こういう事態を予想して、このビルは入り口以外の三方向で、隣のビルより高いか、あるいは壁が触れるギリギリの近さに建っているようになっている。

橋本の靴底が屋上の端を蹴って、その身体が隣のビルに転がった瞬間、爆発音が連続して響いた。

ビルが大きく傾き、入り口側……向かいの空きビルに倒れ込んでいく。

轟音と地響きとが、橋本が飛び移った古いビルにも響き、屋上の床には亀裂が入った。

橋本は爆発音に一瞬、身を伏せていたが、立ち上がって走る。

古い木のドアを蹴り破り、アジトだった場所より一階分低い建物を駆け下りようとした。

「新たな経済秩序(エレウシス・ブラン)の下に、あなたの命に価値あらんことを」

少し前、監視カメラ越しに聞いた声が下から響き、銃火が橋本を迎えた。

第二章　襲撃と迎撃

橋本(はしもと)が襲われているのと同時刻。

「新たな経済秩序(エレウシス・プラン)の下に、あなたの命に価値あらんことを」

随分くたびれた、スズキ・ハスラーの後部ハッチから、買い出した業務スーパーの食料品を下ろしていた〈トマ〉もまた、そんな奇妙な言葉を聞いた。

新井薬師の、「クーデター」の後、すっかりこの半年で、かつての繁盛ぶりが嘘(うそ)のように寂(さび)れてしまった商店街の片隅にある、アパートの前の駐車場。

そろそろ秋風が木枯らしに変わりつつある、夕暮れの光が、周囲を染めるころ。

次の瞬間、一緒に買い物を手伝ってくれていた〈狭霧（さぎり）〉に抱きかかえられて横に飛んだ。

〈トマ〉はほっそりとした体軀（たいく）で、身長も一六〇センチギリギリ。

一方〈狭霧〉は、一八〇センチを超える大柄で、筋肉で引き締まった体軀である。

親猫が、咄嗟（とっさ）の危機に子猫をくわえて飛ぶようなものだ。

減音器（サプレッサー）で、ため息のレベルまで減音された銃声が連続し、ハスラーのボディに火花と共に弾痕が次々と開いていくのが〈トマ〉の視界に映る。

買ってきた食品の入ったポリ袋とエコバッグが地面に倒れたまま、こちらは一発も弾丸を受けずに転がっているのが不思議に見えた。

〈トマ〉を抱きかかえて転がった〈狭霧〉を狙って、さらに弾丸が飛んでくる。

乾いたアスファルトに当たった弾丸が、火花を散らし、〈狭霧〉は転がりながら、腰の後ろから銃を抜く。

ゴツゴツした、今時珍しい全てスチール製の拳銃は、イジェメック・MP－443。

マカロフの後継としてロシア軍に採用された、十八連発の拳銃だ。

〈狭霧〉はこれまで、キンバーのK6S357マグナムリボルバーを愛用していたが、多人数を相手にする可能性を考えて、これをメインに切り替えた。

近くの車のタイヤの陰に隠れ、〈狭霧〉はスライドを引いて初弾を装塡（そうてん）する。

拳銃はともかく、ライフルの銃弾は、軽くて頑丈を突き詰めた、現在の自動車のボディを簡単に貫く。

「〈トマ〉、これ」

そう言って〈狭霧〉は引き締まった筋肉質の長身に、普通はあり得ない、奇蹟のように豊満な乳房の下あたりに装着したホルスターから、銀色のキンバーＫ６リボルバーを抜いて手渡した。

ついでに、板状の樹脂クリップに並んだ、予備の弾丸十二発も渡す。

「やれるか？」

〈狭霧〉が聞いたのは、元々〈トマ〉は戦闘要員ではなく、オペレーターとしてのバックアップと予備調査をメインとした、ハッカーとしてＫＵＤＡＮ(クダン)にいるからだ。

「うん」

とはいえ、中性的な顔立ちと身体(からだ)つきの彼もまた、ＫＵＤＡＮのメンバーとして、なんどか修羅場をくぐっている。

タイヤの陰から〈狭霧〉が覗(のぞ)くと、おかしな物が見えた。

学校の制服とおぼしい赤いブレザーに濃紺のネクタイ、チェック柄のスカートを穿(は)いた十六、七歳ぐらいの少女三人。

今や誰も不審には思わない、不織布マスクの上から、可愛らしい柄の布マスク。

彼女たちは本格的なヘッドギアとアイウェアを装着し、油断ない身構えでドットサイトとフォアグリップを装着したM４系のアサルトライフルを持ってやってくる。

密集しておらず、適度に距離を開けた三角形を維持している辺り、訓練されていると分かった。

「随分と買いかぶってもらえて光栄だね」

呟き、イジェメックを〈狭霧〉は構え、地面すれすれを狙って素早く引き金を引いた。

〈トマ〉もリボルバーを撃つ。

〈狭霧〉の銃弾を受けひとりの足首が鮮血を上げて、あらぬ方向に折れ曲がり、悲鳴と共に倒れ込むが、こちらへ銃口を向ける。

少女は、トリガーを引くよりも早く、〈狭霧〉の放った、二発のイジェメックの銃弾を額に受けて動かなくなった。

耳から外れたイヤフォンから、何の冗談かザ・バーズの「ふり向くな君は美しい」が流れる。

〈トマ〉の弾丸は、一人の膝を撃ち抜いた。

「こんちくしょおおおおお！」

こちらは倒れると同時に、素早く手をついて移動しようとする。

十六歳の少女の顔面に銃を向け、〈トマ〉の指が一瞬こわばった。

その隙に無事な一人が駆け寄ってきて、被弾した少女をあっという間に、近くのランクルの陰に引きずる……恐ろしいほどの腕力と、素早さだった。

「なんだ、今の？」

〈狭霧〉が首を傾(かし)げる。

どう見ても〈トマ〉より細く、背も低い少女が、自分自身と同じ重さに加え、各種装備を身にまとい、被弾した少女を引きずる様は、まるで人間を、ではなく、綿が詰まった同じ大きさのぬいぐるみを引きずっていく気安さにしか、見えない。

「う……ぁ……」

驚いたことに額に被弾し、脳を半分吹き飛ばされたはずの少女が銃を片手で再び持ち上げ、引き金を引こうとする。

構わずその頭に数発さらにぶち込み、〈狭霧〉は素早く、〈トマ〉を残して車の陰から出ると、その死体を引きずって、少し離れた別の車の陰に隠れる。

「うそだろ……」

引きずって改めて分かる。

あの身体の細さで、この重量の「物体」と化した仲間を、ああも軽々と移動させるのは不可能のはずだ。

とりあえず、Ｍ４系アサルトライフルを奪い、装填を確認、弾倉を外して、少女の膨らみ始めた胸に装着されたチェストリグから新しい物を奪って装填する。

ひっくり返すと、学校帰りとでも言いたげに、イギリスの寄宿舎学校に通う女子高生が背負ってるような鞄（かばん）があるのが、異様だった。

「コスプレイヤーかよ、ったく……」

腰の後ろには予備弾倉がまだ三本ある。

〈狭霧〉は、二つの予備弾倉をとり、革のパンツのベルトに押し込む。

脇の下にリアをミニホロサイトに交換した、チェコのＣｚ75 ＳＰ－01があった。

「贅沢だねえ」

いやな感じがした――Ｍ４系アサルトライフルもよく見れば、高級品のＳＩＧ社製５１６で、ドットサイトもフォアグリップもかなりお高いものが載っている。

下っ端の装備に金を掛けられる、ということは、相当大きな組織があるのだろう。

過去にこういう装備を持っていたのは、南米の麻薬カルテルと、ロシアンマフィアで、どちらも二回ほど相手にしたが、かなり手こずった記憶が蘇（よみがえ）る。

（ともかく、今は、こいつらをどうにかしないと）

側面が傷だらけになるのも構わず、〈狭霧〉はそれを〈トマ〉の所へと、アスファルトを勢いよく滑走させた。

〈トマ〉が受け取り頷く、その瞬間。

「……シン、バックアップして……礼子、ご免！」

負傷した仲間を、別の車の陰に連れ込んだ少女とおぼしい人物の声がして、〈狭霧〉は咄嗟に、死体を残して飛び出した。

爆薬のヒューズの燃える匂いが、〈狭霧〉の鼻孔に届く。

目の前の死体、その背中から。

「爆弾だっ！」

叫びながら、すぐ背後にある一番近いアウディのボンネットを滑り、その陰に隠れた〈狭霧〉が、己の両耳を塞ぎ、わめき声を上げると同時に、少女の死体が爆発した。

爆発の衝撃が身体を通り抜ける。

その身体の中心から一瞬で燃え広がるのは、燃焼型手榴弾でも背負っていたらしい。

鞄の中身がそれだとようやく〈狭霧〉は気づいた。

〈トマ〉をみると、咄嗟に地面に伏せているのが見えた。

爆風でアウディがひっくり返りそうになるのを、〈狭霧〉は、両手で押さえつける。

瞬く間に、非常警報のサイレンがあちこちで鳴り響き、警察のサイレン音も聞こえ始めた。

「撤収するわ、立てる？」

「ムリ……置いてって。私にもう、このプロジェクトにおける価値はない」

燃えさかる炎の音の彼方（かなた）から、そんな話し声が聞こえる。

「マリ……分かった」

「笑って、明日菜（あすな）……『新たな経済秩序（エレウシス・プラン）の下に、あなたの命に価値あらんことを』」

言うなり、かしゅ、という音と共に濃い煙が、少女たちが隠れた車の陰から起こった。

カチャカチャと金具の外れる音。

（逃がすか！）

このままやられっぱなしで、相手の正体を掴（つか）む証拠の一つもなければ、他の仲間たちに顔向け出来ない。

〈狭霧〉は焦ってＳＩＧ５１６を構えて飛び出そうとしたが、またテルミットの爆発が起こった。

さらに先ほどの少女の爆発でひっくり返った、別の車のタンクから漏れた燃料が引火して気化爆発を引き起こす。

さすがの〈狭霧〉の身体も、背中を爆風におされ、宙を舞った。

咄嗟に受け身は取ったが、一瞬意識が遠くなる。

Ｃｚのものと分かる、乾いた9ミリパラベラムの銃声が、連続して聞こえた。

「大丈夫？」

Ｃｚを油断なく構えながら、〈トマ〉が腕を取って起こしてくれた。

視線を追うと、装備一切を脱ぎ捨てて、鞄を背負った女子高生という体になった襲撃者が遠くに見える。

「くそったれ！」

ＳＩＧを構えるが、銃身が大きく曲がっていた。

先ほどの受け身で犠牲になったらしい。

「ああ、くそっ！」

「行こう、〈狭霧〉」

穴だらけになったハスラーに、奇跡的に一発の銃弾も受けなかった買い物袋とエコバッグを戻しながら、〈トマ〉は言った。

「警察が来るし、他の皆も危ないかも」

「あ、うん、そ、そうだよな」

言いながら〈狭霧〉は、自分の指紋が付いてしまったＳＩＧを、後部座席に放り込み、ハスラーの助手席に乗り込む。

一八〇センチ越えの長身に、筋肉質な〈狭霧〉の体重で、ハスラーのサスが少し軋む中、

「行くよ」

〈トマ〉はハスラーのエンジンをかけると、タイヤを鳴らす勢いで走り出した。

監視カメラに映らない道路は、すでに頭の中に入っている。

途中、かなりの遠距離から、数発の弾丸が撃ち込まれ、サイドミラーが粉砕されたが、構わずに〈トマ〉はアクセルを踏み続ける。

★

「ああ、にげちゃった……」

二〇〇メートルほど離れた、取り壊しで住民全員が出ていったアパートの屋上で、少女は声をあげた。

彼女は狙撃手であり、重要なバックアップ要員でもあったが、今回は先ほど〈トマ〉たちに倒された少女たちの要請で、単なる「見届け役」として、先ほどまで三脚に据えたビ

デオカメラのレンズを向けて、ここまでの全てを録画していた。

少女たちは、難易度の高い仕事をこなすことで「褒められ」、「成績」が評価される。

それが、小さな共同体の中で生きる、彼女たちの全てだ。

バックアップなしで「監視」と狙撃という難しい任務をこなし、その様子を全て録画して提出すれば、さらなる評価に繋がる……そう考えて、〈トマ〉と〈狭霧〉を襲った少女たちは、この少女をカメラ撮影係にしたが、それは間違いだった。

少女はしかし、仲間の死を悔やまない。

元から彼女は「異端」であり、いつも邪険にされてきた。

だから、他の少女たちに一切良い感情を抱いていない。

むしろ〈トマ〉たちの行為に喝采を叫びたい気分だった。

「あの子、〈トマ〉くん、僕のライフルでぶち抜きたかったのになあ」

彼女は深紅のロングヘアを首の後ろでまとめていて、身体全体に、ねっとりとした湿度があった。

黒い口紅を塗った口元、細まる目の下には隈ができていて、アイシャドーともども、それは化粧ではなく、タトゥーらしかった。

病み系メイクのその少女は、〈トマ〉の身体を思い出して、にちゃっと笑う。

鎖骨まで、びっしりとトライバル模様のタトゥーの入った喉には深紅のシルクのチョーカー。鹿革のスキンタイトな手袋は肘まである。

少女は、フィンランドのサコー社製のＴＲＧライフルにプラスティック爆薬を装着する。

「あの綺麗な顔や、身体に、こいつの、３００ウィンチェスター弾が食い込んで、血の花が咲いたら……ああ、きっと久々に射精できたのにぃ」

少女は、ギラついたまなざしで呟きながら、スカートの奥を押さえた。

左右の太腿（ふともも）には、股間に伸びる矢印と「ＢＩＣＨ」（くそあま）と、「ＤＩＣＫ」（ちんこ）の飾り文字のタトゥーが入っている。

「ああ、もう。こんなに硬くなってるぅ……剝がれちゃいそう」

うっとりした声で、少女は言いつつ、欲情に目を潤（うる）ませる。

ヘッドセットに音声が響いた。

『シン、二分でそっちに着くわ、居なけりゃ置いてくわよ』

「明日菜、わかってる、オナニーなんかしてないから」

先ほど生き延びた少女からだった。

『してたら殺す。クスリも駄目だからね』

少女――明日菜の声は、先ほど仲間に向けたものとは打って変わって冷たく、乾いている。

「うん、わかってる」

言いながら、シンと呼ばれた少女は、地面に置いたライフルケースの中から、白い粉を水で溶かした物で満たした注射器を取りだした。

スカートをめくり上げ、真っ赤なレースの下着を下げ、子宮を抽象化したタトゥーの入った、無毛の下半身に突き立て、ピストンを押し下げる——と、シンの瞳孔が丸く開き、真っ白な肌が桜色に染まっていく。

あどけない、十代の顔が幸福に弛緩するその瞬間、沈む夕陽の角度が変わり、十代ではありえない、皮膚の緩みを浮かび上がらせるその素顔は、三十代にも四十代にも思えた。

★

〈ツネマサ〉は、久々に恋人との逢瀬を楽しむべく、錦糸町のラブホテル街に来ていた。

錦糸町は〈ツネマサ〉の好きな街だ。

どことなく雑然として、うら悲しく、妙に開き直った明るさがあって、騒々しい。

ここでは寂れた公園にも、いかがわしい力強さが満ちている。

「フルメタル・ソルジャー?」

何とも変わったラブホの外観を見上げて、〈ツネマサ〉はため息をついた。

今時、バブル時代のように銀メッキされた、鋲(びょう)打ちの鉄板で覆われたビルで、その中央にはLEDネオンサインが「FULL METAL SOLDGER」とヘビーメタルバンドのジャケットによく使われる、ギンギラの書体で輝いている。

「ここ、前から入ってみたかったの。なんかね、すーっごい装置があるらしいのよ」

そう言って〈ツネマサ〉の腕に、ニットに包まれた豊満な胸を押しつけるのは、外交官の妻である、真魚優樹菜(まなゆきな)。

〈ツネマサ〉とは不倫の関係だが、海外に赴任していた夫の浮気――それも男との――が判明し、離婚調停に入っている。

「でもなあ、3Pってのはどうなんだろな」

「いいじゃない。今日の相手、すっごくいい子なのよ？」

「お前、ホントに開放的になったよなあ」

「ツネちゃんが悪いんじゃないの」

クスクス笑いながら、熱い眼でこちらを見上げる優樹菜が、〈ツネマサ〉には愛(いと)おしい。

〈ツネマサ〉と優樹菜の関係は、出会い系サイトで、欲求不満を互いにこじらせていて、たまたまベッドに入ったら、身体の相性が抜群だった、ということに他ならない。

付き合いだして一年以上、やがて二年目に入る。

このまま、ずるずると結婚してもいいか、と思いつつ、そうなればKUDANの仕事は辞めねばならず、となれば、今度は収入の道が絶たれてしまう。

そうなったとしても、優樹菜は嬉々として自分を養ってくれる、そんな確信がある。

優樹菜は、高給取りで旧弊な思考の夫に、家の中に閉じ込められていて、不満を募らせていた。

実際、彼女は〈ツネマサ〉と付き合うようになってから、自ら外に働きに出るようになってますます生き生きしている。元々は有能な経理担当者だった特技を駆使して、大手税理事務所のパートタイマーになり、数件の法律事務所の経理を掛け持ちしているほどだ。

とはいえ、目的があるならともかく、自分の無能でパートナーに養われるのを、〈ツネマサ〉はよしとしない。

だとしたら、どこかで戦うこと以外の特技を、本気で見つける必要があった。

（自衛隊の時に、施設科の電気工事士試験、ちゃんと受けとけば良かった）

しみじみ思う。

「で、その女の子はどこにいるんだ？」

「ばかねー。女の子がこんな所でフツーに待ってるわけないでしょ。相手はまだ年端もいかない二十歳（はたち）になりたての女の子なんだから」

「ホントに二十歳なんだろうな？　ことが終わった後で高校の学生証がぽろり、なんてご免だぞ」

「大丈夫だーって、ホント、ツネちゃんはそういうとこ、臆病だよねえ」

明るく笑う、優樹菜の笑顔が〈ツネマサ〉にはまぶしい。

「じゃあ、どうするんだよ？」

「駅前の喫茶店にいるから、今から呼び出すの。ツネちゃん、部屋取って」

「……あいよ」

〈ツネマサ〉は肩をすくめてホテルの中に入った。

ピカピカに磨かれた床一杯に、ＫＩＳＳのジーン・シモンズが舌を出している絵がリアルに描かれているのを見て、やや優樹菜の趣味が分からなくなる。

最初に付き合いだした頃は、正常位以外は知らないような女だったのに、いまや積極的に新しい性の喜びに足を踏み入れていた。

（〈時雨（しぐれ）〉さんなら、そんなことはないんだろうがなあ……）

そんなことを考えていると、電話が鳴った。

「はい」

名前を名乗らずに取る。

『〈ツネマサ〉さん？　〈狭霧〉です！』

「どうした？」

『襲われました、M4……いやSIGのやつで武装した女子高生に』

「は？」

一瞬、〈ツネマサ〉は首を傾げる。アニメや漫画ならともかく、武装した女子高生なんて、この世には実在しないはずだ。

『冗談とかじゃないって！　〈ツネマサ〉さん、そっちにもヤバいのが向かってる可能性があるから、武器もって逃げて！』

ぶつっと切れた。

他のメンバーに確認を取るほど、〈ツネマサ〉は愚かではない。

残念ながら今日は、初めて会う相手も交えて……ということで、武器を持ってきていない。

だが、車の中には愛用のスプリングフィールドのP9と、年季の入ったAKMが隠してある。

駐車場に停めた、中古の三菱ランサーフォルティスまでの距離は、自分だけなら走って三分、優樹菜を連れてなら――。

　自動ドアが開いた。

「つ、ツネちゃん……」

　振り向くと、喉元にナイフを突きつけられた優樹菜が、泣き出しそうな顔で入ってくる。

　背後には、二十歳そこそこの、ミニスカートからすらりと伸びた脚もまぶしい、そこそこの美人が、フレームレイルにナイフをつけた、ＳＩＧ Ｐ３２０を優樹菜の喉に突きつけ、こちらをニヤニヤ笑って見つめている。

　何か〈ツネマサ〉が反応する前に、ナイフが優樹菜の喉を離れた。

　９ミリパラベラムの銃口が〈ツネマサ〉の額に、真っ直ぐ線を引くのが判る。

　瞬間、優樹菜のローヒールの踵が、思いっきり女の足の甲に振り下ろされる。

　がっ、と明らかに骨の折れる音がして、女の顔がゆがみ、銃口が上を向く。

　すかさず〈ツネマサ〉は、優樹菜を引き剝がし、女の手首を摑んでねじ上げようとした。

　発砲音がして、天井に描かれたデイブ・ムスティンの両目に穴が空く。

　だが、振りほどかれたのは〈ツネマサ〉だった。

　軽々と放り投げられ、部屋を取るためのタッチパネルの上に叩きつけられる。

　液晶が割れて火花が散る中、〈ツネマサ〉はうめきながらも転がった。

その背中に銃を向け、引き金を絞った女はきょとんとする。

SIGのスライドがいつの間にか抜かれていた。

〈ツネマサ〉がさっきの揉み合いの最中、SIGのスライドを止めているスライドストップレバーを回転させ、弾倉の着脱ボタンを押しつつ、離れる瞬間に抜き取ったのだ。

拳銃の分解手順を、一瞬で行う……これも実戦の内に〈狭霧〉や〈時雨〉から教わって身につけた〈ツネマサ〉の技術だ。

立ち上がった〈ツネマサ〉は持っていたスライドを捨てながら、タックルを仕掛ける。

女の蹴りが飛んできた。

いつもなら、この背格好と外観からすれば、その蹴りを肩で受け、そのまま脚を抱きかかえるようにしてひっくり返す。

が、〈ツネマサ〉は咄嗟に、両腕を交差させる十字受けで、その蹴りを受けた。

以前、中東に派遣されていたとき、アメリカの海兵隊員と空手の交流試合をしたときよりもハードで重い蹴りだった。

ただ臑からつま先にかけてを使って「線」のように蹴り上げるのではなく、腰全体をひねって、足の裏全体で叩き込む「点かつ面」の蹴り。

車にはねられたような衝撃で〈ツネマサ〉は咄嗟に、背中を丸めて受け身を取った。

リノリウムの床を転がり、両手で床を叩いて、投げられた勢いを何とか相殺した。

「なんだ……これは……」

女の身長は一六〇センチ前後、体重は、どう考えても五十キロ前後。そこそこに引き締まった身体つきだが、先ほどの衝撃を与えるほどの筋肉の束は、身体の何処にも見えない。

だが、蹴りも、腕力も、身長一八〇センチ以上、体重九十キロ以上の、男の格闘家のそれだ。

おかしい。

相手が、〈ツネマサ〉が考え込んでいる間に、銃のフレームからナイフを素早く外し、逆手に握りこむ。

構えも素人ではない。

突き刺して殺す覚悟が出来ている。

〈ツネマサ〉はラブホテルのロビーで、一メートル半ほどの距離で、女と対峙した。

「なあ、教えてくれ」

〈ツネマサ〉は、少しでも時間稼ぎをしようと、口を開いた。

幸い、優樹菜はもう逃げたらしい。

時間稼ぎは、あくまでもここから、自分が生き延びるためだ。

ジリジリと横に動くと、相手もこちらに回り込もうとジリジリ動く。

「訳も分からず殺されるのはたまらん、教えろ。あんた何者だ」

相手は答えない。うっすらと笑みを浮かべて、殺意だけは吹き付けてくる。

こちらも武器が必要だった。

だが、ここにあるのは壊れた予約用の機械と、先ほど抜き取って床に転がしたＳＩＧのスライドパーツ。

女の足下には先ほど外したＳＩＧの弾倉。

目線を外さず、〈ツネマサ〉はＳＩＧのパーツを拾い上げた。

銃身部分が拳からわずかに突き出るように、こちらも逆手に握り込む。

刃物ではないが、素手で対峙できる相手ではない。

スライド部分は、銃器に使うほど頑丈な、ステンレスとクロムモリブデンの塊、と考えれば有力な鈍器になるし、殴るにしても、硬い物を握り込む方が拳は硬くなる。

腕が痛む、先ほどの蹴りを受けたのが響いてきた。

〈ツネマサ〉は必死に、この場から逃げだそうとする、臆病の灰の中に残る、戦意の火種を奮い立たせつつ、相手を「殺す」と腹を決めた。

遠くで、車の急ブレーキの音がした。

こちらから、仕掛けた。

踏み込みながら相手の持ったナイフへ、スライドを握った手を叩き込む。

ナイフの刀身がひらめいて、こちらの手首を狙うと見せかけ、指全てを斬り落とそうとするのを、拳から突き出したスライドの部分で受けた。

刃（やいば）をはじき返し、〈ツネマサ〉は空いた左手を打ち込む。

が、相手もそれをあえて受けとめると、ナイフを持った細い腕を蛇のように絡みつかせて、〈ツネマサ〉の上半身を開かせようとする。

さらに相手のつま先がこちらの踏み出した右脚の臑を狙うのへ、一瞬前にさらに踏み込み、打たれる部分を臑からふくらはぎの後ろへ変える。

丹田（たんでん）に力を入れて受けたものの、蹴りは重く、打点を変えてもかなりの衝撃だ。

だが、蹴りを放てば一瞬、軸足だけに相手は全体重を掛けねばならない。

ナイフを受け流しながら、〈ツネマサ〉は相手の肘に、自分の肘をぶつけた。

上半身が揺れる。だが恐ろしいほどの体幹で、相手は一瞬、小揺るいだだけだ。

その一瞬の前、構わず足の底全体を使い、腰を落としたまま、足首だけを使い、水の上を滑るような動きで〈ツネマサ〉は前に進み、打った肘を中心に、相手を「押し」た。

相手のバランスがはっきりと崩れる。

一瞬にすら足りない刹那。

そのバランスが崩れた女の喉笛に、〈ツネマサ〉は手加減抜きで、指の第二関節を全て固く曲げた「平拳」のフックを打ち込んだ。

拳では狙えぬ、喉の一点。

女は首をのけぞらせつつ、筋肉を緊張させた。

それまでの細い首に、太い筋肉の束が盛り上がる。

女の喉笛とは思えない、空気の張り詰めたタイヤを、殴りつけたような感触。

女の顔がにやりと笑う。

女の右膝が〈ツネマサ〉の脇腹に入った。

軽く五十センチは飛んで、〈ツネマサ〉は倒れる。

女がナイフをかざしてこちらに走り寄ってくるのが、やけにゆっくりと見えた。

遠くで、車の急ブレーキの音がした。

「死んじゃえ！」

優樹菜の声が聞こえる。

（ああ、俺、死ぬな）

今際の際で聞く声にしては残念な言葉だが、優樹菜の声が聞こえるだけで、〈ツネマサ〉

には満足だった。

だが、聞き慣れたＡＫＭの銃声が轟いて、女の身体のあちこちから唐突に血が噴き出、血まみれになってくたりと倒れる。

床に倒れた〈ツネマサ〉は、ぽかんとその様子を見ていた。

痛む身体を引き起こしてみると、ラブホの入り口で、ＡＫＭを腰だめに構えた優樹菜が目を見開いて仁王立ちしている。

足下に靴はなく、髪の毛は乱れて、ストッキングの脚が汚れていた。

そのさらに向こう側には、〈ツネマサ〉のランサーフォルティスの台湾仕様が停まっていた。

「だ、大丈夫、ツネちゃん？」

ＡＫＭを放り出し、優樹菜は〈ツネマサ〉に駆け寄った。

「お前、逃げなかったのか……」

生き延びた、と思った瞬間、どっと疲れと痛みが〈ツネマサ〉を襲う。

「逃げたよ、車まで！　あとはツネちゃんの予備キーでここまで来て、鉄砲取りだして……」

一年前のクーデター騒動の時、〈ツネマサ〉は、自分の仕事を大雑把に優樹菜に説明し、銃の取り扱い方も一通り教えた。

ただし、一回こっきりだ。

車の予備キーをジップロックに入れ、車の運転席の下に、耐久度抜群のアメリカ製ダクトテープで貼り付けてあるのを教えたのも。

「よく、撃てたな」

「あれから、東京マルイのエアガンで練習してたもの！」

よっこいしょと、全体重をかけて、〈ツネマサ〉が立ち上がるのを腕を引っ張って手伝いながら、優樹菜は応えた。

「……助かったよ」

「とにかく逃げよ、ね？」

「そういえば、お前、免許持ってたっけ」

「言うの忘れてたけど、昨日受かった」

「ありがとう」

心底言って、〈ツネマサ〉は床に落ちたＡＫＭを拾い上げ、地面に倒れた女の頭を狙って数発をぶち込んだ。

そうしないと立ち上がってきそうだからだ。

同時に、変な物を女が背負っているのに気づく。

小さなハンドバッグ。

いやな予感がした。

「乗れ！」

〈ツネマサ〉は優樹菜を助手席に押し込み、車を発進させた。

十メートルも離れないうちに、ラブホテルの入り口で爆発が起こり、テルミットの炎と煙が噴き出す。

リアウィンドウが砕け、一瞬蛇行しかけたフォルティスをなんとか立て直しつつ、〈ツネマサ〉はとにかくこの場から離れる事に専念した。

★

逃げ込んだビルで待ち伏せに遭い、持ち出したマカロフだけで応戦していた橋本を救ったのは、爆破されたアジトで落ち合う予定だった比村香（ひむらかおり）だった。

香は、アジトの爆破を見て、乗ってたGRヤリスの後部座席に隠してあった、ツァスタバM92と、予備弾倉が納まったチェストリグを取りだし、走った。

KUDANの仕事が再開して以来、彼女はパンツスーツに身を包んでいるのが幸いした。

階段を駆け上りながら、折り畳み式のストックを展開。初弾を装填する。

銃撃の音が大きくなって、香は足を止め、ゆっくりと進む。

女子高生の格好をした上から、チェストリグやヘッドセット、透明なアイウェアを装着した女子高生二人には、〈トマ〉や〈狭霧〉たち同様に驚いた。

が、少女たちが橋本を攻撃してる、と分かった瞬間、香は躊躇なく後ろから射殺した。

驚いたのはそのタフさで、アメリカのM４の５・56ミリとは比べものにならない、７・62ミリ弾を十数発背中に食らいながら、少女たちはそれでも身体を起こした。

それればかりか、反撃しようとしたので、香はさらに、その頭部に数発撃ち込むこととなった。

「助かったよ」

空になった三つの弾倉と、残弾なしで遊底が下がりきり、いわゆるホールドオープン状態になったマカロフを手に、橋本がため息をついた。

「こっちは弾が尽きてた。やっぱりライフル相手に拳銃じゃ埒があかないな」

辛うじて、橋本が香が間に合うまで戦えたのは、彼が少女たちより上にいたからだろう。

一般的に、銃撃戦は上に立った方が有利になる。

拳銃にせよライフルにせよ、左右と下へは狙いやすいが、上を向いては狙いにくい。これは銃器の機能、性能の問題ではなく、扱う人間の可動範囲に由来するものだ。

橋本は少女たちの死体を調べようとして、背中に負った英国風の鞄の中を見、血相を変えた。

「走れ！」

階段を駆け下りる。

下りる途中で爆発が起きた。

アルミニウム粉末と酸化鉄粉末を混ぜ合わせた、大量のテルミットによるまばゆいばかりの炎を伴った爆発が起こる。

少女たちの死体の転がった階の窓ガラスが全て砕け、噴き上がる炎が天井を、舐めるように焦がしていくのを、素早く階段の陰からちらりと見た橋本は、そのまま走る速度を上げた。

「香、武器は捨ててけ、もう警官が来る」

「はい」

躊躇なく、香はツァスタバを、ビルとビルの隙間にある、ゴミ箱の中に放り込んだ。

外に出て、香のＧＲに乗り込んで走り出し、しばらくするとパトカーと消防車が、燃えさかるビルに急行していくのとすれ違った。

「なんなんですか、あれ？」

「俺も知りたい。女子高生の殺し屋なんて、まるで漫画かアニメだ」

後部座席でシートの中に隠してある、予備のトカレフを取り出し、弾倉に弾を込めながら橋本はため息をつく。

橋本のスマホが鳴った。相手は〈時雨〉だ。

シートの上に置いてスピーカーにする。

「どうした？」

『襲われました』

〈時雨〉の声は、いつも通りに落ち着いている。

★

全裸の〈時雨〉は、シャワーで濡れた髪から、床にポタポタしたたる滴(しずく)を、ちょっと苦い顔で見つめながら、続ける。

「女子高生の殺し屋が二人。はい、もう倒しました」

2LDKのリビングには、首のない、武装した女子高生の胴体が一人分転がり、心臓を〈時雨〉愛用の刀で貫かれ、絶命した女子高生がもう一人、壁に縫い止められている。

「シャワー室の前で銃をコッキングしなければ、選挙カーが来る騒音に紛れて、部屋に入ってくるぐらい腕利きでしたから、こちらが死んだかもしれません」

『そいつら、自爆装置を背負ってる、死体があるなら……』

　橋本の勢い込んだ声に、〈時雨〉は微笑んだ。

「大丈夫です。いやな予感がしたので鞄は全部、裏に流れてる川に放り込みました。二分ほど流れて、近くの橋辺りでドカンといったので、いま、警察が来ていますわ」

『そうか……』

「ただ、もの凄い力持ちですよ、この子たち」

　一人はミニミ分隊支援機銃を持ち、もう一人はポンプアクション式のレミントンを銃身下に装着したSIG516アサルトライフルを持っている。

「ちょっとした近接戦になりましたけど、どちらも重い銃を、紙で出来たオモチャみたいに振り回してました」

　食器棚も倒され、あるいは彼女たちの蹴りや拳、振り回した銃の台尻で破壊されて、爆破されたような有様の部屋の中央で、〈時雨〉はため息をついた。

　天井には、いくつも弾痕が刻まれている。

「ここ、気に入ったお部屋でしたけれども、逃げるしか、ありませんわね……それと先ほど〈トマ〉君たちも、同じ様な、武装した女子高生の人たちに襲われた、と」

『……分かった。その死体、ひとり分だけでいいから運べるか？』

「ええ」

〈時雨〉はバイク好きだが、こういう仕事をしているため、車も一応保有している。

アウディの中古、それなりにエンジンや足回りをいじってあった。

「以前、〈トマ〉君たちと使ったスーツケースがありますから」

濡れた髪の毛をかきあげ、返り血に染まった白い裸体を光らせて、〈時雨〉はスマホを持ったまま再びバスルームへ向かった。

『そいつを持って、今から言う病院へ運んでくれ』

「了解です。少し遅れますがいいですか？」

『気をつけろ、第二波が来るかもしれない』

「それまでには逃げてますわ」

微笑（ほほえ）んで〈時雨〉はスマホを切った。

熱いシャワー浴び、たっぷり泡立てたスポンジで肌についた血を洗い落とす。

手際よく終えると、身体をバスタオルで拭（ぬぐ）い、白い裸身に黒いレースの下着をまとう。

ジーンズに、短く、ぴっちりしたタンクトップを着用した。髪の毛は濡れたままにする。

愛用しているラウゴ・エイリアン自動拳銃二挺を納めたホルスターを、身体に巻いた。

少女の首のついているほうの死体を、海外旅行の時に使ったサムソナイトのスーツケースの中に手際よく納める。

死後硬直が始まり始めてはいたが、何とか間に合った。

最後に、黒い刀身の刀をカイデックスの鞘に収め、部屋の中にあったツァスタバと、予備弾倉と弾をギターケースに押し込むと、付属のベルトで肩に担ぎ、スーツケースを引きずりながら部屋を出た。

「ああ、重い……」

廊下を数歩歩いて、珍しく弱音が〈時雨〉の口から出た。

七階の廊下に、川から流れてくる風に乗って、煙のかすかな匂い、先ほどの爆発で集まった野次馬の喧噪(けんそう)と、それを声をからして整理している、警官たちの声が、聞こえてきた。

このアパートはまっとうな勤め人が多く、殆(ほとん)どの部屋が今は留守だったのは幸いだ。

「楽しかったんですけれどもね。やっぱりあの二人についていけば良かったかしら」

ドアの表札に書き込んだ、今は別のアパートに住んでいる〈トマ〉と〈狭霧〉、そして自分の偽名を書いた札を抜き取りながら、〈時雨〉は苦く笑って、一階の駐車場に続くエレベーターに乗った。

★

その日、瀬櫛刑京は、東京拘置所から正式に解放された。

マスコミをなんとか撒いて、さいたま市のとある高級ホテルに滑り込む。

家付きの弁護士と供に、最上階にあるペントハウスに向かう。

道中、刑京はじっとりとした脂汗が、額に浮かぶのを、何度もハンカチで拭った。

医学の進歩が呪わしい、と今日ほど思ったことはない。

彼の父、瀬櫛吉郎は、かつて「獅子の風貌と声、目力は重戦車の投光器」と呼ばれた押し出しの強さと交渉力の高さ、そして彼の代まで積み重ねてきた、大地主としての金の力で政界の風雲児だった。

二十年前に首相になってからは、「小さな政府」をめざし、あらゆる公的機関の民営化を推し進め、各省庁のプール資金を吐き出させ、財務省が出来てからは、その理念の制定にも関わった。

財務省の存在意義を当初の「国民の生活の安全と、国の信用を守り、希望ある社会を次世代に引き継ぐ」から「国民の生活の安全と」を削り「国の信用を守り、希望ある社会を次世代に引き継ぐ」と変更した裏には、彼の意見が大きかったとも言われる。

結果、財務省はその理念に従い、国民を切り捨てるようになったとされている。

家でも傍若無人で、刊京は母と共に、父が家に帰るたびに怯(おび)えて暮らすことばかりだった。

だが、五年前、心筋梗塞(しんきんこうそく)で倒れ、弱々しく変わった吉郎は、涙もろい好々爺(こうこうや)と変じ、刊京の手を握って「ウチの選挙区を頼む」と懇願した。

吉郎の公設秘書は彼らを裏切って独立で立候補し、刊京は父の遺産を守る為に戦い、初当選し、以後、父はすっかり大人しい老人に……なっていたのだが。

クーデター騒動で捕まる直前、ｉＰＳ細胞を使って、心筋梗塞で死滅した心臓の筋肉を復活させる手術を許可したのが、今にして思えば痛恨の間違い。

手術後、みるみるうちに心臓は復活し、それと同時に父は脱ぎ捨てた傲岸不遜(ごうがんふそん)の鎧を再び身にまとい、復活した。

全て、刊京が獄中にあった間のことである。

「刊京、戻りました」

ドアを開けた途端、刊京は深々と頭を下げ、上げない。

「戻ったか。馬鹿息子」

部屋の奥から声がする。

ちら、と上目遣いに刊京はその方向を見た。

痩せ衰えてミイラのようだった老人は、今や自分よりも健康そうな肌で、がっしりした筋肉を取り戻し、膝の上に自分の孫ほどの年齢の女性を侍らせている。

全ての時間が、まき戻った気がした。

背広姿の自分が、まだ学生服を着ているように思える。

「顔を上げろ……フン、刑務所に入りかけた割には、犬みたいな顔だな」

がっしりした顎が皮肉に歪む。

「何の深みも、渋みもない。苦労知らずのボンボンのままか」

「お、お父さん、その、あの……」

政界の若手の星、と言われていたことが遥か昔のように、しどろもどろになりながら、刊京は何事かを言おうとしたが父は、それを一顧だにせず、

「私は、彼らと手を組むことにした」

と決まったことを告げた。

「いや、あのお父さん、あいつらは危険です！」

「だからお前は犬の顔をしているのだ！」

だん、と肘置きに拳が打ち下ろされて、膝の上の女が逃げ出す。

よく見れば、これまでの父の愛人たち同様、女の顔や、短いスカートから覗く長い脚には、ファンデーションやストッキングで隠した痣が見えた。

「いいか刊京、政治家は刑務所にどこまで近づけるか、そして塀の上に上り、向こう側に墜ちないかが勝負所だ！」

「し、しかしですね……」

「もうすでに幹事長たちに、話は通してある……お前に跡目を譲ったことで、幸い、今の私は私人である。よって、問題はないそうだ……警察庁長官の馳田くんと、新型感染症対策専門家会議の副座長である及川大全博士は、大学卒業時からの旧知だ。彼らにも協力して貰うことで、向こうとも話は付いてる」

「お、お父さん一体何を……」

「お前は、あの少年が今回の首魁であろうと考えているようだが」

炯々とした眼光に射すくめられ、刊京は気をつけの姿勢のまま、動けなくなった。

「真の政治家は、意外すぎる真相の、さらに裏を読むものだ」

黙って、首をひねる息子に、瀬櫛吉郎は失望のため息をついた。

「とにかく、今は身体を休めて、いつでも出られるように身繕いをしておけ。お前も私の後を継ぐなら、私のやり方を憶えることだ」

「しかし、彼らの考えと計画は……」

「いいではないか。彼らの推進しようとする社会は、これからの日本にとって、驚く程の有益さをもたらす。野党巻き返しの風が吹く前に、そんなものが二度と出てこないように封じるには、金を我々の手元に集中させる必要がある」

じろりと息子を睨み付けながら、吉郎は言った。

「底辺のないピラミッドこそが、日本を救う唯一の手段だ——お前も国民に主権があるという古くさい考え方は捨てることだ。愚民は我々優れた者に従い、それが出来なければ切り捨てていく……もはや日本はそうして富を集中させることでしか生きられないのだ！」

(ああ、もう駄目だ)

刊京はため息をついた。

どうやらＩＮＣＯは、見事に父親に取り入ったらしい。

派手な政治的パフォーマンスと、「働かざる者食うべからず、金をより多くもち、稼ぐ者こそ国の主役」とする新自由主義に凝り固まった父親と、あのＩＮＣＯの少年〈オキシマ〉の提案する案は相性が良すぎる。

父親は知らないのだ、ウェブの奥底に巣くう悪意は、首相を経験したとは言え、一国の政治家程度に操れるような実体が、ないことを。

そして彼らの毒は、ゆっくりと古い権力者の中に回り、いつしか内側から腐らせていくことを。

（まてよ、親父がこのまま死んでくれれば……）

淡く、昏い期待が顔に出ないよう、刑京は頭を下げ続けた。

高田馬場の片隅に、その開業医は、自分の病院を構えて四十年になる。

警察庁、警視庁双方から依頼されるほどの検視官で解剖医という希少な人材で、今も非常事態になると乞われて出張るという老人だ。

その裏口のインターフォンを、夕方過ぎに橋本は鳴らした。

ギリギリまで〈時雨〉のアウディが寄せている。

「ご夕食時に申し訳ございません。憶えておられるでしょうか、磨土医師。警察庁におりました、元警部の吹雪と申します」

公安時代の偽名を橋本が名乗ると、レンズの向こうから、すぐに声が返ってきた。

『おう、珍しい人が来たね』

ややあって、裏口のドアが開き、グレーヘアの老女がにんまりと笑った。

「ロシア人の殺人鬼ぶっ殺して、外事やめて何年だね？」

そう言って橋本をハグする。

「あれはよくやってくれたと思うよ。殺されたうちの姪っ子も浮かばれる」

「お医者さんがそんなことを言っていいんですか？」

「まだこの国は、その程度の事なら、個人の見解で言える自由は残ってたはずだよ」

そう言って呵々大笑する。

丸顔で、眼は小さく、口元は尖り気味、美人だの可愛いだの言われるよりも先に「愛嬌がある」と言われる顔だ。

それがそのまま後期高齢者になったような、不思議な色艶の肌と、小さな眼が印象的だ。

磨土ケイコ、現在八十六歳。日本の科学捜査業界において、一定の影響力を持ち続ける腕と頭脳の持ち主である。

「実は妙な遺体が出まして」

「警察では調べられない、ってやつかい？」

「……はい」

「いいさ。もっといで」

「では」

橋本が片手をあげると、アウディから降りた〈ツネマサ〉が、後部トランクに放り込んであったサムソナイトを引っ張り出す。

一旦、ＫＵＤＡＮのメンバーたちと合流した後、それぞれに乗っている車を入れ替え──〈ツネマサ〉のフォルティスと〈トマ〉のハスラーは、逃走の際に派手にぶつけていたり、銃弾を浴びて穴だらけなので、乗り捨てることになったが──ここへ来ていた。

「中身は？」

「武装した女子高生です」

「は？」

「銃やライフル、ナイフで武装していました。オマケに、驚く程の怪力で、元陸自の奴が放り投げられたぐらいです」

「この鞄の中に入るぐらいの女子高生が、かい？」

一瞬驚いたものの、すぐにケイコ医師の顔に愉快そうな笑みが浮かんだ。

「ええ」

「つまり、血液検査と細胞検査をしろと？」

「新種の麻薬なのか、それともステロイドの一種なのか、で今後の私の身の振り方が、変わってくるもので」

「いいだろ。科警研にも知り合いは多いからね」

磨土医師のところを辞して、橋本は、なんとか逃げ出したKUDANのメンバーたちの集合している場所へ移動した。

「栗原(くりはら)警視監のところには、まだ例の女子高生の姿は見えてないそうです」

助手席で香がスマホから耳を離して報告する。

「悪い予感がするな。〈ケイ〉、足柄(あしがら)に電話を入れろ」

「彼に護衛を頼むんですか?」

香がさすがにそれは、という顔をするのへ、

「護衛はお前がやる。足柄は周囲からの狙撃を警戒して貰うんだ。それと、最近あいつが好むような、高級な銃器類の密輸がないか、聞いておけ。奴がヤクザ関係の誰に何を売ろうが構わんが、それが今回襲ってきた連中に繋がりそうなら、情報が欲しい」

「了解です」

納得した表情で、香はスマホの電話番号を押した。

「でも、報酬はどうします?」

「警察庁に貸しを作れるぞ、といえばアイツのことだ、自分でどうにかするさ」

（あとは植木屋(うえきや)か）

橋本はハンドルを握りながら、面長(おもなが)な顔に太い眉毛に、小さな目の、「植木屋」と呼んでいる、公安の植木への連絡方法を選んでいた。

女子高生だけの殺し屋、などという、目立ちすぎるものが実在する以上、公安が何らかの情報を持っていなければ、おかしいからだ。

（いやな予感がする）

橋本は、渋面が浮かぶのを抑えきれない。

こんな馬鹿で派手で、浮世離れした暗殺者が存在するには、それなりの資金と、組織的なバックアップが必要だ。

それが可能な存在を、橋本は真っ先にひとつ、思い浮かべている。

ＩＮＣＯ。

インターネットの闇の奥に巣くう、犯罪の主催者たち。

犯罪を企画し、運営し、それを実況し、賭(か)けを行い、莫大な金を動かす連中。

特に橋本たちはその中の一人から、格別の恨みを買っている。

夜の闇が車の窓を流れ、唯一、自分たちに好意的だったＩＮＣＯの顔を橋本に思い出させた。

「ポーター」と名乗った黒人女性のＩＮＣＯ。

(場合によっては彼女を頼るのも手かもしれん)

危険な考えかもしれないが、敵の敵は味方だ。

国際機関「アンドリュー・ハッチノン経済研究所」の日本代表が、神田明神の近くにある、経済省の孫機関「第四経済研究所」の会議室に招かれたのは、翌日の午後。

晴れ渡った秋空が、大きな窓の彼方に広がるのを眺めながら、日本代表の白人男性は横にいる中学生に軽く会釈をして、主従関係を示し、経産省の官僚たちを軽く混乱させた。

さらにそこには経済同友会の会長とその秘書、経済産業大臣政務官のひとり。

なによりも今回の会議の主役として、五代前の元首相で、今も隠然たる支配力を与党に持っている、瀬櫛吉郎の姿があった。

かつては元重量挙げのオリンピック選手候補であると分かる、がっしりした身体つきだったが、体重は半分近くに減り、しかし「重戦車の投光器」と呼ばれた眼力は変わらない。

その横に、元総理とは比べものにならない、線の細さの瀬櫛刊京がいる。

不可思議なのは馳田画(かく)警察庁長官までいることだ。

先々代の総理に近づき、警視庁公安部に移ってからは「首相の闇の左手」「闇の宰相(さいしょう)」と言われるほどに親しく付き合いを行い、警視総監にまで昇り詰めたあと、一年前のクーデター騒動を自衛隊の協力はあったものの、ＳＡＴ、ＳＩＴの連合部隊で「見事収めた」という功績で警察庁長官に収まった人物だ。

だが、経済には全く関係がないはずである。

「まずは、我々のＮＧＯ団体としての日本での本格的活動へのご協力を賜(たまわ)ること、誠にありがとうございます」

「アンドリュー・ハッチノン経済研究所」日本代表のコレリー・リュネンコ代表が流暢(りゅうちょう)な日本語と共に、丁寧に頭をさげた。

「我々の提唱する『社会の数値化による新しい経済システムと貧民救済プラン』に同意いただけたこと、さらにここに日本政府から三十二億円の企画支援金を閣議決定で得られましたこと、誠に感謝するものであります」

言われて官僚たちは顔を見合わせた。

三十二億円もの支援を、彼らに与える、という話は初耳だったからである。

が、すぐに「仕方がない」という顔になった。

内閣人事局が作られて以後、「閣議決定」が国会よりも、優先的に法的、制度的決定を密議で決めてしまうことに、彼らはもう慣れきってしまっていた。

あとで上の方から「厳重な抗議」が行くだろうが、そういう記録が残るだけだ。

一年前のクーデターを（表向きは）乗り切って、与党はますます血気盛んだし、第二与党と化した野党も増えた。

官僚は彼らの決めたこと、決めたいことをアシスト、あるいは黙認するだけの存在となって久しい。

ここに自分たちがいるのも、そういう「儀式」の一環でしかない。

故に官僚たちは、粛々と他の手続きを進める。ほんの一瞬、不快と苦悩の表情を浮かべつつ。

もはや日本政府において「手続き」とは単に「大昔からそうだったから」という「儀式」に成り下がっていた。

「君たちの『エレウシス・プラン』だが、大変興味深く拝見したよ！」

瀬櫛吉郎が、満面の笑みで、おもむろに切り出した。

自分たちが、本来この場にいることがイレギュラーであるとは、みじんも感じさせない。

実際、この半年で政界に復帰するのか、去年半ばの奇蹟の回復以来、与党の半分は彼が動かしているのも同じだ。

「それに伴います、当方の計画を……」

コレリー・リュネンコ代表は持って来たPCを壁のモニターに接続して、これから日本で行う「実験的福祉事業計画」の骨子を話し始めた。

それ自体は、生活保護を受けている貧困層からサンプルを選び、身体的に問題がない、サンプル対象者（※主に若年層から採る）に高等教育、もしくは技術訓練と外国語を学ばせ、積極的に海外で働かせて外貨を得る働き手となって貰う、というシンプルなものだ。

彼らの考えは、以下のようなことである。

日本の識字率と、社会同調性、勤勉さは世界でも例がない。

これに語学能力と、出稼ぎ先の国の社会ルールの周知が加われば、国内で働くよりも数倍の金銭が稼げる可能性がある。

彼らのプログラムによる、職業訓練中の脱落者を考慮しても、計画がスタートして以後、十年後には年間数百万人の出稼ぎ労働者によって、実質GDPは現在の三十％を越える、と。

幾つかの質問が政務官と経済同友会の会長秘書、さらに経済産業政策局の官僚たちから飛んで、コレリー代表は見事にこれをさばいて見せた。

受け答えは完璧だったし、出てくる数字は経産省や文科省が資料として提出した物を底本としているため、矛盾もない。

ただ、官僚たちは一つの疑問符を浮かべていた。

日本の政治家は、官僚以上に新しいことが嫌いだ。

MMT理論をはじめとした新しい経済理論はもちろん、ベーシックインカムを含めた、新しい福祉政策などは特に。

構造改革という言葉はよく口にするが、それは、与党への利益誘導がしやすくなるための、という前置詞を省略した物である。

同時に、この三十年ほどで「将来を見越した」計画も嫌うようになった。

そして、「アンドリュー・ハッチノン経済研究所」が提示したこの計画は、かなり斬新なプログラムだ。

地方自治体と中央政府の手を煩(わずら)わせず、「アンドリュー・ハッチノン経済研究所」が支援金を受けて作るNPO団体が執(と)り行(おこな)い、軌道に乗ってきたら経産省に引き渡す。

この構造だと、大なり小なり既得権益が発生するには、予定通りに軌道に乗ったとしても二十年は掛かる。

もう一つ、外事に詳しい官僚たちの脳裏をかすめたのは、この「アンドリュー・ハッチノン経済研究所」が、ＱＧＨとかつて呼ばれた、新興宗教の手が入った組織だ、という情報だ。

アメリカに本拠地を置き、新理論による経済復興の提案と実験を世界各国で行う。

……という美名の下、ＱＧＨの教えを布教する教会を建てて回っていることで「カルト団体」の指定をアメリカとＥＵで受けている。

本来なら要注意団体のはず――が、誰もそのことを口にしない。

上が口にしないことを、下が口にすればそれは身の破滅である。

会議は終わり、上の連中はそのまま別室で「懇談会」となった。

★

別室に入った瀬櫛の姓を持つ政治家ふたりと、経済同友会の会長、大臣政務官、警察庁長官のたちの前に、用意してあったトランクが置かれた。

カーテンが引かれ、ＬＥＤ照明が煌々（こうこう）と照らす下、頑丈そのものの大型トランクケースの中身が、露（あら）わになる。

黄金に輝く金の延べ板が、ぎっしりと詰まっていた。

金の一キロ地金。大型ケース二つに、四十本は詰まっているだろうか。

それがまだ、三つ台車に載って、ある。

「とりあえず、瀬櫛先生に十億。キックバックとなります」

コレリーが微笑みを浮かべる。

「皆様には五億」

実際には瀬櫛親子に十億と考えれば全員公平に五億ずつの金地金ということになる。

「私の方は五〇〇グラムの地金でいただけますね？」

大臣政務官が尋ねると、「ご安心を」とコレリーは頷いた。

「しかし、長官は本当によろしいのですか？」

「今回のことは私にとってはある意味願ったり叶ったりですから」

と皮肉に頬をゆがめた。

「あの面倒な組織と、生意気な官僚を始末できれば、こちらとしては、それ以上は求めません」

「では、我々の『トリルヴィー』が動くことはしばらく目をつむっていただけると？」

「そこはもちろんです。ただ、確実にお願いします」

「それはもちろん。我々もこの事業に賭けておりますし」

コレリーの後ろで、それまでつまらなさそうにスマホをいじり続けていた少年が、このとき、初めて顔を上げてにっこりと笑った。

この少年が何者で、どうしてこの場にいるか「何も聞かない」ことがコレリーの出した数少ない条件の一つである。

瀬櫛刊京とコレリー以外、実はこの場で彼らが集められたことと、その資金の元、そもそもこの計画自体が、この少年の姿をしたＩＮＣＯの頭の中から全て出てきたとは、誰も知らない。

そして、知っていたとしても、信じることは出来なかっただろう。

この中で、一番年若く、「前科者」として立場の弱い瀬櫛刊京だけが、事実を理解して少年から目を背けていた。

第三章　逃走と追撃

赤坂のホテルの奥。

紅い絨毯（じゅうたん）に紫檀（したん）の机が置かれ、壁一面は、数十分割された二〇〇インチの液晶モニターが埋め尽くしている。

数分ごとに、半径二キロ圏内の監視カメラにハッキングした画像を、角度を変えて流していくそれを横目に、その部屋の主は、盗聴防止のスクランブラー付電話を受けていた。

「お久しぶりですね、橋本（はしもと）さん」

オールバックになでつけた髪、卵形の顔の輪郭（りんかく）を考慮して絶妙なカーブを描く、シルバーフレームの眼鏡は、その奥にある怜悧（れいり）な目つきを幾分か和（やわ）らげている。

徐文劾（シエ・ウェンカイ）、中華人民共和国国家安全部・元第八局、現在は各国の政治経済、科学技術情報収集を司(つかさど)る第三局に所属する、日本における中国のスパイマスターのひとりだ。

いきなり掛かってきた電話に、徐は嫌な顔一つせず、微笑(ほほえ)みと共に対応していた。

『襲われた。何か知らないか？』

「ご挨拶(あいさつ)ですねえ」

苦笑と共に、徐は肩をすくめる。

『十代後半、女ばかりの集団だ。武装には金が掛かってるし、訓練も受けてる。オマケに何か薬物でも使ってるらしくってな、えらい怪力集団だ』

「あなたのお国の、新作アニメのお話ですか？」

『お前さんの国でも最近作ってないか？　そういう話』

「我が国は残念ながらモラリティが高すぎて、そういう下品な物は党から禁止されています――ま、正確には全人代で何か言いたい、地方のご老人たちが、嫌いでして」

『政策に口出しさせたくないが、話を聞いてる、という態度を示す為に、そういう方向での規制をしょっちゅうやってるのは知ってる。だが、これは現実の話だ』

「リアルにそれをやるとしたらロシアでしょうね。あの国は昔からおとぎ話と黒帮(ヘイバン)じみた考えが大好きですから」

『ロシアの筋に聞いたら、中国だといわれたぞ』

「人間、図星を指されると誰かに責任転嫁をするものです」

『…………まあ、いい。中国政府は動いてないんだな？』

「私の知る限りでは、誰も動いていません」

『そうか、忙しいとこ、邪魔して済まない』

「襲われたということは、これからその相手と戦うので？」

『ああ、多分そうなる』

「お手伝いは……？」

『無用だ。あんたらに支払う価値のあるものを、俺は持ってない』

「そうですか。残念です」

『近いうち、酒でも飲もう』

「そちらのおごりで、うちのホテルのバーカウンター以外の場所なら、喜んで」

『もちろん、そのつもりだ』

電話が切れた後、ほんの数秒、徐は受話器を見つめた。

「そんな頃合いが来ることがあれば、ですが」

呟（つぶや）いて、徐は受話器を置いた。

★

極秘のはずの自分たちに対し、しかもプライベートを狙ってくる。

となれば、その組織の規模は、巨大なはずである。

「背後にＩＮＣＯ（インコ）がいる可能性は高い――そうなれば無尽蔵に金は湧いてくるから、逃げ続ける覚悟も必要になってくる」

栗原（くりはら）からの「リスト」の存在を明かすわけには行かないが、橋本は、幾つかある非常招集用のアジトで落ち合った仲間たちに、そう告げた。

場所は千葉県の郊外にある、分譲販売に失敗したまま、会社が倒産し、廃墟（はいきょ）と化したマンションの一室。

電気水道は裏技を使って復活させていたが、ここにとどまり続けることは、出来ない。

ＩＮＣＯは何処（どこ）までも追ってくるし、自分たちの情報を、前もって調べている。

「子供の頃に遊んだカードゲームと同じだ。もう手元にデッキはある。手札をどの順番で切っていくか、慎重に冷静に、そして相手よりも早くやる、それだけだ」

言うだけなら楽だが、それがどれほどの危険を伴うか、あえて橋本は口にしなかった。

そんなこと、言わないでも判る連中だ。

〈ケイ〉こと比村香にも、しばらく休暇願を出すように言ってある。

　場合によって、彼女には「失踪」してもらうことになるだろう。

「二日以上同じ場所にいないこと」を厳命して解散した。

「今持っているスマホも身分証もここで捨てていけ。非常用の身分証も一週間、いや三日以上同じ物を使うな。国外に出られるなら出ておけ」

〈時雨〉が手を挙げた。

「どうした？」

　こうした場面で、彼女の意見が出るのは珍しい。

「個人個人で分かれると、今回は各個撃破されると思いますわ」

　何しろ、今回〈ツネマサ〉を除いて全員二人ないし、三人に襲撃されている。

「では数名ずつにまとまるか？」

「それではどうしても隙が出来ます。私たちはこのまま一緒に行動した方が、今回はいいと思いますけれども、いかがでしょう、〈ボス〉」

　言われてみればその通りである。

（どうも役人根性が抜けないな）

　どうしても前もって作ったマニュアルに従いたがるのは、典型的な役人気質が、まだ自分から抜けていない証拠だろう。

（公安をやめて五年になるってのに）

苦笑しながら橋本は頷いた。

「よかろう。だがこれだけの人数だ、何処へ隠れる？」

「いいところを、〈トマ〉君が知ってますわ」

言われて、〈トマ〉がきょとんとした。

「え？」

★

二日後。

神奈川と静岡の境界近く、真鶴のとある所に建つ、コンクリート打ちっぱなしの外装をもつ、五階建てのビルと、その隣にある三階建てのビル。

五階建ての二階と三階層、三階建てのほうは二階層には全て、日本でも有数のサーバーシステムが陣取っている。

日本有数の自然科学の総合研究所である、理化学研究所（通称・理研）から防衛省、経済産業庁、財務省にいたるまで、極秘裏に使用しているサーバーの一部だ。

その主は〈ユア〉としか判らないハッカー。

正体については、日本有数の財閥の総帥の孫娘である、あるいは某大物政治家の隠し子という噂(うわさ)も立っているが、その正体は定かではない。

そのうち、三階建てのほうの最上階にある一室で、〈時雨〉は〈ユア〉をベッドの上で責め立てていた。

広大なキングサイズのベッドの周囲は、シーツ同様に黒一色で、鏡と、銀のラインで描かれた英語の「エイボンの書」の一部と、「法の書」の魔法陣に関するページが所々にあしらわれ、SM拘束用のX字型磔台(はりつけだい)や、様々な種類のムチや猿ぐつわ、手錠、バイブレーターの類い(たぐい)がずらりと並んでいる。

「おう、おう、おお」

ベッドの上、仰向け(あおむ)に手足を拘束されて転がされた〈ユア〉は、ほっそりした身体(からだ)をぐっしょりと汗で濡らし、球状猿轡(ボールギャグ)の呼吸用に開けられた穴から、だらだらと涎(よだれ)をしたたらせつつ、のけぞる。

日に滅多にあたらない、透き通った白い肌。

軽くあばらの浮いた脇腹には、壁に書かれた「エイボンの書」英語版の写し、首筋には蜘蛛(くも)の巣を模したもの、下腹部には「deadly selector」と筆記体で書かれた矢印のタトゥー。

仰向けに寝かされているため、今は黒いシーツに接してる背中に回れば、肩甲骨のあたりに蝙蝠(こうもり)の翼のタトゥーがある。

先ほど、〈時雨〉の手で、陰毛を全て剃(そ)られた跡も青々しい股間からは、止めどなく愛液が流れ、時に、軽い絶頂と共に線を描いて噴き出す。

両手首は後ろで革手錠によって拘束され、折り曲げられた両膝は革のベルトとステンレスのパイプで、脚をM字形に広げたまま固定。

ベッドの下では、同じように両腕を拘束され、〈狭霧(さぎり)〉の手に握られた、鎖つきの首輪をつけて眺めている、二十代後半の女性がいる。

彼女は、〈ユア〉のペットとして飼われている女だ。

表向きは、このサーバーシステムを運営する、会社の社長として、辣腕(らつわん)を振るっている。日本を代表する有名一流大学を、首席で卒業後、米国に渡り、画期的なサーバーシステムの運用方法と、量子コンピューターの、誤りフラクタルを補正するためのプログラム作成に関わるほどの才能の持ち主である。

さらに、フィットネス雑誌の表紙を、軒並み飾ったこともある美貌で知られているが、大学生時代に家庭教師に赴いた先で、この〈ユア〉に、秘めたマゾ要素を見抜かれ、調教され尽くしたマゾ奴隷だ。

今も、その引き締まっているが、絶妙にみっちりと、脂ののった尻肉の間から、アナルを貫いた、テニスボールほどの「珠（ビーズ）」が八つ連なった、アナルビーズの指かけ部分が揺れ、前の肉門は、床に固定したバイブレーターが塞（ふさ）いでいる。

「ああ、〈ユア〉様、〈ユア〉様があんなに……」

うっとりと、普段は自分を容赦なく責め立て、アナルに拳はおろか、肘までぶち込む年下の少女の成長した姿が、今は〈時雨〉の手により、両手首の自由を奪われ、目隠しされた上、もう二時間近く焦らすような責めを受けている。

「ぅお、ぉおお、おぅおお！」

激しく腰をゆすって、〈ユア〉はじわじわとしか動かない〈時雨〉の指先を、昨夜のように、もっと激しくしてくれることを乞（こ）う。

「だあめ」

〈ユア〉のツインテールにした髪をかき上げ、耳たぶを少し前歯で齧（かじ）りながら、黒いレザーで出来たボンデージスーツ姿の〈時雨〉は、やさしく、悪戯（いたずら）な天使のように囁（ささや）いた。

今の彼女は黒髪をアップにまとめ、肘の上までの黒いラバー手袋に、同じく黒のフェイクレザーで、ぴっちりしたオーバーニーのハイブーツ姿。

衣装の各所にはベルトパーツが多用され、絞り出された白い肌は淫猥（いんわい）に輝いている。

「まだまだ。今日は〈ユア〉ちゃんには天国に行って貰うのですよ……いえ、地獄かしら？　地獄がいい？」

　目隠しをされたまま、〈ユア〉はコクコクと頷いた。

「じゃあ、もう少しこれで我慢してくださいな」

　そう言って、〈時雨〉は細い〈ユア〉の太腿のガーターベルトに、電池ボックスを差し込み、そこから伸びるコードの先にあるローターを、その下半身で固く尖った肉芽に押し当てるようにして、テープで固定した。

　スイッチを「弱」に入れ、〈時雨〉は素早くBluetoothヘッドフォンを彼女にかぶせ、そのスマホのプレイリストから、DEATHというバンドの“Lack Of Comprehension”を選んで再生する。

　数秒の緩やかな音のあと、激しい演奏と、今はこの世にいない、ボーカルのチャック・シュルディナーの声が〈ユア〉の耳を塞ぐ。

　微笑みながら、〈時雨〉は、〈ユア〉の身体をさらにもてあそぶ。

　指と舌が、まだみずみずしい十代の終わりの肌を濡らし、陰門の尖った敏感な部分を、指紋でこそげ取るように動く。

「んーっ、うッンんーっんん！」

ボールギャグから漏れる声が、甘さと切なさを増した。

「〈トマ〉君、そろそろ用意出来た？」

〈時雨〉が、部屋に通じるドアに向けて声をかけると、

「は、はい……」

と〈ユア〉に負けず劣らず、細い身体の少女が、太腿の半ばまでのハイブーツに肘上までのエナメルグローブ、ハイカットのコルセットをつけて現れた。

どれも全て赤い。

髪は〈時雨〉のように、腰まであるロングヘア。

恥じらいがちに伏せたまつげが長い。

違和感があるとすれば、キャットスーツの股間が大きく膨らんでいることだ。

膨らみは直径五センチ以上、長さはヘソの上まである。

「さ、ここに来て」

キャットスーツの美少女は、熱い息を吐きながら、

「はい」

と消え入る声で頷いた。

かすかにベッドを鳴らしながら、美少女が上がる。

「さあ、〈トマ〉君。おチン○出して」

少女の背中に回り、豊満な乳房を押し付けながら、〈時雨〉が囁くと、美少女はキャットスーツの股間を留めていたボタンを、弾くようにして外した。

顔に似合わぬ巨大な、全て丁寧に脱毛したペニスと股間が露わになる。

「言ったとおりにして……ね？」

「はい」

眼を伏せ、頬を赤らめ、熱く淫らな息をつきながら、美少女……〈トマ〉は頷いた。

〈トマ〉は、精力絶倫の上に、マゾ気質のある女装趣味者だ。

〈時雨〉に、その事実を突き止められて以来、ズルズルと関係を持っている。

〈時雨〉は元々は身持ちの堅いお嬢様気質だった。

だが、死刑囚として死刑執行されたところから戻ってきた為か、性を含めたありとあらゆる「楽しそうなこと」には貪欲で、今は〈狭霧〉も巻き込んでの関係を続けている。

だから、〈トマ〉は〈時雨〉の命令には逆らえない。

女装した身体に似合わぬ、熱く、固く勃起したものを晒しながら、さらに一回り大きくする。

ヘッドフォンをずらし、〈時雨〉は囁いた。

「さあ。今日は貴女の処女を貰いますわね……」

目隠しをしたまま、〈ユア〉がそれを聞いて嬉しげに何度も頷く。

〈時雨〉はゴスロリ少女の、両膝の間を結ぶパイプを外し、鼻先に軽く口づけをして、潤みっぱなしの秘所に顔を下ろすと、花弁の中にねっとり舌を入れた。

子猫がミルクを飲むような音から、すすり上げ。キスをする濃厚な粘音が寝室に響く。

音が変わるたび、長引くたび、〈ユア〉のボールギャグの間から漏れる嬌声が、ひときわ高くなり、唾液の飛沫と股間の飛沫がシンクロして弾ける。

〈ユア〉の小さな乳房の先端が、固く尖り、快楽の汗がぬらぬらと身体を濡らし、部屋の照明に輝く。

発情牝の匂いが、湯気となって立ちこめそうな〈ユア〉の細い身体は、引き締まった豊満な〈時雨〉の身体にもてあそばれ続ける。

うめき声のような嬌声と共に、ボールギャグから溢れる涎が、その頬を伝い、襟足からシーツに染みを作って広がった。

二分ほど、そうしてたっぷり舌先と指で〈ユア〉の、無毛の丘の中枢を愛撫し、〈時雨〉は唇を離して、〈トマ〉を手招きした。

〈ユア〉の白い肌は赤く染まり、〈時雨〉の愛撫で、失禁したように秘所は濡れそぼっている。

「さあ、行くわよ……力を抜いて」

したたる愛液が尻肉に流れていく中、一筋の飛沫が何度か飛ぶ。

息を荒らげながら、〈トマ〉は固く反り返ったペニスを、無理矢理に押し下げるようにして、〈ユア〉の入り口に添えると、一気に腰を進めた。

〈ユア〉の背中が弓なりに反り、腰を逃がそうとするのを〈時雨〉が下腹部を押さえてペニスを無理矢理、その胎内に納めさせる。

「――――っ！」

声にならない声と共に、〈ユア〉と〈トマ〉の隙間から、赤い物が流れ落ちた。

「き、キツイ……です……」

「そう？　これもきついですわよ」

〈トマ〉の背後で〈時雨〉の声がした。

「ぉあ、ああああああ！」

少女の姿の〈トマ〉があえぎ、身体を震わせる。

これまで毎日のように〈時雨〉や〈狭霧〉に犯され続けて、むっちりとした牝の尻になった〈トマ〉の尻肉を割って、〈時雨〉が腰に装着したディルドーが押し入っている。

「そういえば、こっちで〈トマ〉君を啼かせるのは久々ですわね」

微笑みながら、ゆっくりと〈時雨〉は〈トマ〉の中にディルドーを出し入れし始めた。

「ひぐあ、っあっ、あっ、あっ、だめ、〈時雨〉さん、そんな強いので、トントン、トントンしないでええっ！」

ディルドーの先端が、射精と勃起をコントロールする前立腺を叩き、〈トマ〉は少女の声を上げた。

女装した〈トマ〉は牝になりきっている。

「〈トマ〉君ホントに、ここの男の子スイッチに弱いですわよねえ」

クスクス笑いながら〈時雨〉は、次第に男顔負けの荒腰を使って〈トマ〉を犯していく。

「だめ、だめだめっ、そこ攻められたら、僕、出ちゃう、でちゃいますぅっ！」

「だぁめ、我慢して」

「でも、でもキツイ、〈ユア〉の中、キツキツでぇ……〈時雨〉さんみたいにデコボコとつぶつぶがあって、〈狭霧〉さんみたいに幾重も締めてくるん……じゃ……なくて、ぎゅう……ぎゅうでえっ！」

「〈狭霧〉、〈ユア〉ちゃんの口、取ってあげて」

〈時雨〉はベッドのそば、興味深い表情で一人用のソファに頬杖をついていた〈狭霧〉に頼む。

〈狭霧〉も、今は大柄で引き締まった筋肉質の身体を、黒いレザーの、ベルトを多用したハイレグのボンデージスーツに包み、ふくらはぎまでのブーツを履いている。

手袋がないのは、〈時雨〉の主義だ――今回はアシスタント役だが、〈狭霧〉も、ベッドの上では〈時雨〉の支配下にある。

「あいよ、姐御」

そう言って〈狭霧〉はベッドの周囲を、ハードトレーニングを欠かさず、引き締まって盛り上がった尻肉をきゅっと持ち上げるようにして歩き、ぐるりと回るようにして〈ユア〉の飼ってる女奴隷を引っ立てた。

にゅぽっ、と音がして、〈狭霧〉同様、鍛え上げた尻の奥、女奴隷の蜜壺からディルドーが引っこ抜かれて、床に愛液まみれのシリコンの塊が叩きつけられた。

ハイレグの黒革ボンデージスーツに身を包んだ〈狭霧〉はそのまま、女奴隷を引き連れつつ、ベッドの横を周り込み、〈ユア〉の口に塡められたボールギャグを外す。

「ああ、すごい、しゅごいお姉様、お姉様のディルド熱い、硬いお、硬いのぉ」

口が解放された途端、〈ユア〉は口走った。

「しゅごい、こんなんだったら、早くバージン破っとけば、いい、いいっ！　おまん○、おまん○ガンガン動くのいいのぉ、しゅごいしゅごいっ」

　ヘッドフォンと目隠しのせいで、犯しているのが〈トマ〉とは知らず、〈ユア〉はあえぎながら身もだえる。

「もっと、もっと激しくして、お姉様のっ、お姉様のチン○でイキたい、イキたいのぉお！」

「ですって。じゃあ行きますわね」

　ますます激しく〈時雨〉が〈トマ〉を貫いた腰を動かし始めた。

「あっ、あっ、あっ、あっ、だ、だ、だめ、出しちゃう、膣内(なか)に、膣内に出しちゃう、赤ちゃん、赤ちゃん出来ちゃうっ！」

〈トマ〉のあえぎ声がますます甲高(かんだか)くなりながら、〈時雨〉に押されて腰は激しく〈ユア〉を責め立てる。

「おぉう、ぉうぉうおうおうおうおおおおおお！　来る、来る、なんか、来ます、来ます、膣内(ナカ)イキお姉様、お姉様〈時雨〉お姉様アアアアアアア！」

「で、出る、出る、出るぅううう！」

〈トマ〉と〈時雨〉の声が同時に昇り詰め、全身の汗の中で果てた。

「ぉおう、あ……ぉ……な、なに？　え……どうして、どうしてお姉様のディルドーから何か、出てる……？」

戸惑う声を上げる〈ユア〉の目から、〈時雨〉は目隠しを取った。

「だれ……お姉……様……じゃ……ない……と…〈トマ〉ぁ？」

「やっぱり」

ぐったりとなった〈トマ〉を、ディルドーで貫いたまま、その肩越しに〈時雨〉は微笑んだ。

「あなた、〈トマ〉君の方がお気に入りなのね？」

「ち、ちがうそんな、そんなことは……」

「だって、あなた、私が〈トマ〉君にされたようにすると凄く感じていたでしょう？　昨日は私が〈トマ〉君にしたように、だったけれど」

〈時雨〉の目が底光りし、その目に見つめられて、〈ユア〉はトロンとした表情になった。

「……貴女が憧れていたのは私でしょう。でも」

ずっ、ずっ、ずっ、と、〈時雨〉は、萎えることのない、人工の肉棒をはやした腰をゆっくりと小刻みに動かし始めた。

「あっ、あっ、あっ、あっ、あっ」

ガックリとうなだれて息をついていた〈トマ〉が、少女のような声を上げながら次第に、射精して一旦萎えたペニスを硬く、そり返らせていく。

「あなたが犯されたかったのは、私ではなくて、〈トマ〉君ですわ」

爛々と光る〈時雨〉の目に、〈ユア〉はやがて、唇をわななかせ、

「はい」

と震える声で言った。

「男は、嫌いだけど、〈トマ〉みたいな綺麗な男になら、犯されたかった、です……」

その瞬間、何かが解放された声で、〈ユア〉は声を張り上げる。

「いいえ、お姉様が羨ましかった、妬ましかった！ 〈トマ〉のおっきなチン○、このチン○！ それを独り占めにして、後ろからしごいて、お射精を口に出して貰って、胸にかけてもらって、お尻に出して貰って！」

目の輝きが、それまでと違っていた。

「〈トマ〉は嫌いだけど、女装した〈トマ〉とおチン○いい！ 綺麗な男のチン○いい！」

きつめのアイシャドーの目が見開かれ、黒い口紅を塗られた口元から、際限なく涎が溢れる。

「チン○、チン○、チン○、チン○、チン○、チン○ぉお！」

それまで、ガチガチのレズビアンでサディストとして振る舞ってきた〈ユア〉の仮面は

剝がれ落ちて、取り憑かれたように男性器の名前を連呼する。

「ああ、そんな……〈ユア〉さまが男の性器の名前をあんな……」

　ベッドの下では女奴隷が涙を流す。

「まあ、サドってのはひっくり返しちまえばマゾだからな」

「でも、そんな……うそ……」

「SはMが絶対にこんなこと快楽にならない、と思い込んでいることを快楽にして与えてあげることが一番だっていうからなあ。あたしにはちょっとわかんねえけど」

〈狭霧〉は前もって〈時雨〉が耳打ちしたとおりになった事に驚きながら、女奴隷こと、水沢斗和の目の前に、双頭ディルドーと、「アナル専用」と書かれたローションの瓶をかざす。

「なあ、ところで〈ユア〉の後ろのバージン、お前が奪うって、どう?」

「え……あ……」

　戸惑いと逡巡、だが、すぐに喜悦の色と、これまでの十年ちかくの間、自分の二つの処女を奪い、もてあそび、排泄さえ見せたことのある相手を犯す、ということへの興味と、歪んだマゾの悦びが、サディストのそれへ変化する。

「いいですね……やります」

「そうこなくちゃ」

〈狭霧〉はにっこり笑って斗和の手首と脚を解放した。

今も週三回はジムに通って、体脂肪率十五％、バスト八十八、ウェスト五十七、ヒップ八十五の見事なプロポーションを維持している牝奴隷の身体がすっくと立ち上がり、手渡された、〈トマ〉の怒張より少し細めのディルドーを手に、意気揚々と主人への復讐を果たすべく、ベッドの上に第一歩を踏み出した。

「……まさか〈時雨〉さんがあんな人だったとはナア」

ため息をついて〈ツネマサ〉は裸でベッドの上にいた。

隣には裸の優樹菜（ゆきな）がいる……当然、その裸の尻をいやというほどつねり上げた。

思わず悲鳴を上げる〈ツネマサ〉だが、

「いや、単純に驚いてただけだよ！」

と言い訳しながらつねられた部分をさする。

「おお痛（いて）え。手加減してくれよ」

「さっきまでセックスしてた相手がいる横で、そういうこと言わないの」

「違うって、驚いただけだって」

と言いつつ、実際には少々、〈ツネマサ〉は傷ついていた。

　この〈ユア〉のビルへ転がり込むことを提案したのは〈時雨〉で、どういう知り合いなのか、と思えば、着いたその日の夜の内に乱交を始めた。

　しかも〈ツネマサ〉に「おふたりもいかがですか」と満面の笑みを浮かべて誘いを掛けたのだ。

　それまで勝手に〈時雨〉に対し、清楚で、セックスのセの字も知らないと勝手に思っていた……それが単なる思い込みで、〈トマ〉や〈狭霧〉とまで関係を結んでいて、〈ユア〉以前にも、数名との肉体関係があり、他者と軽く関係が持てる女性だ、と知ったのは本当に驚いた。

　が、落ち込むほどのショックにならなかったのは、優樹菜がすでに〈ツネマサ〉の隣にいたからである。

「……でも、いいのか、俺と一緒で」

「いいわよ、もう鉄砲で人撃っちゃったし」

「すまない」

〈ツネマサ〉は優樹菜を抱きしめた。

　軽く言ってはいるものの、彼女があの武装した女子高生を射殺して、相当なショックを受けていることは間違いない——人を殺したのだ。

「だ、駄目だってば、このタイミングでそんなこと、されると、される……」

優樹菜は泣き出し、〈ツネマサ〉はますます強く、しかし彼女を傷つけないように、強く抱きしめた。

香は栗原の警護に充てていてこの場にいないので、橋本はひとり無聊を託っている。

休んでばかりもいられないので、ベッドから起き上がり、ここへ来る途中に買って、〈トマ〉にセットアップして貰ったノートPCを開いた。

海外の新聞サイトを回りながらニュースをチェックしていると、磨土医師から電話が入った。

『苦労したよ。身元不明の死体を解剖しろってんだから』

「申し訳ありません」

『ただ、アンタが持ち込んだだけあって、興味深い死体だったたねえ』

「というと?」

『まず、よく訓練されてる。手指に綺麗に削ってたけれど、格闘家にありがちなたこができてた。レンジャーや、海兵隊員にありがちなトリガーだこも』

　ぺらりとレポート用紙をめくる音がした。

『ただ筋肉組織はムチャしすぎだ。あちこち筋断裂が出来かけてた……平たく言えば、全身肉離れ&疲労骨折一歩手前だね。追い込みすぎたアスリートばりに身体を酷使してる。そして80年代のアメリカのオリンピック選手ばりにクスリに頼りすぎだ』

　指紋を調べたが、該当者は前科者リストからは当然なく、家出人、失踪人の数少ない登録にも該当はなかったという。

『それと胃の中から大量のカルシウムサプリと菓子類、大麻キャンディー、MDMAに「神仙水(しんせんすい)」が出た。もちろん、有名香水のほうじゃない』

「カルシウム？」

　麻薬(MDMA)が出るだろうと予想はしていた。だがカルシウムというのは意外だ。

『これまで見たこともない筋力増強剤と、興奮剤が大量に検出されたよ。どのみち、彼女たちの命は二年と持たなかったね。大分腎臓(じんぞう)と膵臓(すいぞう)がやられてた。オマケに疲労骨折の兆(きざ)しすら見えてたし、眼底には緑内障の症状が出始めてた。脳内出血もあちこち。心臓が止まるか、急性肝硬変でぶっ倒れるか、脳溢血(のういっけつ)かの三択』

「なるほど、大量のカルシウム剤はそのためでしたか……で、緑内障ですか？」

『興奮剤と筋力増強剤のチャンポンで、眼圧が上がってるんだろうさ……死んでるのに、普通ならあり得ないくらいの高眼圧の症状が出てたよ。若いからなんとかなってたんだろうね。あのあと、警察から持ち込まれた首だけの子も同じ症状が出てた。「神仙水」もかなり強烈な奴だねえ』

「神仙水」とは中国発で出回り始めた、本来鎮痛剤のケタミンや、注意欠陥多動性障害（ADHD）や、睡眠障害の一つであるナルコレプシーの治療に用いられる薬剤のアンフェタミンなど様々な薬物を適量を無視して混合したものだ。

薬物に対する抵抗感を軽減するためか、よく日本の児童向けアニメキャラクターの姿をかたどった錠剤になっていて、これを水で溶かして飲むため、その名がある。

「薬物名の特定はできましたか？」

『トカマインプロ33と、チャラスカヤα598、それと中国の亜Q二一二……アメリカ、ロシア、中国の最新のドーピング剤だね、どちらも去年、検査薬の進歩で「発見」された奴だ』

そういう薬物を使って、女子高生を殺し屋に仕立てる、というところは、ますますもって、黒幕がＩＮＣＯの可能性が高まってきた。

『一体、どういう流れでこんなことになってんだい？』

「それは先生に申し上げればご迷惑が掛かります」

『公安時代と一緒だねえ……まあいいさ。死体はこちらで処分しておく』

「ありがとうございます」

一礼して橋本は電話を切った。

麻薬、ドーピング、少女。

かすかな記憶の断片を、橋本の記憶のピンセットが拾った。

「まさか、『トリルヴィー』か」

正式には「トリル・ヴィー」という。

旧ソビエト連邦の時代に作られた、極秘機関の西側における呼び名である。

十九世紀の作家、ジョージ・デュ・モーリアの小説「トリルビー」とロシアの文豪ゴーゴリの書いた魔女と神学者の小説「ヴィー」の引っかけ（ダブルミーニング）だ。

その組織は、子供の暗殺者を専門に育てる機関だったという。

世界中で子供ほど、大人が警戒心をいだかない存在はない。

そこをついた、おぞましい発想である。

冷戦時代、発展途上国、あるいは先進国の、恵まれない貧困層の子供たちを確保し、洗脳教育を施して殺人の禁忌を失わせ、訓練し、鍛え上げることで、使い捨ての暗殺工作員として使っていたとされる。

あまりにも異様で印象的なので、アメリカンコミックや、映画の題材にもなっているほどだ。

それが、どこか東欧の小国で復活した、という噂があった。

まだ橋本が公安にいた頃の話だ。

イギリスとニュージーランド、オーストリア、フィンランドで、「すれ違いざまに子供に針で刺された」という証言が共通する、諜報機関の職員の不審死が続けて起こったことがある。

どれも東洋系の「とても可愛らしい五歳から十歳ぐらいの少女」で、「転びそうになった所、手に持っていたワッペンのピンが、被害者の身体のどこかに刺さった」という。

結局、その事件は迷宮入りになったが。

「あれから六、七年は経ってるな……」

その少女たちが、成長したのだとしたら。

（いや、情報がない）

香に連絡をとって、その辺の資料を外事に調べてもらえないか、と思っているのを見計らっていたかのように、植木から、登録しておいた別のスマホに着信があった。

三回鳴って、間を置いてもう二回。

予定していた時間より早い。

「危険」を知らせる別の兆候もないが、念の為〈ユア〉経由で作った「安全な」通話装置を起動させ、スマホに経由させる。

「どうした？」

『緊急ニュースだ。お前ら、街中で女子高生を射殺したことになってるぞ』

「なに？」

『テレビつけてみろ、お前んとこの〈ツネマサ〉と〈狭霧〉、あと〈トマ〉が女子高生を撃ち殺してる画像が出てる』

大慌てで壁にあるテレビをつけると、トップニュースで、〈トマ〉と〈狭霧〉が駐車場で女子高生を撃ち殺し、焼夷手榴弾を使って、その遺体を燃やす映像が流れている。

『見たか？』

「状況が逆だ」

『だろうな、サイバー班が、もうディープフェイクだ、と結論づけてる。だが、そこで女子高生とおぼしい焼死体がふたつ出てる。これの説明はして貰わにゃならんだろうな』

「そんな暇はない。こっちはその女子高生の殺し屋に、今も追われる身だ」

『そんなことだろうとは思ったよ。トリルヴィーとは面倒くさいのに追われることになったな』

「やっぱり七年ぐらい前の連続暗殺はあの連中か」

『QGH、憶えてるか？』

「ああ」

『あの分派が経済学の研究所をつくってな、エレウシス経済理論とかいう訳の分からんものを持ち出してそれで社会実験するために、チェコが崩壊したときに逃げ出してきた、最後のトリルヴィーの生き残りを引っ張り込んだらしい』

「……エレウシス経済論ってのはなんだ？」

『人類社会は二十世紀末に成熟しきったんで、これからの時代、中間層から最下層までをあらゆる手段で現金化して切り捨てて、高所得層や上流階級だけで次の一〇〇年の人類社会を形成し直そうっていう、新自由主義の又従兄弟（またいとこ）みたいな論理らしい』

「へえ……しかし、QGHか」

リストに、その関係者の名前が載っていたことを思い出す。

つまり、今回のリストは加害者と、被害者が呉越同舟（ごえつどうしゅう）ということらしい。

『アメリカで、前の大統領の時に大金支払って、前歴リセットしてたな』

「ああ、あのモロコシ頭の大統領か」

　アメリカを、分断してコントロールしよう、という前代未聞のテロリストめいた手法で大統領を「商売」にしてしまい、今も再選を狙って水面下で行動中の、トウモロコシのヒゲのような髪型をした顔を、橋本は思い出した。

『……で、国際機関「アンドリュー・ハッチノン経済研究所」ということになって、今も活動中だが、彼らの社会実験に付き合うほど、どの国も暇でもバカでもないんで、孤立してるはず……なんだが』

「？」

『瀬櫛刑京、憶えてるか？』

「ああ、親父が瀬櫛吉郎だったボンボン議員だろ。宇豪と揉めて撃ち殺した」

　実際には、ＩＮＣＯと組んでクーデターを仕掛ける側にいた、とは橋本は付け加えなかった。

　植木には、そのことを示した資料を渡してあるが、彼は自身の家族の安全の為、これを「見なかったことにしている」し、最後は公安に忠誠を誓う男だ。

　そういう小芝居に付き合ってやる必要もあった。

『その親父の吉郎が動いてる。経産省と渡りをつけて、元総監にも話をつけたらしい文科省のお偉方も含め納得ずくだそうだ、外に漏れたらまた内閣閣議決定で押し通すんだろ』

元総監。

一年前のクーデター騒動の時に栗原に泣きついた警視総監が今、念願が叶って、警察庁長官になっているのは橋本も知っていた。

「あの辺は、瀬櫛に頭があがらないからなあ……っていうか、爺さんまだ生きてたのか」

『一年前は心臓やられて死ぬ寸前だったらしいが、半年前に新型の治療法でバカみたいに元気になったらしくってな』

「ああ、例の、iPS細胞を心臓に移植して、死んだ心筋を蘇らせる、ってやつか」

『……というわけで、あっという間に没落王朝が立て直しだ、息子は先週出所だよ』

「で、親子そろって政治的介入、か」

『三十億円の支援金と日本でのNGO活動の許可、NPO団体設立の認可……キックバックは相当なもんだったらしいぞ』

「なんでそんな連中が、ソビエトの亡霊みたいな教育システムで、女子高生軍団を使う？」

『知らん。だが俺たちは今回のことに関しては「しばらく関わるな」と厳命が出た。警察も死体に関しては動くが、民間被害が出ない限りは大々的に捜査はできない』

様々な疑問が、橋本の脳裏を横切る。

だが、それを話し合っている余裕はなかった。

「公安ですらその有様か、この国も長くないな」

『聞かなかったことにしておく。とにかく、お前らには、できるだけ早いとこ、海外への逃亡をおすすめするよ』

「考えておく」

★

〈ユア〉の生み出した、オニオンルーターも併用した、通信追跡を不能とするシステムは手強かったが、金があれば突破できない壁ではない。まして小田原近くの小さな町外れである。

少女たちを乗せたフォルクスワーゲン・シャラン三台は、静かに数百メートル離れた路地に停車した。

作戦の実行前に、少女たちの、スマホに入ったアプリが着信を知らせる。

「えー、あたし二十五万しか加わってないーっ！」

「やったー、これで三千万えーん」

「よかった……ランク外に落ちてない」

「いいなあ、あたしまだ二千万クラスだよぉ」

一台に四人ずつ、武装した少女が乗っているからここだけで合計十二人。

アプリには彼女たちの口座に「評価額」が入金されている。

単位は円かドルを選ぶことが出来、少女たちは殆どが日本出身および、これから日本在住予定のため、円単位を選んだ。

「よし、これで新しい装備買える…………っと」

「あたしはスイーツがいいなあ」

「あーそういえばお薬足りない」

きゃいきゃいと、はしゃぎながら少女たちは、二時間前、車に乗ったときとは別人のように目を輝かせている。

中には麻薬の副作用で、しきりに汗をハンカチで拭き取りながら、アプリの中の可愛らしい銃のアイコンをアップし、チェックしていた銃器を取り寄せる者もいれば、家族への送金を選択する者、あるいは自分たちを今、奮い立たせている、薬の購入をまとめてする者もいる。

彼女たちはともに「アンドリュー・ハッチノン経済研究所」の海外施設で育ち、訓練を受け、日本での作戦用につれて来られた者が半分。

さらに日本のＱＧＨの施設で育ち、訓練を受けた者が半分。

「生まれに貴賤なし、ただ価値あるのみ」を信条とする「アンドリュー・ハッチノン経済研究所」において、彼女らは差別されず、組んで行動するときも、常に半々になるようにされているが、ＱＧＨ組はこれまでの戦闘で大分倒されていた。

今や十二人のうち、六人が最後のＱＧＨ組である。

「今度こそは頑張らなくちゃね」

互いにそう言い合い、手をつなぐ。

海外組はそれを微笑みながら、冷ややかな目で眺めていた。

「はい、現地に到着しました。スマホを回収します」

個人用のスマホが回収され、作戦用のスマホが渡される。

車を降りるとハッチバックが開けられ、中から防弾装備も兼ねたチェストリグと、ＳＩＧ５１６と予備弾倉、サイドアームとして米軍制式拳銃のＳＩＧ・Ｍ17を手渡された。

両方に太くて短い減音器（サプレッサー）が装着されている。

正体を隠すため、革手袋に顔を隠すように目出し帽、ヘッドセットにアイウェアが配られる。

何名かにはさらに、50口径の対物ライフル、チェイタックM２００を与えられてバックアップだ。

「先生（コマンダー）、総員、準備完了しました」

この十二名の班長である少女が声を上げた。

一台の車に乗っていた、四十代頭の中東系の女性が静かな口調で、英語で告げる。

「作戦開始は五分後。十五分で完遂し、帰還せよ。今回の成功報酬は二〇〇万」

ひゅう、という口笛が次々とあがった。

ほんの三名ほどが、スキーマスクの下で渋面を作る。

彼女たちは、橋本たちと戦って何とか生き延びた者、あるいは全滅するのを見届ける役周りだった者たちだ――安い、と思ったのである。

「我々の総勢は三十二、敵は十名にも満たないが、油断するな。相手はプロだ、一流のな」

四十代の中東系の女性――実際には戦闘指揮官だが、学生風の姿を装った彼女たちに合わせ、「先生」という意味で「コマンダー」と呼ばれる――は、鋭い表情のまま、命令を締めくくる。

「新たな経済秩序（エレウシス・プラン）の下に、あなたの命に価値あらんことを」

少女たちがあちこちで口にした言葉を、女性は英語で唱えた。

「新たな経済秩序（エレウシス・プラン）の下に、あなたの命に価値あらんことを」

　少女たちは、日本語で同じ言葉を唱えると、一斉に各部署へと走り出した。

　やがて、運悪く通りがかった散歩中の住人の撃たれるため息のような音や、首の骨が一瞬でへし折られる音、連れていた飼い犬が絞め殺される鳴き声などが幾つか夜のしじまに木霊（こだま）し、街は静寂に包まれていく。

★

「いいっ、いいっ、〈トマ〉お姉ちゃん、〈トマ〉お姉ちゃん好きっ！　すきっ！」

〈ユア〉は女装した〈トマ〉を「おねえちゃん」と呼ぶことで、より興奮し、乱れていた。

「なに、お姉ちゃんとかいってるのよぉっ！　私を散々ブタ扱いしてっ！　この牝犬っ！　何が男嫌いよっ！」

〈ユア〉のアナルをディルドーで掘削しながら、M奴隷だった斗和が眼を爛々と輝かせて罵（のの）る。

「ごめんなさい、ごめんなさい、斗和さん騙（だま）してごめんなさい、ホントは、ホントはチン○に興味津々だったの、おチン○欲しかったの、チン○生えた女が好きなのぉ！」

　支離滅裂なことを言いながら、〈ユア〉はツインテールを振り乱し叫ぶ。

「ああ、だめっ、イクッ、いくっ、いくぐうううううううううう！」

細い肢体を、びっしょりと淫らな汗に濡れ光らせながら、メイクも流れ落ちた、本来のあどけない素顔を晒し、〈ユア〉は手足を突っ張ってガタガタ震え、〈トマ〉はその下でひときわ激しく腰を深く打ち込みながら射精し、その様子を見て、斗和は脳イキした。

三人はがっくりとくずおれる。

「……でも、あの嬢ちゃんがホントは男を欲してるってよく分かったね、姐御」

その様子をベッドサイドの、真っ黒なテーブルと、セットで置かれた椅子に腰掛けて眺めながら、〈狭霧〉が〈時雨〉の前に置いたコップに、冷え切った炭酸水を注いだ。

「だって昨日、寝たふりをしながら、私たちのセックスを見て、〈トマ〉君じゃなくて、私と〈狭霧〉に嫉妬の目を向けていたんですもの」

くすっと〈時雨〉は笑った。

「それに、ほら、あとで〈トマ〉君を二人で挟んで一杯射精させたとき、あの子、寝たふりも忘れてうっとりオナニーしてて」

「あたしはてっきり、〈トマ〉に辛く当たるから、嫌いなんだって思ってた」

「〈トマ〉君、というより男が嫌いなだけですわね。女装した男性のペニスならいい、というパッケージングの問題」

「世の中って複雑……」

と天を仰いだ〈狭霧〉が目を細めた――屋上で、わずかな物音がする。

「姐御、来たみたい」

「思ったより早いですわね」

言って、黒のハイレグなボンデージスーツに身を包んだ〈時雨〉は、壁に据え付けられた静かな警報装置のボタンを叩いた。

サイレンは鳴らないが、これで館内にいる橋本たちの部屋の壁にあるアラームランプが光る。

五分後にはサイレン音が鳴って、警察にも通報が行く。

〈狭霧〉はベッドの下に隠してあった装備を取ろうとした時、部屋の大きな窓にどしん、という震動と共に大きな放射状の亀裂が走った。

国際規格クラスⅢ（スリー）、最高水準の防弾ガラスがその機能を発揮していた。

50口径の弾痕は、次々と増えていく。

〈トマ〉が〈ユア〉と斗和をかばってベッドの下へ、なだれ落ちるようにして伏せる。

〈時雨〉同様にボンデージスーツに身を包んでいた〈狭霧〉の褐色の身体は素早くベッドの下に隠してあったスーツケースを取りだした。

中から防弾ベストやチェストリグ、ヘッドセットを取りだして装着、ツァスタバとイジェメックMP-443、そしてラウゴ・エリアリアン拳銃の初弾装填を終えながら〈時雨〉と〈トマ〉にそれを放り投げる。

その間にも次々と防弾ガラスに亀裂は増え、50口径の弾頭の集中が良くなってくる。

「な、なによこれ？」

淫らな脳からようやく普段の人格に切り替わった〈ユア〉が、ベッドの上から引き剝がしたシーツを、床の上に寝転んだまま、器用に巻き付けながら声をあげる。

「いい、僕らが撃ち始めたら、とにかくこの建物から出て」

「バカ言うんじゃないわよ、ここはわたしの財産なんですからね！」

「足手まといなの！」

「武器はあるかい？」

〈狭霧〉の問いに、斗和が、ベッドサイドに置かれた棺桶の中から、フレームから銃口にかけてスタビライザーとスパイクを兼ねた鋭い棘のついた銀色のデトニクスを取り出した。

手慣れた様子で初弾を装塡し、銃口を下に向けた構えも様になっている。

棘付のスタビライザーは、接近戦でスライドを摑んだり、銃口を押し下げてショートリコイル機能を応用し、発砲させないようにする手段を防ぐ為だ。

股間の革パンツから〈ユア〉の腸液に濡れそぼる、双頭ディルドーが伸びていなければ、アメコミ映画のスーパーヒロインそのものだ。

「とりあえず、ここへ来たヤクザを五人ほど撃ったことはあります」

「じゃ、安全だな。奥にあるエレベーターからとっとと逃げろ」

「はい……ほら、行きますよ〈ユア〉」

「……わ、判ったわよ」

渋々と〈ユア〉はシーツをほどけないよう、キツく身体に巻き付け直し、斗和に手を引かれるまま這(は)うような姿勢でその場を離れようとして、振り向いた。

「ねえ……〈トマ〉」

「なに？」

「あんた、チン○だけは最高だから、生き延びたら、絶対またヤらせなさいよ」

「それ死亡フラグ！　ほら、さっさと行って！」

〈トマ〉がツァスタバを構えつつ、手を振ると、二回ほど振り向きながら、奥の壁に隠された二人乗りのエレベーターで、〈ユア〉と斗和は地下の抜け道へと降りていく。

「……まったくもう」

ボディスーツの股間を留め直して、〈トマ〉が口を尖らせると、まあまあ、と〈狭霧〉

が〈トマ〉の肩を叩いて唇を奪う。

「お前は、チン○だけじゃなくって、どこも最高だよ」

「さ、〈狭霧〉もそういうことしないで」

「いいじゃありませんか。わたしも」

そう言って〈時雨〉も〈トマ〉の唇を奪った。

数十発の50口径弾を受けて真っ白になった窓ガラスの外に、しゅるりとロープが垂らされた。

ベッドを塹壕代わりに、三人は今回の為に銃剣を装着したツァスタバを構えた。

「さて、そろそろ来ますわよ」

かと思うと、武装した女子高生の集団が、振り子の応用であっという間にその先へとぶら下がり、反動をつけて窓ガラスを蹴り砕く。

数十発の50口径弾を受けて真っ白になるほど亀裂が入っているとは言え、樹脂コーティングまでされたクラス3の防弾ガラスを蹴り破る脚力。

そして、少女たち数人が飛び込みざまに銃を構え、〈時雨〉たちに発砲する寸前、ツァスタバの7・62ミリ高速弾が彼女たちを貫いた。

間髪入れずその死体を盾にして別の少女たちが、また三人飛び込む。

互いの銃火が、部屋の中に轟いた。

★

「音のない警報」が点灯した時点で、橋本たちは、装備に身を固めて〈時雨〉たちがいる棟へ向かった。

渡り廊下から、いつの間にか屋上に女子高生たちの姿が一瞬見えるが、狙える角度ではなかった為に諦める。

とにかく今は〈時雨〉たちと合流し、脱出することが先決だ。

〈時雨〉たちのいる本館の一階を目指す。

少女たちとは二階で遭遇戦になった。

相手の銃弾が先行する橋本の頬をかすめ、すかさず橋本が、銃剣をつけたツァスタバを相手が隠れていたドアへと叩き込む。

薄いアルミのドアを貫通した7・62ミリが少女を貫き、倒れ込むのへ、さらに三発、指でトリガーカットして撃ち込んで止めを刺す。

どうやら警報は、相手が配置を終えるよりも前に鳴らされたのか、慌てたようにこちらへ向かって発砲してきた。

暗闇のサーバールームの横についている階段を駆け下りる間に五名と対峙し、射殺した――〈ツネマサ〉や〈狭霧〉の報告もあるから、相手と接近戦にならないようにする。なるべく遠距離で、殺したら早くその場を離れる。

爆発は長くても三分後、早ければ一分以内に起こった。

渡り廊下が炎に包まれ、火災報知器が鳴り響く。

相手が女子高生の姿をしていることは関係がなかった。

なんとか、一階の半分を占める車庫に入ったとき、待ち伏せが四人ほどいて天井からナイフを抜いて襲いかかってきたが、橋本と違い、一度直接接近戦を経験した〈ツネマサ〉は躊躇わずに、銃剣術で彼女たちの攻撃を捌いた後、少女たちの心臓の真ん中に銃剣を突き刺し、引き金を引いた。

ヘッドセットをしていても、轟く7・62ミリの銃声と硝煙のあと、最後の一人が倒れた。

橋本は一瞬躊躇したものの、少女の拳がコンクリートの柱に当たって、これを血まみれになりながら粉砕し、なおも無事なもう片方を繰り出してくるのを見て覚悟を決めた。

ツァスタバの銃床で、これを外側へ受け流し、一瞬で銃を上下逆に持ち変えると、腹部に銃剣を突き刺す。

だが相手は蹴りのために片足をあげ、その太腿に銃剣は突き刺さった。

構わず橋本は、ツァスタバの銃口をひねるようにしながら胴体に向け、引き金を引く。太腿を貫通し、腹部にフルオートで十発近い銃弾を受けて、ようやく少女の暗殺者は、動くのをやめた。

橋本は即座に持っているナイフで、背負っているサッチェエルバッグの肩紐を切り、〈ツネマサ〉が次々と中身を、車庫の窓から遠くへ放り出す。

爆発と閃光と共に、中庭の木が燃え上がった。

母屋側の渡り廊下でも、同じ様な爆発が起こった。

渡り廊下は、その震動に耐えきれなくなったのか、崩落するのが見え、地響きが伝わってくる。

「ツァスタバに替えて正解だったな」

まだ半分残ってる弾倉を交換しながら、橋本は呟いた。

これまでのＡＫＳだったら、対処しきれなかったに違いない。

彼女たちは言うなれば、筋肉増強剤を大量に服用して鍛え上げた、ボディビルダーと格闘家が大量の痛み止めと麻薬を大量に摂取して襲ってくるようなものだ。

ＡＫＭやＭ４で使う５・56ミリでは頭を撃ち抜くしか対処のしようがなかっただろう。

「ひでえもんだ、斬って刺してるだけなのに、銃剣がかなり刃こぼれしてるぞ」

「人間って思ったより頑丈で、こいつらはさらに薬でパワーアップしてますからね、日露戦争なんか、銃剣を何度も変えた、って聞いてましたけれど、本当だと思うッスよ」

〈ツネマサ〉が優樹菜のボディアーマーを直しながら同意する。

この中で唯一の民間人の彼女は、身体のあちこちをボディアーマーで覆い、さらにはロシア製の防弾ヘルメットにナイフや破片よけの為に防爆スーツまでまとっている。

まるでフランスにある、某タイヤメーカーのマスコットだが、文句一つ言わない。

「大丈夫か、優樹菜、もう少しの辛抱だぞ、どっか怪我してないか？」

「だ、大丈夫」

ただし、固く目をつぶり、〈ツネマサ〉に手をひかれるまま、なのだが。

「もう少し、私頑張る」

「いいぞ、えらい！」

ぽんぽんと背中を優しく叩きながら、〈ツネマサ〉がほっとした表情になる。

（こいつは、この騒動が一段落したら、引退させるべきだな）

橋本はその様子を見ながら決めていた。

幸か不幸か、クーデターの時に日本政府から頂いた金は、まだ殆ど残っている上、活動再開で得た資金もある。

（いや、いっそ全員に分けて、どこかに消えるべきか）

日本政府が、彼女たちの属する組織と手を結んで自分たちを抹殺する、と植木から聞いた時点で、橋本の中には失望がある。

「車を点検しろ、何か仕掛けられてる可能性がある」

爆発物は一分もあれば仕掛けることが出来る。

橋本たちの動きを読んで、突入前に車に細工することも出来たかもしれない。

身体と声は、頭の中とは別に、この場を生き残る最善策を選び取っていた。

身体を伏せて〈時雨〉の黒のアウディと、橋本が乗ってきたトヨタのヤリス・クロス、〈ユア〉——正確には斗和のものだが——の乗ってきた深紅のポルシェ・911タルガと、対照的に鮮やかな青のフォード・マスタングGT・2019ファストバックの下を探る。

〈ツネマサ〉の車は、優樹菜が〈ツネマサ〉を助ける時に慌てて駐車場から出して、電柱で後部を派手にこすっていたため、捨てざるを得なかった。

四台、どれにも簡単な爆薬が、装着されていた。

マグネットで仕掛けているだけで、走り出すと重力センサーでタイマーが入って爆発するようになっているそれをそっと外し、少女たちの死体のそばに並べる。

車庫の奥にある、消火用ホースが入った金属箱が内側から開いて、中から地味なジャージ姿の〈ユア〉と斗和が現れた――SIGのM516と、ジャージの上から予備弾倉の納まったチェストリグを装着している。

最初に持って出たデトニクスは〈ユア〉が持っていた。

こちらも、銃口を下に向けた構えは様になっていた。

女奴隷だけでなく、自分もキチンと訓練していたらしい。

「大丈夫か」

「どーしてくれんのよ、うちのサーバー、これじゃ全滅じゃない！」

「不可抗力だ。それにここの中身は昨日の段階でよそに移して、ここは建て替え予定だったんだろう？」

「サーバーは中古で売るつもりだったのよ！」

「解体費は浮いたぞ……それより、よく爆発から逃げられたな？」

「ああ、私と牝奴隷のことを『オバさん』なんて呼ぶから、彼女が怒って……」

「若さを鼻に掛けたバカガキの脳天って、一度撃ち抜いてみたかったんです。ええ」

なにか、とても輝いた表情で斗和が応える。

「で、斗和が三人全員の頭に一発ぶち込んだあと、背負ってる爆弾は、ナイフでハーネス切って外して、昔のボイラー室に放り込んだの。かなり頑丈だから、ちょっと扉が歪んだぐらい」

「……元自衛官かなにかか？」

相手の油断があったとはいえ、ヘッドショットを三人一斉というのはただものではない。

「私の仕事を手伝わせるって決めたとき、いざという時のボディガードもやらせる、ってことでアメリカで半年訓練させて、今も最低、年に一ヶ月は向こうで再訓練やらせてるの」

マゾ奴隷で会社経営者で、ボディガード。随分とてんこ盛りな話である。

「金持ちはスケールが違うな」

そんな会話をしている間に、橋本はヤリス・クロスのボンネットを開けて中を点検した

……エンジンがらみの爆弾は装着されてないらしい。

発信器の危険性はあるが、まずはここを脱出してからだ。

「〈ツネマサ〉、俺の車を使え。優樹菜さんは、その装備ごと後部座席に」

車庫の順番はヤリス・クロスとアウディが並び、ポルシェとマスタングは最後だ。

「すまんが迷惑ついでだ、〈ユア〉、一台貸してくれ」

「いいわよ――斗和。マスタング貸してあげて」

壁の中、巧妙に隠されたキーボックスを指紋認証で開けながら斗和が頷き、走る荒馬の刻印されたスマートキーを放り投げる。

「かなり暴れ馬です」

「知ってる」

言って、橋本はマスタングに乗り込んで、エンジンボタンを押した。

五リッターV8、DOHC32バルブのコヨーテエンジンが目を覚ます。

「先に出ます！」

〈ツネマサ〉が何とか優樹菜を後部座席に押し込み、ヤリス・クロスを闇の中に飛び出させた。

「お先！」

〈ユア〉を乗せたポルシェが、エンジン音も高く滑り出していく。

シャッターの向こう側に、人影が見えた。

ツァスタバを窓から出して構える橋本は、すぐにそれを下ろした。

埃(ほこり)まみれ、泥まみれになった〈時雨〉と〈狭霧〉だ。

〈時雨〉は、太腿に鉄筋が一本突き刺さり、〈狭霧〉に肩を貸して貰っている。

「どうした?」

「〈トマ〉君は?」

「まだ来ない！　おまえたちだけでも早く乗れ！」

橋本は一旦車を降りて、助手席のドアを開け、〈狭霧〉から〈時雨〉を受け取ると後部座席に押し込んだ。

「こっちへ来る途中で、廊下の真ん中で撃ち合いになって、勝てる、と思った瞬間相手が次々に自爆して……なんとか〈時雨〉の姐御だけは拾ったんですけど、〈トマ〉が下に落ちて……」

助手席シートに倒れ込むようにして座った〈狭霧〉が悔しそうに報告する。

見れば、〈狭霧〉のボンデージスーツに包まれた脇腹にも、傷があった。

「いいから喋るな」

助手席のドアを閉め、運転席に座ると、橋本はギアを入れた。

「ま、まってください！〈トマ〉君が！」

後部座席で〈時雨〉が声を上げるが、構わず走り出す。

敷地の入り口で、駆けつけてきた消防車とギリギリですれ違った。

「待ってください〈ボス〉！〈トマ〉君が！〈トマ〉君が！」

「〈トマ〉は諦めろ」

ハンドルを握りながら、橋本は呻く様に二人に告げた。

窓の外、視界の片隅に見える本棟は、完全に炎に包まれていた。

第四章　毒牙と謀殺

★

翌朝の警察庁は、警視監クラス以上を集めた、長官官房の定例会議であった。

ぐるりと、横長に角を丸めるように並べられた机には、モニター、完全防音の部屋は、木目の目立つ木の内装の意図とは裏腹に、冷たく、凍り付いたような空間である。

さらにそこへ、背広姿の警察官僚がずらりと並ぶ。

今回は「異物」が混じっていた。

異物は三つ。

東欧系の白人男性と、十六、七歳の日本人の少年。そして青い顔をした若手の元国会議員、瀬櫛刊京（せぐしおみのり）。

会議室の奥に、警察庁長官の横に特別にテーブルと椅子を用意された彼らを、ほぼ全員がチラチラと見ていたが、一顧だにせず、ただまっすぐに警察庁長官を見ている人物がいる。

元・警察庁統括審議官補佐・栗原真之警視監。

今年、警察庁長官が代わってからは、彼一代限りで特別に設けられていた統括審議官補佐から、企画課の、警察制度総合研究官に任じられている。

早い話が降格処分。

それでもなお、栗原は変わらずに警察庁に在籍し、今も、去年はクーデター騒ぎに関して泣きついてきておきながら、報復人事とも言うべきことを行った人物を淡々と見つめている。

馳田画警察庁長官は、底光りする目で栗原を見ていた。

長官職に就任したときから、栗原を見る目はそういう目だ。

反対に、栗原の表情は淡々とし、時には茫洋とも取れる。

不意に、警察庁長官は視線を栗原から外し、全員に向けて、軽く笑みを作った。

「内閣の閣議決定で、今週から一週間、次の『ウロボロス・クーデター』を起こさないための社会実験を、警察庁、警視庁共に行うこととなった」

「治安実験の一種であり、対象は」

ちらりと栗原を眺め、馳田警察庁長官は軽く咳払いをし、各員の前にあるモニターに画像を呼び出した。

「元公安外事課所属、橋本泉南。現・警察庁企画広報課勤務、比村香警部、そしてその協力者、通称〈トマ〉、〈ツネマサ〉、〈狭霧〉、および、〈時雨〉」

KUDAN各メンバーの調査資料が開示される。

本名、住所、簡単な略歴——ただ、〈時雨〉だけは「経歴不明」とされている。

栗原は表情一つ動かさない。

「彼らは反社会活動家であり、一種のテロリストである。前回のクーデター騒動の際も、何らかの関与があるのは明白であるという証拠が出た。ただしこれは内閣機密情報であるので明かせない」

そこまで一気呵成にまくし立て、馳田長官は栗原を見た。

栗原は表情筋ひとつ動かすことなく、モニターを眺めている。

「ひとつ、質問があるのですが」

官房の一人が手を挙げた。

「社会実験の対象に彼らを選んで、何をなされるんです?」

「これは、君らを信用して口にするのだが、今国会において、公安警察念願の、外国勢力非合法情報入手禁止法……いわゆるスパイ防止法の成立を前に、スパイハンターを行うべきだ、という意見がアメリカとイスラエルから来ている」

これは、嘘の皮である。

スパイ防止法と、それを実際に取り締まるスパイハンター組織の設立は、セットで欧米からこの三十年以上、日本がせっつかれている事項だ。

特に、イスラエルが高度な情報システムを応用した「アイアンドーム」を設置してガザ地区からのミサイル迎撃を行うようになり、サイバーセキュリティの問題が、世界中でクローズアップされてからの、ここ十年は、かなり強い口調になりつつあった。

理由はただ一つ、そうでなければ、各国の諜報機関の情報が、日本から漏れる可能性が高く、その対処も出来ないとなれば、情報共有は夢のまた夢。

故に、去年のクーデターを受けての、外国勢力非合法情報入手禁止法の制定なのである

――この場にいる、長官と、横にいる二人の官房以外の感想は「何をいまさら」だろう。

「それにおける訓練である。故にこの人物たちが目撃される事件、事例に関しては、警視庁管轄、警察庁、各県警管轄において一週間捜査不要、という形にしてほしい」

「どういうことでしょうか？」

「県警本部長会議でどう説明なされるんですか？」

「そこを君たちに考えて貰いたいのだよ」

一斉に栗原を除く、長官官房全員が顔を見合わせた。

「何か、案はあるかね栗原警視監」

無表情に馳田が尋ねる。

「そうですね。私の現在の立場から申し上げるとすれば」

栗原は立ち上がって眼鏡を直した。

「今回の事に関しては、緊急非常事態条項に基づいた、治安維持計画の演習であり、彼らは警察官である。これ自体が実験なので、事件などが発生しても彼らは独自捜査、取り締まりを行っているが故に、干渉不要」

栗原の表情は揺るがない。

「ただ一週間の期限が過ぎれば、国民への警察不信を抱かせないためにも、本格的な実証調査を行い、報告するために捜査は必要。つまり事件が発生して彼らが犯人である、あるいは関係者であるという証拠は各警察管轄で固めて貰い、逮捕は一週間後には各所轄および警視庁に任せる、というところでしょうか」

「つまり、捜査はしていいが、逮捕はするな、と?」

「まあ、そんなところです」

栗原の言葉は完全に、橋本たちとは無関係の人間が考えそうな、そして現在の馳田が、栗原以外に求めそうな、無理筋で強引だが、内閣府の後押しならなんとかなりそうな理屈だった。

「で、橋本君たち……いえ、橋本容疑者たちですが、彼らは表向き警官と元警官ですから殉職もするでしょう。社会実験が上手くいけば、やり過ぎ、あるいは、彼らこそが実は、某国の諜報部員であったが故に逮捕か、あるいは某国の諜報部員との戦闘の末に殉職、という扱いで良いのではないでしょうか」

「書類はどうするね？」

「橋本容疑者が勝手に任命した、いわゆる私設警察でカタがつくでしょう。彼は辞職理由が辞職理由ですから、その後、情緒不安定になって、心神喪失……いえ、それでは人は騙せませんから……そうですね、一種の妄想に取り憑かれて、そういうことをした、でよろしいかと」

「栗原警視監、それじゃ陰謀論まんまですよ！」

たまりかねて若手の官僚が立ち上がるが、栗原は薄い笑みさえ浮かべて、

「ここで話し合われることは、日本の警察と、治安の将来に関わることです。室伏警視正。去年のクーデター以来、非常事態体制に我々は晒されている。いわば大穴が開いて沈む船

の修理をしながら港に急がねばならない状態です」

そう答えたが、室伏と呼ばれた若い警視正は、納得出来ないという顔でなおも食い下がる。

「それなら、こんなことも許される、とでも？」

「許す、許さないは、我々が決めることでは、もはやありません。何しろ国家の一大事のさなかですから。我々は提案しろと言われれば、提案するしかない」

栗原は微笑（ほほえ）みを浮かべて、最後にこう付け加えた。

「我々は、官僚ですよ」

午前中いっぱいの会議が終わり、栗原は食事に出かけた。
いつも通りの警察庁の食堂で、ローカロリーメニューを注文し、黙々と食べ、家族からのメッセンジャーに黙々と返答を返す。
最後に、食器を返しながら食器洗いの係の壮年女性に「いつもありがとう、明日もよろしくね。荻窪（おぎくぼ）さん」と声をかけた。
荻窪と呼ばれた食器洗い係の女性は「はいはい」とにこやかに答える。

栗原が立ち去って数分後「荻窪さん」は食器洗いを「ちょっと花摘みに」と「トイレに行く」の置き換え隠語で、別のアルバイトに代わってもらい、外に出た。

スマホを取りだして、定期入れの裏に挟んであった、古いメモをとある番号に掛ける。

相手が出ると名前も名乗らず、

「栗原さんからご挨拶がありまして。今夜は遅れる、ということのようでしたよ」

とだけ告げて電話を切った。

電話の先は比村香警部だが、「荻窪さん」は何も知らない。

ただ、一年前、このアルバイトを紹介してくれた栗原に「自分が貴女に『荻窪さん』と挨拶をしたら、この番号に掛けて、この言葉を言って欲しい」と言われたことを憶えているだけだ。

単に彼女自身は「浮気相手への符丁」だろう、と思いつつ、義理堅い性格故に、それを遂行したに過ぎない。

だがそれが、比村香にとっては、生死を分かつ電話であった。

二分後、警察庁長官の内命に納得出来ない、公安警察の捜査官が、比村香のデスクに到着するころに、彼女はすでに退庁していた。

十分後、公安からの要請で動いていたサイバー捜査部は、彼女名義の、全ての口座が空っぽになっていることに気づいた。

彼女のスマホを追跡した公安の植木(うえき)は、そのスマホが某宅配会社のトラックの中だと気づいて苦笑した。

比村香は、たった二分間の差で、公安の手をすり抜けて消えてしまったのである。

自分のデスクに戻った栗原は、夕方頃にその話を聞いたが、ただ肩をすくめ、

「私の下にいたころは、そんな人ではなかったんですがねえ」

とだけ呟(つぶや)いて、その日の仕事を終えた。

その翌日。

宅配便が、警察庁人事部に届けられた。

中には「一身上の都合により」と簡単にまとめられた比村香の辞表と手錠、警察バッジを含めた身分証が収められていた。

公安警察の植木は苦笑して、憤(いきどお)る部下たちを留めて、

「ここまでだ」

といったん、香の捜索を打ち切った。

「初動で捕まえられなかったら、後はことが納まってからだ」

そう言われて、部下たちは、自分たちに求められている「状況」を理解し、矛を収めた。

さらに数時間後。

栗原は退庁時間きっかりにオフィスを後にし、地下駐車場に降りて、中古のアストンマーチンＤＢ５のハンドルを握り、しばらく走ると、

「もういいですよ」

と、後部座席に潜んだ比村香に告げた。

がさごそと音がして、バックシートの足置き場に隠れていた香が、身体を起こし、髪や服の埃(ほこり)を軽く払いつつ、栗原の横の助手席のシートを倒して移動すると、席に座り直してシートベルトを締める。

アストンマーチンは昨日からまる一日、この駐車場に停め置かれており、栗原は電車で帰宅と出勤を行っていた。

そこに香は一日潜んでいたのである。

今の香は、顔かたちが分からない様に、長めのウィッグを被り、サングラスをしてマスクをつけている。

疫病が、再び流行の兆(きざ)しを見せている今なら、逆に目立たない。

「ご忠告、ありがとうございます」

「いいえ。橋本君には？」

「電話に出なかったんで、メッセージを頼みました」

「なるほど。それで今日は後ろから着いてくるヤクザの彼がいないんですね？」

とぼけたようで、実は誰よりも鋭い観察眼に香は改めて敬服する。

「はい」

「逃走資金はありますか？」

「はい、これまでいただいたものも含め、全額安全な海外口座に移しました」

「現金は？」

「この一年、それなりに分散しておいてあります」

「よく、やりくりしていただきました」

「やはり、これでおしまいですか、ＫＵＤＡＮは」

「元から、私一代、情報関連の法整備が進むまでの期間限定ですからね。ただ、ここまでぶっ飛んでくるとは思いませんでした」

珍しく、栗原はため息をついた。

「我々の戦いは元から負け戦でしたが、あの疫病以来、何もかもが十年、前倒しになってしまったようですねえ」

ため息交じりに言う栗原。

「結局、ちゃんと何事かを決めることなく、グダグダと物事が流れていってしまう」

その呟きに、応える言葉を、香は持っていなかった。

車はやがて、香のためのトイレ休憩を、監視カメラのない、寂れたガソリンスタンドで取ったあと、千葉にある、栗原の家の前まで来た。

「最後に食事でもいかがですか。家内も貴女だったら歓迎する。何しろ唯一、私の女性の部下で未婚かつ美人だから、逆に私に浮気のチャンスはないと思っているんです」

「それ、セクハラにモラハラですよ、警視監」

苦笑しつつ釘を刺し、香は首を横に振った。

「ここからは一人でいけます」

助手席から降りる。

「お世話になりました、警視監」

「君は強いですね。私は警察バッジを返上したら、ただのデブ老人ですよ」

「いえ……今まで、ありがとうございました」

深々と、香は頭を下げた。警察では数少ない、本気で頭を下げる気になる人物だったたし、上司だった。

「橋本君とふたり、どこか別天地でやり直してください。それで、幸せだったらお手紙などは不要です。何か私に手助け出来るようなら……そうですね、三年後ぐらいに」

「はい」

この人物らしい、単なる感傷や安請け合いではない、本気の言葉に微笑を浮かべ、香はもう一度頭を下げると、踵（きびす）を返した。

すでに夕暮れが千葉の住宅地に落ち始めており、香の姿は、街灯の向こうに広がる薄闇の中に見えなくなる。

栗原はそれでも二分ほど、彼女の去った方角を見ていたが、頭（かぶり）を振ってアストンマーチンを進めた。

家の一階にある、半地下のガレージに車を入れ、シャッターを閉めて、中のドアから家に直接入る。

「帰りましたよ」

築四十年。バブル景気の頃に、それなりの金を掛けて、警察共済の世話になりながら建てた家は、かなり豪奢（ごうしゃ）で、今も殆（ほとん）ど手入れの必要がないほどだ。

脱いだ靴を玄関に置くと、四十年寄り添った、ほっそりした妻がエプロン姿で現れる。

かつて、警視まで昇り詰めた柔道の達人も、今は自分同様、白髪（しらが）をブルーグレー風に染める年齢になった。

「お帰りなさい」

そういってハグしてくる。昔はこれが、どうにもこそばゆかったが、さすがに今は慣れた。

「お客様ですか？」

大学を出て二年目の末の娘はまだ同居している。さっき靴を置いたとき、見慣れぬ学生風のスニーカーが置いてあった。

「ええ、由美子（ゆみこ）の研修先の学校の生徒さん。なんだかとっても仲良くなったみたいで。今日はお夕飯を一緒にしようかと」

「イマドキの子供にしては珍しいですねえ」

栗原はネクタイを緩めながら、応接間を横切り、タンスのある仏間に移動した。

上着を脱いで自分でハンガーに掛け、妻に手渡す。

ネクタイを解こうとして……人の気配を感じた。

横を向く。

ポニーテイルの、娘の学校の制服を着た少女が、両手に減音器（サプレッサー）のついた自動拳銃を構えて立っているのが、栗原の目に映った。

「新たな経済秩序（エレウシス・プラン）の下に、あなたの命に価値あらんことを」

少女はそう呟いて、銃の引き金を素早く、立て続けに引いた。

栗原の妻が倒れる。

栗原が少女の腕を摑(つか)んでねじ上げようとしたが、少女は恐ろしい力で頭一つ高く、脂肪の付いた栗原の身体(からだ)を軽々と持ち上げ、畳の上に打ち据えた。

だが、なおも栗原は手首を離さない。

少女はそのまま栗原の顔面に銃弾を撃ち込もうと、手首をひねった。

濡らした雑巾を巻き付けた竹が折れる音がして、栗原の右手首が、本来曲がらない方向へ曲がり、少女の手首は解放された。

だが、次の瞬間、少女の左目に、栗原の左手に握られたボールペンの先端が突き刺さる。

悲鳴を上げて少女はのけぞり、同時に床に仰向(あおむ)けになった栗原の頭部めがけて引き金を連続して引いた。

閃光と、押し殺された銃声が仏間に響き、畳の上を灼(や)けた空薬莢(からやっきょう)が跳ねる。

香が引き返したのは、アストンマーチンに潜り込むときに使った予備の鍵を、栗原に返

すことを忘れていたからだ。

郵便ポストにでも、いれておけばいいか、と思いながら急ぐ香の耳に、ガラスを砕く銃弾の音と、減音器で小さくされてはいるが、間違いなく銃声が聞こえる。

そして、栗原のうめき声。

上着の下、KUDANの仕事用に、と手に入れた、橋本とおそろいのマカロフの遊底を引いて、初弾を装塡しながら香は走った。

夜の気配は住宅地を覆い、家々には灯が灯っている。

中では、それぞれの人生の夜が始まっていた。

今の香には関係がない。

ローファーの靴音も高く、香は走る。

嫌な予感が、心臓を摑んでいた。

栗原の家が近づいてくる。

門扉を開けた。

短い階段を駆け上がり、ドアノブに手を掛ける。

古い高級住宅地の、さらに古い家らしく、ドアに施錠はされていなかった。

三和土には整然と、靴が並べられている。

中に、年若い少女が履きそうなデザインの、ポップな色使いをしたスニーカーがあった。

靴箱の上には花瓶があって、艶やかにシクラメンが生けられていた。

香は、靴のまま中に入った。

一年前までは何度か入ったこともある、家の中に飛び込み、廊下へ顔を向けた瞬間、硝煙の匂いを嗅ぐ。

仏間を目指して走ると、部屋から突然何かが飛び出した。

正面衝突を避けようと咄嗟に香は横に身体を逸らした。

血まみれになったポニーテイルの少女。

片目から血を流している。

相手も同じ方向に、香をかわそうとして、二人は肩をぶつけてバランスを崩し、床に転がる。

ポニーテイル少女の手に、拳銃が握られていた。

倒れ込みながら、香はそのことに気づき、間髪入れずマカロフを構えた。

相手も、上半身を起こして、こちらに銃口を向けようとしたが、靴下をはいた脚は一瞬、丁寧に磨き上げられた廊下の床板を踏ん張るために捉えるのが遅れ、香が一瞬早く、引き金を引いた。

閃光と銃声が、アルミサッシを閉め切った廊下に反響して、轟音となる。

一発、二発。

偶然マカロフの銃弾に人差し指を撃ち抜かれ、ＳＩＧＭ17が板の間の床に跳ねた。

「くそ、殺ス！」

裏返った声で叫びながら、少女は背中のバッグからナイフを引き抜いて飛びかかるが、床に仰向けになった香は、そのまま少女の顔面に、銃弾をぶち込んだ。

後頭部が破裂し、飛び散った骨や脳の破片が、廊下にぶちまけられる。

死体が倒れ込むのを避けて、少女の下腹部を、香は思いっきり中庭のほうへ蹴り飛ばす。

少女はアルミサッシにぶつかって、ガラスを砕き、フレームをひしゃげさせながら、庭に転がり、動かなくなった。

無煙火薬の匂いを嗅ぎながら、香はよろよろと立ち上がって、仏間を目指す。

マカロフを握りしめた指が、白くこわばるのを感じた。

嫌な予感は、ほぼ確信に変わっている。

凶事が、起こった。

それは間違いない。

息を整え、深呼吸一回して、仏間に入る。

「誰かいますか？　警視庁の比村香警部です！」

　上着の、カスタムで取り付けた、専用の内ポケットから取りだしたマグライトを、左の逆手に握って点灯させ、マカロフを持った右手を交差させるようにして構えながら、香は名乗った。

　血の匂い。無煙火薬の燃焼した匂い。

　これから明らかになるであろう事実に、一瞬、香は怯(ひる)んだが、前に進むしかない。

　仏間の奥では、栗原の妻と、栗原自身が倒れていた。

「警視監！」

　叫んで駆け寄る。

　妻の方は心臓と額、喉に一発ずつ撃ち込まれて事切れていた。

　綺麗に掃除されていた畳には、彼女の遺体から広がっていく血だまりが、沼のように見えた。

　自分もそこに飲み込まれそうな気がして、香は頭を振って意識を、まだ生きている栗原に向ける。

　栗原は、右の手首がおかしな方向に曲がっているものの、首を撃ち抜かれただけで、まだ生きている——どうやら先ほどの少女に抵抗したらしい。

左手には血に染まったボールペン。

香は、自分がさっき射殺した少女の片目が、潰されていたことを思い出す。

「警視監、しっかりなさってください！」

香は上着を脱ぎ、圧迫止血のために畳んで、押し当てた。

すぐに上着が血で重くなっていくのを感じる。

この重みは命の重みだ。

いつも丁寧になでつけられていた栗原の髪は乱れ、首から噴き出していた血だまりは、彼の上半身の下に広がり、妻のそれと縁（ぶち）を重ねつつあった——どう見ても人の致死量である二リットルに近い。

「救急車を呼びます！」

しゃがみ込んで栗原にそう言い、スーツの内ポケットから、スマホを取り出す香の手を、栗原は必死の力で摑んだ。

「駄目です」

「でも！」

「自分の身体は、自分でよく理解してい……ます……これは、助からない」

そのことは間違いなかった、栗原の首を貫いた銃弾は動脈を引きちぎっていて、恐ろしい勢いで香の上着をしみ出してきていた。

「警視監！」

ひゅうひゅうという笛のような音を、口から漏らしつつ、栗原は言った。

「妻も逝きました。奥の部屋の娘も、多分、生きては、いない……」

寂しそうに笑う栗原の顔は、普段の慇懃無礼が消え去って、酷く善良な老人に見えた。

「か、仇は、取りました！」

自分が知らぬうちに、香の口が動いていた。

「警視監が片目を潰してくれていたお陰です！」

「そうです……か」

満足そうに、栗原は満面の笑みを浮かべた。

いつも、どんな成功、成果の報告を聞いても、小さく微笑むだけの人が。

（あ……警視監は死ぬんだ）

香はようやく、栗原が助からないことを、理屈ではなく、感情で飲み込む。

栗原警視監は、こんな穏やかな顔をして、生きていける人ではない。

「今回……は、私、と、あなた、たちの名前が、リスト……にありました。どうやら被害者として、らしいですが、私なら、生き残る為、加害者になることを選びます――もしくは、逃亡者に」

　血まみれのまま、栗原はかすかに微笑んだ。

「幸せに、なりなさい、比村……警部」

　その瞳から、命の輝きがすう、と消えた。

　栗原邸から数百メートル離れた、バス停の近く。

　一台の、黒塗りのバンが停車している。

　後部座席の窓からは、山と積まれた荷物が見え、最近流行の個人請負の宅配便を偽装しているが、実際には「トリルヴィー」たちの移送用車両だ。

「マコ、生体反応消失。鼓動停止確認後一分経過」

　バンの中、助手席に座ったトリルヴィーの制服姿の少女が、英語で告げた。

　彼女はトリルヴィーの少女たちの腕時計や、背負っているサッチェルバッグに取り付けたセンサーのモニタリングをノートPCを通じて担当している。

少女――明日菜（あすな）のような役割の少女を、トリルヴィーの仲間内では「委員長（サージャン）」と呼ぶ。

優秀で、冷徹、そして薬に手を出さずに正気を保っていられる強靭（きょうじん）な精神の持ち主だけが、この役職に就く。

だが、憧れの階級ではなかった。

彼女たちの役割には「死神」も含まれるためである。

「よろしい。マコこと、登録番号４３５６（フォア・スリー・ファイブ・シックス）、消去装置起動」

運転席でハンドルを握る、革ジャン姿に着替えた中東系の女性――カーラ・ゾーイこと、「先生（コマンダー）」が、前を向いたまま命じる。

「復唱します、マコこと、登録番号４３５６の消去装置起動」

少女は無表情に、ノートＰＣを閉じ、足下にある小さなスーツケースを開いた。

中には、番号の書き込まれた金属製の跳ね上げ式（トグル）スイッチが並んでいる。

栗原邸に暗殺のために侵入した、トリルヴィーの「マコ」の番号が書かれたスイッチを、助手席の少女は跳ね上げる。

途端に誤操作などによる修正時間の開始と終了を告げるため、バッハの「トッカータとフーガ」の冒頭四小節までが流れた。

いつもながら、この趣味の悪さに、指揮官である「先生」も少女も顔をしかめる。

新しいオーナーとなったＩＮＣＯの少年「オキシマ」が組み直したシステムは、確かによく出来ている。

証拠隠滅という観点と、安全性には問題がなくなったが、同時に命を軽んじられている無責任さがそこここに顔を出していた。

栗原邸の中庭で、小規模な爆発と炎が噴き出した。

窓ガラスが一斉に割れ、衝撃波が仏間まで来て襖（ふすま）を弾き飛ばす。

一瞬、後頭部に襖がぶつかり、香は気を失いかけたが、それが衝撃を吸収してくれたらしく、背中に軽い打撲だけで済んだ。

立ち上がる。

生存者を確かめている暇はない。

火の手が、すでに上がっていた——家にある火災報知器が一斉に鳴り響く。

木の燃える匂いに、断熱材の燃えるケミカルな匂いがミックスされて鼻の奥を突き、香はハンカチで口元を覆った。

バブル時代に建てられた家だから、今とは違う建築基準だ。燃えた場合の有毒ガスの発生は用心しておくに越したことはない。

青白い炎は、テルミットらしかった——資料にあったトリルヴィーの「証拠隠滅」の手法にぴたりと合っている。

香は数秒、栗原に最後の手向けとして手を合わせ、目を閉じた。

そしてマカロフに新しい弾倉を入れ、懐に右手で握りしめたまま、裏口から外に出る。

誰か、敵とおぼしい者が目に入れば、躊躇わずに撃つつもりだった。

たとえ子供であろうとも。

そして、闇の中を走る。

恐ろしさが、香の背中に張り付いていた。

栗原の死を見届けてしまったことが、彼女の中に、恐怖を生み出していた。

親しく生きていて、それなりに修羅場もくぐった人であり、なにより、危険を遠ざける達人だった。

そのためには、腹心の部下だった橋本すら切り捨てる人物だ——それが。

ああもあっさり、しかも家族ごと「処理」された。

人は死ぬ、という単純な事実。

殺そうと明白に意図し、計画する人間がいれば、さらにその時期は早まる。

明白な事実。

これまで、香は警官として、ＫＵＤＡＮとして、いくつもの修羅場をくぐっていた。一度として、油断したことはないし、生き延びたことに常に安堵と感謝と、満足感を得ていた……そして漠然とした自信があった。

自分たちはこの危険な任務を生き残り、引退して安全な生活に、いつか戻る、と。

だが、今は違う。

栗原が死んだことは、状況が決定的に変わり、大きなものが失われたことを意味した。

たとえ、警官でなくなったとしても、生きていけるというぼんやりした確信のようなもの。

確信の象徴は、栗原正之警視監だった。

その人物があっけなく死んだ。

自分たちも、死ぬ。

その当たり前の事実が、遠くではなく、すぐ後ろに立っている気がした。

怖い。

久しぶりにその感情を、香は思い出していた。

以前、初めて銃撃戦に飛び込んだ時、銃を握りしめたまま失禁しそうになるぐらい、自分は怖がりで怯えやすい人間だったことも。

あのときも、確かに自分の真後ろに、真横に、真上に、真下に、「死」がいた。

それは、いくつもの修羅場をくぐることで、遠ざかったはずだった。

今、それが戻ってきていた。

違う。

いたのだ、今まで。

見えないと、自分が思い込んでいたのだ。

心臓が早鐘を打ち、息が苦しくなるのは、走っているからではなかった。

このまま、心臓が破れて死んでしまった方が楽じゃないか、そう理性ではないところが囁いているからだ。

汗が噴き出し、同時に下腹部が重く、熱くなる。

橋本に会いたい。

彼に抱かれて体温を感じ、精液を子宮に受け止めたら、死なない確信が、また戻ってくるに違いない。

宗教のような、オカルトのような、そんな考えに香は取り憑かれていた。

幾らも行かないうちに、消防車のサイレン音が聞こえ始めた。

その時、懐でスマホが震えた。

走りながら左手でスマホを受ける。

『俺だ、君にまで逮捕状が出たというのは本当か？』

ぐにゃりと視界が、熱いもので歪んだ。

愛しい橋本の声に、香は涙が溢れてしまうのを抑えられなかった。

泣きながら走る。

「栗原警視監が、亡くなりました」

それだけを、伝える。

★

『栗原警視が、亡くなりました』

スピーカーモードのスマホからの香の言葉の意味を、橋本は一瞬、理解出来なかった。

ガソリン切れ間近のムスタングの中である。

後部座席では応急手当をした〈狭霧〉と〈時雨〉が、眠っているのか、それとも喋る気力もないのか、黙り込んだままだ。

さっき「ここより埼玉県」の標識が通り過ぎていた――状況を、なんとか飲み込む。頭を切り替えねばならない。

「そうか、お前、今どこだ?」

『栗原警視監の家の近くです』

「52(ゴーニー)まで来られるか?」
52、とは東京を1、埼玉を2、千葉を3、群馬を4とした上で、5の番号を振られた福島の二番目の隠れ家(セイフティハウス)という意味だ。
『はい』

走っているのか、息の荒い香の声に、無理やりの明るさが宿り、少し安堵する。

「待ってる。そこで会おう」

『はい』

酷く自分たちが、追い詰められているのは、間違いない。

だが、ここで終わるわけには、いかなかった。

負けっぱなしは性に合わない。

戦力をなんとかかき集め、敵の正体と弱点を調べ上げ、反撃する。

死中に活を求める。KUDANの、いつも通りのことをするだけだ。

絶望も追悼(ついとう)も、考えている暇はない。

「こっちは〈トマ〉がやられた」

香が息を呑む気配。

「死体を確認したわけじゃないが、やられたものとして考えた方がいいだろう」

マスタングに後付けで装備されているテレビモニターへ、橋本はちらりと視線をやった。

燃えさかる〈ユア〉のビルに、そこから複数の少女の死体が発見されたと、字幕スーパーが重なった映像が流れている。

「お前も気をつけろ、今回の相手は手強い」

いつもならそこで切るところだが、一瞬迷って、橋本は付け加えた。

「だが、最後に生き残るのは、俺たちだ」

『はい！』

香の声に力強さが加わったように思えたのは、橋本の気のせいだろうか。

★

〈トマ〉は揺られる車内の天井を見上げた状態で意識が覚醒した。

これ、どういうこと？

と唇を動かそうとしたが、身体中が弛緩しきってて動かない。

どうやら、プレイ用のエナメルレザーのキャットスーツを脱がされているのか、肌寒い。

〈トマ〉が寝かされているのは、大型ワゴン車の後部座席らしい。

メーカーまでは判らないが、アメ車特有の匂いがした。

下半身まで晒されているようだと気づき、顔が紅くなる。

「先生～捕虜が目を覚ましました！」

こちらを覗き込む、頬にガーゼを貼った、茶髪でベリーショートヘアの少女が〈トマ〉からすれば、頭の方向を見て言う。

何か英語の声がした。

「一応、筋弛緩薬サイキョーっすねー。えへへ。このおねーさん、おにーさんだなんて。凄いッス。なんかあれッスよね、男の娘？」

「凄い、おチン○ン大きいよね」

足下のほうにしゃがみ込んだ、片目を包帯で覆った、セミロングの少女が、制服のスカートの奥の白いレースの下着が丸見えの状態で笑う。

笑いながら、セミロングの少女は〈トマ〉の股間でうなだれているペニスを摑んで、ゆるゆるとしごいて見せた。

筋弛緩剤のせいで指一本動かせないが、海綿体は反応できるらしく、それだけで〈トマ〉は軽く勃起し始めてしまうのを感じる――マゾの性癖が呪わしい。

「あたしたち、おにーさんの仲間に酷い目に遭わされたからさ」

セミロングの隣で、ロングヘアの少女が、無表情に覗き込みながら告げた。

こちらは首と右腕に包帯が巻かれていた。

この三人は憶えている。

廊下で突っ込んできた連中の後ろから、敵味方構わず銃を撃ってきた連中だ。

突っ込んできた先遣部隊は知らなかったらしく、一人が後ろを向いて「裏切り者！」と叫んだ瞬間、背中に被弾して床に倒れた瞬間に、爆発。

それまでの戦闘で亀裂の入っていた廊下が、たまらず崩れて……後のことは記憶がない。

「その分、返して貰うよ。身体でね……大丈夫、手足をもいだりしないから」

ただね、と、ロングヘアの少女は、注射器を見せた。

「今度目が覚めたらキョーレツなお薬で、全部喋って貰うからね、全部」

セミロングの少女の指が〈トマ〉の細い顎を、恐ろしい力で左右から挟んでこじ開けると、ロングヘアの少女が注射器を〈トマ〉の口へ近づける。

「やめろ、やめてえ！」叫ぶつもりだったが、声は出ず、セミロングの少女は〈トマ〉の舌を指で摑んで引きずり出した。

舌の裏側に、針が滑り込む痛みが〈トマ〉を絶叫させた。

第五章　熱意と反逆

★

　インターネットの奥の奥。浮遊し続けるようにメインサーバーを数十秒間隔で書き換えながら存在し続ける、極秘のチャットルーム。

〈子供がまた騒いでるみたいだけど、あれ、本当に独自資本なのかね？〉

〈あれはどっちだろう。まさかＩＮＣＯ（インコ）の名前を出しているんだとしたら、ルール違反だぞ〉

〈そこに関しては東京拘置所の録音データがあるけれど、聞く？　日本語分かる人、私とロータス以外にいたっけ？〉

〈私の開発した音声解析ソフトを舐（な）めるなよ。今やリアルタイムまで翻訳が九割可能だ〉

〈じゃ、転送するわね〉

〈受け取った〉〈受け取った〉〈受け取った〉〈受け取った〉〈受け取った〉

……………………………


〈ああ、なんてことだ、あれは我々の名前を口にしている〉

〈賢い子だと思って仲間に入れたのに。失望〉

〈仕方がない〉

〈で。私が始める事業に彼、すっごく邪魔になってるんだけど、排除していい？〉

〈ここにも来ないで、私怨を晴らすことに夢中になっている時点で、それは許可を得ているようなものだ〉

〈目を離せばこの有様か、幼い天才というのは、やはりそうはおらぬものらしい〉

〈君の新規事業を許可する。ただし、前もって言ったとおりだ〉

〈了解してるわ『ＩＮＣＯはＩＮＣＯを攻撃しない』でしょ？〉

〈そうだ、それさえ守れば、君の新規事業はマンネリ気味の我々の事業に新しい刺激を与えるだろう〉

〈だが、分が悪くないか。ダークウェブに集まる人間に『正義の味方』は似合わないだろ

う？〉
〈新規事業というのは、そう思われる所を掘ってみるのが、始まりでしょ？〉
〈確かに〉〈確かに〉〈確かに〉〈確かに〉

橋本(はしもと)は、逃げ延びた先のリビングで、どこか遠くにあるもののようにテレビから流れてくる情報を耳と目に入れていた。

ニュースが栗原(くりはら)邸で起こった事件を報じている。

そういえば栗原の家は初めて見た。

高級住宅地の、いかにもまだバブル景気の残光があった頃の家らしい、しっかりした造りだ。

ブルーシートが、惨劇が起こった家のあちこちにかけられ、まだくすぶって煙が立っている。

鑑識が入るためか、半地下の駐車場の入り口のシャッターが半分開けられて、見覚えのあるアストンマーチンが鎮座しているのを見て、胸に熱いものがこみ上げ、橋本は驚いた。

ロクでもない上司だった。

人を人とも思わずこき使い、ケチではないが、決して太っ腹な金主ではなかった。人の弱点を見抜き、それを利用することに長けていて、慇懃無礼、どこか常に上から目線で、全てが人ごととして突き放し、橋本を裏切りすら、した。

それでも、唯一「頭を下げるに足る」と納得して、仕えることの出来た上司だった。

理想があり、思想があり、配慮と冒険心がある人物だった。

でなければ、KUDANのような組織は作らない。

何よりも――自分が手にしたものの恐ろしさを、よく理解している人物だった。

上に上って何かを命令したい、とか褒められたい、ではなく。

ただ「成すべきこと」の為に、死に物狂いで出世を望み、それが出来ないと判れば、今度は出来る範囲で「成すべきこと」を成そうとした。

しかも子供を複数育て、夫人との関係を維持しながら。

あっという間に仕事にのめり込み、妻も親友も失ってしまった自分には、出来なかったことを、してのけた男だった。

栗原がもうこの世にいないことを、その、鎮座して動かないアストンマーチンが、橋本の胸に重く刻んだ。

家の前には立ち入り禁止の、黄色と黒に塗られた虎ロープが張られて警官が十数名立ち、マスコミや野次馬を押し返している。

何台ものパトカーが停まり、さらにテレビ、新聞社がよこしたカメラマンたちの投光器で家は無惨に照らされて、確かにここで人が死んだ事実を、無惨に焼けた壁や、壊れた屋根として示している。

栗原宅の二階では、末娘が射殺されていたという。

幸か不幸か、香（かおり）の姿は目撃されておらず、去年のクーデター騒動で、銃を手に入れた高校生が、無謀な押し込み強盗に入り、栗原に逆襲を受けて退散しようとしたところ、持っていた手榴弾を誤って爆発させ、炎上したとされていた。

栗原夫婦の遺体は、焼ける前に回収されたらしいと判って、橋本は胸をなで下ろした。銃弾を受けていたとしても、黒焦げで判別できない遺体を確認する遺族は辛（つら）い。

まだ栗原夫妻には息子が一人と、娘が二人いるはずだった。

息子は大手商社に勤めて結婚、北海道で支店長になっていて、娘二人のうち、一人はアメリカでモデル。もう一人は主婦で四国にいるはずだ。

「これから、どうするんです？」

穏やかに〈ツネマサ〉が聞いた。

この隠れ家に到着した時点で、〈ツネマサ〉たちにはＫＵＤＡＮの全てを話した。

栗原警視監のことも、自分の本名についても、全てだ。

「どうこうもないな。俺たちはすでに用済みと判断された。後ろ盾の栗原さんは死んだ。日本中の警察が俺たちが死ぬのを期待していて、経済研究所の皮を被った暗殺集団が俺たちを殺そうとＩＮＣＯに雇われて狙ってる――〈トマ〉も死んで、お前には彼女がいる」

「導き出される答えは一つ、ってわけですか」

「逃げるしか、ないな」

自分に言い聞かせるように、橋本は言った。

もう自分たちはお目こぼしをされる存在ではない。

〈時雨〉と〈狭霧〉、〈トマ〉に至っては女子高生殺しの汚名も着せられていた。

仮に警察を納得させられても、日本のネット社会と、それに繋がる群衆は、彼女たちを女子高生殺害犯として記憶する。

「アテは、あるんですか？」

「いくつか、ある」

最悪の状況は常に考える。それが公安時代からの橋本の思考だ。

国外への脱出ルートは常に一年ごとに更新していた。

現状なら、このまま北上し、仙台あたりから船に乗って、北太平洋を渡り、カナダ経由でアメリカ、或(ある)いは三沢から米軍機に乗せて貰う手が使える。

その場合なら嘉手納(かでな)基地を経由してフィリピン、オーストラリアかハワイに行く。

「カナダは……寒いだろうな」

「俺、中東に行ったことがあるんで、暑いのはこりごりですね」

「分かれて行くのも、アリだぞ」

「――そうですね」

沈黙が落ちた。

「あー、お腹空(なかす)いた！　そろそろご飯の準備、しましょう！　〈ケイ〉さんもそろそろ合流するんでしょうし！」

風呂から戻ってきた、バスローブ姿の優樹菜(ゆきな)が元気に言った。

この一般人の女性だけは、変わらずに元気である――空元気だろうとは思うが、それも〈ツネマサ〉が落ち込み過ぎないようにするためだろう。

「ああ、そうだな、うん」

言って、〈ツネマサ〉が腰を上げる。

「じゃ、ちょっと行ってきます」

「ああ、頼む」

（こいつ、いい女を摑んだよな）

心から橋本は〈ツネマサ〉を祝福したい気分だった。

自分たちが、負け戦の中にいることは理解している。

だとしたら、長として出来ることはただ一つ、全員無事に逃すことではないか。

幸いにも、このＫＵＤＡＮのメンバーは誰も、日本でしか生きられない人間はいない。

〈狭霧〉にせよ〈時雨〉にせよ、そしてこの〈ツネマサ〉にせよ、むしろこれから腐りきっていくこの国にいるよりは。

そう思って、はたと気づく。

自分は、どうするべきか。

（なるようにしか、ならんな）

さっさと腹をくくった。

六年前の朝、ロシアの連続殺人鬼でありながら、ＦＳＢの諜報員であったため、取引で解放せざるを得なかった連続殺人鬼を撃った後、そうだったように。

ふとテレビの画面を見ると、制服を着けた栗原の写真が大写しになっていた。

橋本は我知らず、右手を挙げて敬礼しそうになり、頭を振って、手を下ろした。

（栗原さん、悪いね。俺はもう警官じゃないんだ）

そう、画面に映った栗原の写真に語りかけ、それすら警官としての残滓(ざんし)だと苦笑する。

栗原が死んだ翌日の夕方に、香は、ようやく目的地にたどり着いた。

深夜営業のショッピングセンターに飛び込み、OL風のタイトスカートなスーツ姿になって、電動自転車を買い、さらに偽造の運転免許証でレンタカーを借りた。

電動自転車のバッテリーを充電しながら、車を走らせ、福島に入って、途中でさらにレンタカーを乗り捨てた。

この時点で、橋本のいる場所まで二十キロ。

いかにもスポーツ好きのOL、という感じで、髪の毛を小さなポニーテイルにまとめ、Tシャツにジーンズ、フード付きパーカー、という姿に着替えて電動自転車に乗り換える。

秋を通り過ぎ、やや冬になり始めた季節の風が冷たかったが、自転車を漕(こ)いでいくうちにそれが心地よくなってくる。

変装用も兼ねた不織布のマスクを外し、息を吸い込んで、香はペダルを踏んだ。

目的の場所は、福島の田沢池近くにある、廃棄された別荘。

KUDANをはじめた頃、栗原から、それとなく紹介された場所だった。

自家発電装置が備わっていて、六年前に持ち主が急死、遺産相続の問題があって、誰の持ち物か判らないまま、銀行が管理し、次に地元不動産屋が管理し……その不動産屋が栗原にちょっとした借りがある、というわけだ。

別荘までは車が二台、すれ違うにはかなり勇気の要る細い道。その果てに見えてきた、ログハウス風に作られた下駄履き構造の別荘は、バブル時代のもので、かなり金が掛かっていた。

斜面に建った一階は柱だけで、シャッターと壁のない駐車場になっており、大型車が三台並んで駐車可能で、雪が積もったときなどの為に、北欧のような床暖房の装置がある。

「〈ケイ〉です、到着しました」

夕暮れの中、建物が見え始めた時点で、香は自転車を降りて押しながら、橋本に電話をかけ、それだけ言ってすぐに切った。

自転車を停めて、緩やかなスロープを上って玄関に入れる。

「お疲れ様です」

Tシャツにジーンズという出で立ちの〈ツネマサ〉が、義理堅くドアを開けてくれた。

「ありがとう」

この二十四時間で、随分、くたびれた感のあるローファーを脱いで、香は部屋に上がった。

荷物はない。中は、三階まで吹き抜けの、窓の多い構造となっているが、床は総板張り且つ、床暖房と業務用エアコン使用のおかげで暖かい。

リビングにはソファと、おそらくフェイクだろうが暖炉もあって、その壁には二世代ほど前の、地上波アナログ時代に購入したとおぼしい、六十インチの大画面液晶テレビがあった。

香が重い身体を引きずってリビングに入ると、〈時雨〉と〈狭霧〉は奥の部屋で、磨土医師が手配した闇医者による治療を受けており、橋本が出迎えてくれた。

「大丈夫か」

くたびれたワイシャツにスラックス姿の橋本は、力強く香を抱きしめてくれ、途端に、張り詰めていたものが再び切れて、涙が溢れる。

香は、声を上げて泣いた。

しばらく橋本は香を抱きしめ、泣くに任せてくれた。

ようやく、涙の衝動が収まってきて、香は洟をすすり上げながら「ごめんなさい」とトイレに入り、メイクを直す。

戻ってくると、橋本とツネマサ、そして優樹菜で食事を作っていた。

といっても冷凍食品を解凍し、缶詰を開け、ちょっと火を通して皿に移し替える程度だ。

香も手伝おうとするが、橋本は「風呂に入ってこい」と珍しく優しい言葉をかけてくれた。

頷いて、バスルームに移動する。

四人家族用の大きな風呂場にはすでに湯が沸いている。

服を脱いで、脱衣カゴに畳んで入れるとき、土埃がかすかに上がった。

服はうっすら埃にまみれていた。

こんな酷い格好で歩いていたのかと、我ながら驚く。

財布とマカロフ、そして残り二発で交換したその予備弾倉。

何かが足りない気がした。

「ああ、そうか……」

香は、ため息をついて、ほろ苦く笑みを浮かべる。

警察バッジと、それに一体化した身分証がない。

これまでも潜入捜査や、ＫＵＤＡＮとしての活動の際に、あえて持ってこない、ということはあった。

もう、使うことも、手にすることもない。

今まで、ひたすらに逃げて、橋本に合流することに集中していたから、考えずにすんでいた。

が、合流して、安堵(あんど)した途端、自分が警察官ではない、という事実が持ち物の軽さ、となって、ずっしり背中にのしかかってくる。

深く、長いため息をついた。

「大丈夫か」

バスタオルと、下着類の納まった、「K」と書かれた真空パックを片手に、橋本が来る。

衣服類は、負傷などの非常事態も考慮して、各隠れ家のまとまった場所にストックがあり、誰が取りだしても、いいことになっていた。

「着替えもタオルも忘れてるぞ」

「あ、ありがとうございます」

「警官じゃなくなったのは、結構堪(こた)えるだろ?」

自分の心情を見事に言い当てられて、香はぽかんと口を開いた。

「実を言えば、俺も退職してしばらくそんな感じだった……KUDAN設立、という目的がなけりゃ、多分、しばらく惚(ほう)けてただろうな」

苦笑しながら、橋本は真空パックを手渡した。

「だが、お前は警官じゃなくても、俺の右腕だ。それは忘れないでくれ」

ぽんと、橋本は香の肩を軽く叩いた。

「頼りにしてるぞ、後輩」

「……はい！」

互いに、大きな存在……栗原警視監を失い、それでも励まされ、励ますことで、死なないようにしていることを自覚しながら、ふたりはこの奇妙な芝居を続けた。

続けなければ、明日はない。

「あの、先輩……一緒に入りませんか、お風呂」

頬を染めながら、香は言い、橋本は頷いた。

黙って香の手を取り、己の股間に導く。

「このところ、周りにアテられてるからな。今夜はお前が悲鳴を上げても止めないが、いいか？」

隆々と盛りあがり、硬く、脈打ってる橋本の股間を、香は真っ赤になりながらこすり、潤んだ目で見上げた。

発情は、恐怖を追い出す最大の妙薬だ。

「はい……かわいがって……ください」

言って、その場で膝をつくと、香は自分の為に熱く、硬くなっている橋本の分身をもどかしい手つきで股間から解放した。

真っ白な部屋で、カーテンが夏の日差しと、太陽の輝きを受け揺らめいている。

十年近く昔のような気も、昨日のような気もする場所と時間。

「この人のせいじゃないか、何もかも！」

責めるのを止めようとする母親を振り払い、まだ中学生だった〈トマ〉が父親を指さす。

ここは中学の進路相談室。

自分よりも遥かにたくましく、元水泳選手で、インターハイまでいった大柄な父親は、うなだれていた。

「でもね……ちゃん、お父さんだって……」

母親が〈トマ〉の名前を呼んで取りなそうとする。

「男になれとか、戦えとか！　じゃあなにをしてくれたんだよ、お父さんが！　アイツのところへ行けって！　立派な後輩だからって！　僕、信じたのに！」

実際にはこんな事は無かった。

あの事件の時も、父親はうなだれもせず、〈トマ〉をむしろ責めた。

お前が悪い、お前が彼に、ああいうことをさせるような、そぶりをしたからじゃないか。

そう言われ、責められたのは〈トマ〉だ。

だがここでは違った。

〈トマ〉は、もうずっと、父親を責めていた。

振り向くと、いつの間にか現れた、背後の窓枠に手を掛け。

父親が、目の前で飛び降りた。

「！」

驚いて、窓枠に駆け寄り下を覗き込む。

〈トマ〉の住むマンションは一階だったはずなのに、十階ほどの高さから覗き込む風景が広がり、その奥に広がる地面に、人型の染みが広がっていく。

心の中で、驚きや哀しみよりも、喜びが大きくあることを、〈トマ〉は自覚していた。

こうして欲しかった。

自分の為に、詫びて死んで欲しかった。少なくとも、それぐらいの覚悟を、見せて欲しかった。

現実の世界では、父親は開き直り、息子を突き放して自分が所属する体育会系の世界を保全する側に回ってしまった。

〈トマ〉がそこからネット犯罪の世界に足を踏み入れるのは数ヶ月後のことだ。

その時のコーチには、あとでかっちり復讐し、そのことを〈ケイ〉こと香に嗅ぎつけられて、警察庁のサイバー班にヘッドハントされた。

★

どれくらいの時間が経過したのか。

気がつくと、〈トマ〉は、赤を基調とした、女子高生の制服を着せられて、殺風景な部屋の中にいた。

コンクリートが打ちっぱなしの灰色、見上げると、数メートル上に小さな、鉄格子入りの天井があって、そこから日が差している。

少なくとも昨日、自爆した女子高生殺し屋たちのせいで、床から地下へ落下し、気絶してから半日以上は経っている。

差し込む日差しは、秋の終わりとはいえ、昼過ぎの強い日差しだ。

出入り口は背後に、重い、スライド式の扉があるだけ。

元は倉庫らしい。

〈トマ〉は、薄いマットレスの上に、寝かされていたが、そのすぐそばには、産婦人科で見るような診察台を上下逆にひっくり返したような物がある。

さらに、どんなに消臭剤を撒いても消せない匂い……かなりの日数繰り返されたとおぼしい、男女の交わりの匂いと、精子、愛液……そして、血の匂い。

「こ、これ……」

まだ覚醒しきらぬ頭で、状況を理解し、身を縮めようとして、〈トマ〉は自分の手足が鎖で拘束されていることに気がついた。

特に膝には、〈ユア〉を犯したときに使ったのと同じ、金属バーで、脚を開いたまま固定するための、装具がつけられていた。

パイプ自体は、まだない。

そして、ペニスに違和感……なにか、排尿しているようで、違うような、もどかしい感覚。

「え……え?」

戸惑っていると、後ろの扉が軋(きし)みながらスライドした。

重々しい音を立て、ガタゴト上下に揺れる鋼鉄製の扉を、チョッと立て付けの悪い襖(ふすま)でも扱うようにあっさり開けると、三人の少女が入ってきた。

頬にガーゼを貼ったベリーショートの茶髪、左目に眼帯をしたセミロング、そして首に包帯を巻いた黒髪ロングヘアの三人。

「さっすが先生（コマンダー）、お化粧上手ぅ」

「あたしのサイズの見たてもぴったり！」

ベリーショートと、セミロングが笑う。

そして、新しい包帯になったロングヘアが、歪（いびつ）な笑みを浮かべて、背中に隠し持っていた金属パイプを取りだした。

（な、殴られる！）

ぎゅっと目を閉じて、身体をこわばらせる〈トマ〉の両脚に、ベリーショートとセミロングが手を掛けて、ぐいっと開かせ、ロングヘアが金属パイプを膝の装具を通して固定する。

「え？　あ？」

戸惑う〈トマ〉に、少女たちは米国アニメ（カートゥーン）のサメが笑うような笑顔を浮かべた。

「お兄さんさぁ、ＫＵＤＡＮだよね？　あたしらに、色々教えてくれない？　あんたの仲間が行きそうな隠れ家とか、使いそうな連絡手段とか」

「い、言えるもんか！　第一、ボクは下っ端で……」

「あーみんなそーゆーんだよねえ」

ぽりぽりと頭を掻きながらベリーショートが言い、セミロングが肩をすくめた。

「あのさー。ま、言っとくけどあたしらエキスパートなんだよね」

言って、無様に広がった〈トマ〉の両脚の付け根、いつの間にかブルーのレースで飾られた女物の下着に包まれた股間に、ベリーショートの、黒いローファーを履いた足の甲が当てられる。

すりすりと、〈トマ〉の陰嚢を包んだ薄い布をこすり上げ、すうっと、その脚が上がった。

「言わなきゃさ……」

日焼けした太腿に、〈狭霧〉よりも肥大化した筋肉の束が浮いた、次の瞬間、下から突き上げられるような反動に〈トマ〉の身体が浮いて、落ちる。

少女のローファーを履いた脚は、マットレスを貫いていた。

それだけではなく、スプリングを踏み畳み、さらにスプリングを固定したフレームの溶接を破壊して、コンクリートの地面に亀裂を走らせていた。

きゅううっ、と〈トマ〉の陰嚢が、恐怖に縮みあがるのが見えて、少女たちは笑う。

「こーなっちゃうかもよ？　おちん○ん」

「い、いやだ、いやだ……」

恐怖に青ざめ、〈トマ〉は、首を何度も横に振った。

確かに〈トマ〉はマゾだが、股間を踏み潰されて去勢されるなど、空想の中で夢見る重度のマゾはいるが、現実となれば、全ての男にとっては悪夢だ。

それに、この脚の威力なら、その瞬間に死んでいる。

痛みは耐えられても、死は耐えられない。マゾヒストの大概……いや、殆(ほとん)どの人間がそうであるように、〈トマ〉も、死ぬ事はご免だった。

「ねえ、お兄さん……それともお姉さんがいい？」

脚をマットレスの穴から引き抜き、ボロボロになったローファーと、靴下を脱ぎ捨てて、ベリーショートは、素足の甲で〈トマ〉の股間を、再び優しくなで上げる。

「ひっ……」

青ざめた〈トマ〉を見て、少女たちは笑った。

「や……やめて……」

青ざめて泣き出しそうな〈トマ〉を見て、少女たちは笑いを消した。

「殺したりしないわよ」

ロングヘアの少女が〈トマ〉を覗き込みながら言う。

「だって、そんなに立派なチン○ン、滅多にないもの」

「え……あ……」

気がつくと、〈トマ〉の股間は、隆々と勃起し、スカートを押し上げているだけではなく、先走りの液体があふれ出していく……のに、なにかにせき止められているような感覚。

下着から覗いたペニスの先端を見ると、鈴のようなペニスの先端から、ジェラコン樹脂の細い棒が出ている。

棒の先端は丸く曲げられていて、これが、カテーテルのように、排尿を促す為の物ではなく、逆にそれを封じる、栓の役割をしていると判った。

「う、うそ……なんで……」

嫌な予感が、ますます〈トマ〉の背中を撫でる。

「お兄さん、尿道プレイとかしてないのね。綺麗だから入れるの少し苦労したけど」

「じゃーん」

クールに振る舞っていたロングヘアが、無邪気な声をあげて、スカートのポケットからピストンが押し下げられて、中身を出した後の注射器を取り出した。

「バイアグラよりよく効く馬用の勃起促進剤～！　お兄さんが寝てる間にぃ、これとね、自白剤のカクテルを、おちん○んに注射しましたーっ！」

「わー！　パチパチパチパチ〜！」

「ぱうふぱふーっ、どんどんどんー！」

　残り二人は、太鼓とラッパのつもりの口まねをして拍手する。

「あとねえ、タマのほうにも、お馬さん用の精液増産する薬ぶち込んだから、そろそろ効いてくるんじゃないかな？　ほら、ほら♪」

「い……あ……あ！」

〈トマ〉の陰嚢が、燃え上がるように熱くなり、ビクビクと痙攣を始めた。

「さあて、これだけ準備したから、楽しく尋問しようねえ♪　大丈夫、そのカテーテル、先っぽ抜いたらおしっこ出るから、ボーコーエンにはならないよ！」

　言いながら、少女たちは下着を脱いだ。

　セミロングは、車の中で見覚えのある白いレースの下着、ロングヘアのほうは黒のホットパンツめいたスポーツショーツで、ベリーショートの娘はTバックの青いタンガだ。

　そして、スカートをめくり上げて見せる。

　それぞれに引き締まっているが、ベリーショートの陰毛は皆無で、セミロングはひとつまみ残して剃り上げられ、ロングヘアは臍まで届きそうな剛毛だった。

「え……あ……」

　それだけで、浅ましくも勃起がさらにひと回り大きくなり、そのまま射精しそうになる〈トマ〉の根本に、セミロングの少女が、革製のベルトを取り付けた。

　コックロック……陰嚢と輪精管を締め付け、射精を防ぐものだ。

　輸精管には栓をされ、根本も縛り上げられた〈トマ〉は、完全に射精を封じられた。

「いい、十五分タイマーで行くからね」

　ベリーショートが、スマホをセットし、懐から取りだしたビニール袋に入った、犬の横顔を模した青い錠剤を口の中に流し込み、バリバリと噛み砕き、背負ってたサッチェルバッグから取りだしたペットボトルの水で流し込んだ。

「んじゃ、一人十五分ね、イッたら交代？」

「まさか。十五分は十五分！」

「ま、まって……それじゃ……こんな、状態で」

　突き倒された女装青年の、腹につかんばかりに勃起したペニスを、無理矢理天井に向かせ、下半身を露わにしたベリーショートの、スパッツの形に日焼けしていない白い尻が、下ろされた。

「おふ……ぉう……くる、入ってクルゥ。子宮おりるぅ」

熱いぬかるみが〈トマ〉の肉棒を締め付け、激しく動き始めると、膣肉が削り取るように凹凸(おうとつ)を密着させてくる。

「おぁあう、うあ、ああ！　あああ！」

〈トマ〉は叫んだ。陰嚢からその瞬間から輸精管に精子が送り込まれていくのが判るが、途中でせき止められて、快楽が苦痛に転換される。

「えっぐい、このお兄さん、こんなに綺麗なのにエッグいチン○してるぅ」

淫(みだ)らに笑いながら少女は腰を激しく上下させる。

「ねえ、今度は何周ぐらい持つかな？」

「ブダベストの時はえーと？　五周だっけ？」

セミロングに言われて、ロングヘアがほっそりした指を折った。

「いや、七周だったかな？　八周目の途中だっけ、心臓止まったの？」

「たしかねえ。だからシンちゃんすっごい不満顔だったナァ。自分がヤる前に終わったから」

「だって、あの子の突っ込んだら、もうそこで、おっしまいだものさー」

「だねえ」

ひひひひ、と二人は声をあげて笑い合う。

「ねー、ケーコ、そのおにーさんのチン○どう?」

「エッグぃ、えっぐいお、チン○えっぐい　チン○、チン○エッグぃ、これ、これいい、これいいのぉ、あたま、ありゃまぐりゅんぎゅんるぅ、おみゃんこぉ、おみゃんこきゅんきゅーんってしゅりゅうぅぅ」

ケーコと呼ばれたベリーショートの少女は、瞳孔をまん丸に開いて、口から涎(よだれ)を垂らしながら〈トマ〉のペニスにそって、激しく腰を上下させ続ける。

「いぃ、いひ、いひ、こりぇいいい!」

麻薬をキメながらのセックス――キメセクという奴だ。

「あ、もうMDMA(えっくん)効いてるみたい」

言いながら、セミロングとロングヘアは唇を重ね、互いの秘所に指を這(は)わせた。

「えっくん?」

「MDMA(エクスタシー)だからえっくん」

コンクリートの倉庫の中に、腰を打ち付ける音と〈トマ〉と、ケーコのあえぎ声に加えて、二人の秘所をいじる水音が、小さく加わっていく。

「いいねー。えっくん。あたしも今月増やそうかなぁ……あふっ、そこ美保(みほ)っ……いい」

セミロングが喘(あえ)ぐ、その喉元に軽くキスを繰り返しながら、美保と呼ばれたロングヘアはクスクス笑った。

「イズミはコカイン一択でしょうに」

セミロング——イズミは美保の唇に自分の唇を重ね、互いの舌を絡め合って、離れると、ため息交じりに頭を振った。

「最近、量増やさないとだめでさー。えっくんに乗り換えてしばらくやって、耐性消えたら戻ろうって」

「あー、あったまいー。あたしメタアンフェタミンだから安いけど。そういう乗り換えもいいかもなー」

「スノー、楽しいよぉ。アブリもいいけど、おまん○塗ってキメキメセックスするの、男も喜ぶしすっげー楽しいから！」

「あー、そーだっていうよねー。そっか、このお兄さんでためせばいっかーって……あ、だめ、イズミ、そこ、弱いぃ……」

「美保、ごーもーの癖に、クリ責められると弱いよねえ」

「ば、ばかぁ……」

「だ、だめ……しゃ、しゃせえ、しゃせえさせてぇ」

ケーコの下で、〈トマ〉が声をあげた。

「じゃあ、おにーさん、全部喋る？」

すかさずイズミが尋ねた。

「だめ、それは、それは……」

まだ理性の消えていない〈トマ〉の目がぎゅうっと閉じて、かぶりを振る。

「じゃあ、続行だねえ……っていうか、もうケーコ止まんないけどさ」

〈トマ〉の上で、ベリーショートは麻薬の副作用である、大量の発汗を、頭を振ってまき散らしながら、ケーコは獣の声を上げ、射精できないまま、硬度を上げていくペニスの上を乱舞する。

やがて、ひときわ大きい声を上げて、ケーコの身体が弓のように反り返り、どさっと上半身が〈トマ〉の上に落ちる。

「はーい、交代ね、交代」

言って楽しそうに美保は、背中のサッチェルバッグを下ろして左手に持ち、右手でスカートをまくり上げ、毛むくじゃらの秘所を広げると、完全脱毛された〈トマ〉の股間の上にすとん、と下ろした。

「んぉおおっ！」

美保がのけぞる。

「こ、このチン○、見かけより凄ぉい♪」

はぁはあと、息を荒らげながら少女は、バッグの中から液体の詰まった注射器を取りだし、手探りで自分の舌を摑むと、その根本に針を刺して、ピストンを押し下げた。

その後ろで自分の番を待つ間、セミロングのイズミは、小さな缶から取り出した白い粉を自分の秘所へと塗り込みながら、息を荒らげた。

「イカれてる、君ら、イカレて……あああ！」

〈トマ〉は〈時雨〉と肉体関係を持つまで童貞で、女の身体は〈時雨〉と〈狭霧〉、〈ユア〉しか知らない。だからこんなにも女の秘所の感触が違うのかと思いながら、それでも射精が出来ない苦痛にあえぎつつ、理性を振り絞って罵ろうとした。

「あったり前じゃないの」

コカインを塗り込んだ秘所で、自慰行為にふけりながら、眼帯姿のイズミがせせら笑う。

「子供の頃から人殺しと経済学と、クスリで生きてきたのよ？　まともなわけないじゃない。おにーさん、アンタもこれでおしまい。最後の一滴まであたしたちに注いで頂戴……ほら、皆が来た」

そう告げて振り向くイズミの後ろ、鉄の扉の向こうから、一〇〇人以上の少女たちが、楽しげな足取りで現れた。

★

「何故(なぜ)拷問なんかするんだ」

天井近くのカメラから、一〇〇人以上の少女たちが〈トマ〉に近づいていく映像を見ながら、少年のＩＮＣＯ……〈オキシマ〉はつまらなさそうに言った。

「彼らのデータは、すでに君たちに渡してある、どうなってるのさ」

普通、彼ぐらいの年齢なら、興奮する映像だが、〈オキシマ〉は興味なさげだ。

一種の無性愛者(アセクシャル)――性的なことに、彼は一切の興味がない。

あるのはＩＮＣＯとしての活動と資金源の確保、そして今は「クダン」と呼ばれる日本の非合法特殊部隊の殲滅(せんめつ)と、そのついでに、この研究所を使った「新規事業」だ。

そして今回確保した、コードネーム〈トマ〉はその一員だ。

彼からすれば、さっさと殺してしまえ、ということなのだろう。

「拷問ではなく、レクリエーションですよ、ミスター〈オキシマ〉」

「アンドリュー・ハッチノン経済研究所」の日本支部代表、コレリー・リュネンコはそう言って、取りなすような表情になった。

「彼女たちは、いわゆる理想的なローマ市民と、同じです」

「パンとサーカスを与えられ、労働にいそしんで帝国を築く礎となる、か？」

「現代ですので、セックスとドラッグ、そしてファッションとなっておりますがね。何しろ時代が下がって単純労働ではなくなりましたから、殺しは」

コレリーは爽やかな笑みを浮かべる。

「だが、酷く非効率だ。バイブレーターでも与えればいいだろう」

自分に必要のないものは、他者にとってもそうだ、と信じて疑わない少年の言葉に、コレリーは肩をすくめてみせる。

「彼女たちは全員十代の少女という『設定』の中を生きています。実際には三十代であろうともね。それを維持し、互いに連帯感を抱かせるためにも、セックスを共に楽しむことは有用なのです」

全くこちらの言葉を信じていない顔で、こちらを見つめる〈オキシマ〉に、変わらぬ笑みをコレリーは向けつつ、

「それに、今彼を楽しんでいるのは、この国のトリルヴィーの半分です、残り半分は、すでにそちらから頂いた情報通りに」

と、少年をある程度、納得させる情報を開示した。

「……それなら、いい」

〈オキシマ〉はやむを得ない、と言いたげな表情になった。

「ご安心をミスター〈オキシマ〉」

微笑(ほほえ)みながら、コレリーは日本式に頭をさげた。

「我々は、貴方(あなた)に『購入』されたおかげで、今があるのですから。……いままで言う機会がございませんでしたが、我らの優れた教義に共感いただいて、光栄です」

「君たちの教義を買ったわけではない」

少年は素っ気なく言った。

「あくまでも『トリルヴィー』とその管理システム、運用者としての君たちを高く評価しただけだ。案件が終われば、君たちを解放する。何ならボクから買い取ってくれても構わない、それぐらいの報酬はくれてやる」

「どちらにせよ、感謝します」

コレリーは深々と、また頭をさげた。

その隣の部屋で、コレリー直属の部下で、少女たちから「先生(コマンダー)」と呼ばれている中東系の女性、カーラ・ゾーイが、とある場所へ、有線電話を掛けていることは、おくびにも出さない。

★

「ミズ・カーラ。報告に感謝します。現在のところ、我々の投資は順調に、ルール違反なしで運用されていることがよく分かりました」

流暢（りゅうちょう）な英語で感謝の言葉を述べ、コレリーたちの、本当の意味での「金主」は、カーラの報告に満足げに頷いた。

『ですが、そろそろ次の段階に進むべき時期が来たと思います』

「そうですねえ『神仙水（しんせんすい）』でも、飲ませておいてください。政府との話し合いが始まる前には処置をしておくといいでしょう……そうそう、確か医療関係の高級官僚のご子息が、重病で入院していたはずです」

『つまり、第一号、ですか？』

「ゼロ号ですね。医者の腕を見ておきたい。評判倒れでは困ります」

『了解しました』

カーラの声に、満足げに頷いて「ごきげんよう」と「金主」は受話器を置いた。

目線を壁にやる。

二〇〇インチの液晶モニターには、今日も変わらぬ彼の周辺、数キロの映像が映っていた。

★

〈トマ〉が少女三人に嬲り（なぶ）ものにされている頃、足柄（あしがら）がのっそりと別荘に現れた。

「おい、随分膨らんだな」

まん丸な二年前と同じ姿に戻った足柄を見て、黒いセーターにジーンズ姿に着替えた橋本は驚いた。

電話で何度か話をしたが、そういえば実際に会うのは一年ぶりだ。

「ほっとけ」

一年前のクーデター時には密漁で大儲（もう）けしつつ、脂肪を落としてマッチョに生まれ変わっていたヤクザの足柄は、その後地元の漁師と大（おお）もめに揉めたあと、相手を半殺しにして東京に戻っていた。

その後、密漁で儲けた金で、遊びほうけているらしい、と聞いてはいたが。

「まあ、リーバウンド、リーバウンド、って奴だ」

足柄は、妙な節回しをつけておどけてみせる。

「それはともかく吹雪（ふぶき）の旦那、こいつはもう、負け戦だ、どうするね？」

「逃げる。仙台のほうはどうだ？」

「二十四時間以内なら、二人までなんとかなる」

「じゃあ、〈ツネマサ〉たちを頼むよ」

「姐御ふたりと〈トマ〉は？」

「〈トマ〉は……消えた」

「逃げたのか？」

「いや、通路が崩落して、地下に落ちたらしい。未だに連絡がない、ということは死んだと考えることにした」

「……あの坊主がねえ……はかないもんだ。で、姐御たちは？」

「怪我してる。あっちは先に米軍基地に入れるつもりだ……すまんが俺たちを国外に逃がす算段を頼む」

そう言って橋本は手持ちの最後の金の詰まった封筒を渡す。

「冗談じゃねえ！」

〈狭霧〉の声が別荘のリビングに轟く。

振り向くと、張り詰めた寸足らずのジャージのズボンと、グレーのスポーツブラ姿で、腹部に包帯を巻いた〈狭霧〉が、壁に寄り掛かるようにして、歩いてきたところだった。

そのまま、シーツをかぶせたままの来客用ソファに、もつれ込むようにして、たどり着く。

「〈トマ〉は死んでない、死んでるはずがない。あたしには判るんだ。姐御にも判る、絶対〈トマ〉は死んでない。だから、アイツを探して……」

ふらっと揺れる〈狭霧〉を、咄嗟に足柄が支えた。

血の気が引いていて、明らかな貧血状態だった。

「ムチャするんじゃねえ、ここの医者に聞いたぞ、お前、本来なら失血死するところだったっていうじゃねえか！」

幸いにも、着用していたのが、ボンデージの革ベルト付きであり、それをキツく締め直すことで止血が間に合ったが、本来なら絶対安静なのである。

「とっととベッドに戻れ！」

「いやだ！」

大声を上げる〈狭霧〉の頭の上を、何かがかすめて、壁に煙を上げた。

銃声は、わずかに遅れた。

「来たぞ！」

橋本が言いながら伏せて、部屋の隅に立てかけておいたツァスタバを取り、安全装置を解除し、セレクターをセミオートのまま、次々と周りに渡していく。

その間にも、5・56×45ミリの甲高い銃声が、いくつも山の方から轟き、別荘の壁を、窓を射貫いて、さらに壁に掛かった、前の持ち主の描いたらしき、鹿の絵を撃ち抜き、先ほどまでニュースを流していた液晶テレビを粉砕した。

「俺はコイツがあるからいい」

と黒スーツ姿の足柄が、フローリングの床に転がったまま、懐から長銃身のウィルディ45マグナムを引き抜くが、

「バカ、拳銃でライフルに勝てるか！」

そう言って橋本が、予備のツァスタバを床に滑らせた。

「AKSと違って反動がキツい。注意しろよ」

「ドラグノフないのかよ」

渋々銃を持ち替えながら、足柄が文句を垂れる。

「あんな古い銃、使い物になるか！」

罵りながら橋本は、敵の位置を何とか見定めようと窓の外に目をこらした。

銃声は最低でも十人。

そう思った瞬間。自分の頭ギリギリをかすめて、ひっぱたくような衝撃波と共に、板張りの床に亀裂のような大穴が開いた。

「50口径……」

　電線が切られ、全ての明かりが消える。

（……ということは相手は、野戦装備が充実してるということか）

　窓ガラスが割れて、細長い物が飛びこんで来た。

　閃光手榴弾。

　もう、ガラスを割った時点で、ピンは外れている。

　作動まで二秒足らず。

「閃光弾だ！」

　叫びながら目を閉じて耳を覆い、大声を出して背を向ける。

　爆発と閃光、そして煙が連続した。

　耳を塞ぎ、目を閉じてもなお、クラクラするような、灯台と同じ二〇〇万カンデラの閃光と、半径一〇〇メートル以内の落雷よりも巨大な、一七〇デジベルにも及ぶ甲高い破裂音である。

　耳がキーンと鳴って一時難聴となり、目も閃光の痕跡の光輪状態で殆ど見えない。

　窓を突き破ってガスマスクを着けた少女たちが飛び込んでくる。

　そのことは理解出来るが、高周波と閃光で頭が一時的に錯乱している。

相手が銃を向け……バタバタと倒れた。

倒れた少女たちの背後から現れたのは、〈時雨〉だった。

太腿に血のにじむ包帯、白の下着姿で、髪の毛を振り乱し、各隠れ家に必ずひと振り置いてある、ハイスピードスチール製の刀を、床に突き刺しながら、背中にスリングで回していたツァスタバを構えて素早く掃射する。

銃声と閃光と共に、空薬莢（からやっきょう）が床に跳ねていく。

M4と違いAKシリーズはフルオート時、集中した「点」の命中率ではなく「線」として「面」を制圧することが容易になるよう、出来ている。

そして、ツァスタバの7・62×39ミリ弾は、鉄芯弾頭であり、至近距離で別荘の壁を貫いても、相手のボディアーマーを貫通した。

続いて突入しようとした、制服姿の武装少女たちが、倒れていく。

そのまま、空になったツァスタバをうち捨て、刀を床から抜き、窓枠に脚を掛けようとする〈時雨〉を、橋本は腰に抱きつく様にして、床に伏せさせた。

一拍遅れて〈時雨〉が脚を掛けていた窓枠が、50口径の銃弾に、歪みながら吹き飛んで、床を跳ねながら、奥の部屋へと飛び込む。

「50口径だ、山の斜面の上から狙ってる」

「早く言ってください！」

「奥の部屋へ！　床から下の駐車場に出られる！」

匍匐前進で全員、奥の部屋へ移動する間も、次々と50口径弾が撃ち込まれ、壁や天井、床に大穴が開く。

自分自身もかつて、同じ口径の弾丸を、コンクリートの装甲で出来た、戦車の中へ向けたこともある。

幸いだったのは今回、相手が、最初の一発を外してくれたことだ——麻薬漬けの強化兵士というのも、こういう場合はありがたい。

おそらく戦闘前に薬物を摂取して、ハイになった状態で戦闘を始め、という意味では突撃部隊と、後衛の狙撃部隊は同じなのだろう。

次第に着弾が、デタラメになっていることを、橋本は冷静に観察していた。

同時に、不可思議に思う。

何故、それならもっと確実な方法を採らないのか。

自分が指揮官ならどうする？

匍匐前進の手が止まった。

「降りるのはヤメだ」

橋本は言った。

「ここを燃やす」

橋本たちのいる別荘から、下って一〇〇メートルほどの林の中に、狙撃手がいた。

普通乗用車が二台すれ違うのも難しいほどの道幅の、まっすぐな一本道。他に道路はない。先ほど太った黒スーツの男の乗った、ベンツのマイバッハが走っていった後に、改めてレーザー測距装置を使って道までの距離を測り直し、照準器の数値を改めた。

オフローダーで走って行ける斜面でもなく、林の木々の合間もない。

ここを通らなければ、逃げられない。

やがて、別荘が炎を噴き上げた。

プロパンガスに引火でもしたのか、別荘は一瞬で炎に包まれるのが林の中からも見える。

「来るぞ」

トリルヴィーの選抜狙撃手(マークスマン)の少女は、喉に巻いたスロートマイクで声を出さず、喉の筋肉だけを動かすように囁(ささや)いた。

それだけで、付近に潜んだ、他の狙撃手五人から「了解」の意味で、マイクを叩く音が聞こえる。

少女たちは、我慢していた、それぞれの好物の薬物を口にし、鼻からすすり、或いは舌の裏にこすりつけた。

注射器を使うアッパー系薬物を好む者は、選抜狙撃手に選ばれないのがトリルヴィーの常だ。

ダウナー系の薬物を好む者、あるいは薬物に手を出さない「優等生」を。

やがてエンジン音がして、道をベンツが、運転席から大量の煙を出しつつ突っ込んできた――その後ろには、橋本たちがマスタングから、途中のガソリンスタンドで、今時珍しい走り屋然とした若者と交換した、中古でドアの凹んだ、白いトヨタ・カローラE12がバンパー同士が触れる勢いで、ぴったりとくっついてる。

「ベンツは囮だ、後ろの白い車を撃て」

頑丈なベンツを盾にして、運転席にありったけの発煙筒を押し込み、下った先で非常線を張っている自分たちを突破する……そういうシナリオなのだろう。

退路に敵がいることまで理解しても、それが麻薬漬けで判断力の鈍った狙撃手だと思う辺りが、いかにも思考が固定された日本公務員らしい、とリーダーの少女は鼻で笑った。

リーダーの言葉に全員が「了解」のノイズを返し、四角いマズルブレーキの付いた、ロシアの対物ライフル、OSV－96を構えた。

半自動で撃てるが、選抜狙撃手は、出来れば一発で仕留めたい者が集まっている。

今回は対物前提なので、一度に三発以上弾丸を撃ち込む決まりになっていた。

自動車のエンジン音が聞こえ始めた。

ベンツとカローラは、もの凄い勢いで近づいてくる。

あと三秒で、カローラがこちらに、無防備な腹を見せる。

左右の窓にはスモークフィルムを貼り付けていて、中はナイトビジョンと接続したスコープでも見えない。

わずかな違和感を、リーダーは感じたが、それは薬物の高揚感に、取って変わられた。

小声の号令に対し、銃声と銃火は巨大なものだった。

「3、2、1……三点射、射ーっ！」

瞬く間に、真横をこちらに見せたカローラの運転席のドアに、拳大の凹みとジュースの缶ほどの穴が開き、窓ガラスが砕け散った。

根本から吹き飛ばされたハンドルが、空っぽになった窓から飛び出していく中、ドアが外れる。運転席、後部座席。

そこからベンツ以上の大量の煙が噴き出した。

窓を閉め、中が見えなかったのは、夜だったからではなく、中に煙が満ちていたからだ。

三発ずつの五人、十五発の銃弾がカローラを撃ち抜く。

そこで、先行するベンツが、いきなりスピードを上げ、カローラのＡＢＳ製フロントバンパーカバーが引きちぎられ、本来のバンパーがむき出しになる。

みるみるカローラは蛇行し、勢いを失い、エンジンを掛けた状態のまま、路肩に乗り上げて横転。

すると、中から大量の発煙筒が転がり落ち、見えた車内には……人が居なかった。

「しまった……裏の裏を！」

大量に発煙筒を詰め込んだ、ということでてっきり囮だと思っていたベンツに、標的は乗り込んでいたのだ。

「ベンツだ、ベンツを撃て！」

『エー！』

だが、一度集中力が解けてしまった少女たちの銃弾は、正確さを失い、残りの二発はあらぬ方向へと着弾し、木の幹をえぐり、地面に土煙を上げただけとなった。

去って行くベンツから、からころと音が連続して、窓から投げ捨てられた十数本の発煙筒が地面に落ち、大量の煙を噴き上げる。

「くそ、くそおおおおおお！」

狙撃手の少女は、腹立ち紛れに立ち上がり、まだ陽炎が立つほどに熱い銃身の、ＯＳＶ－96を蹴り飛ばす。

発煙筒の煙の彼方、すでにベンツのテールランプは見えない。

★

半日がかりで、〈トマ〉は、強制的に射精を封じられた状態で、二十人以上を相手にした。

彼女たちは〈トマ〉をなめ回し、殴打し、足蹴にし、愛おしげにキスをし、唾を吐きかけ、抱きしめ、愛撫し、いたぶった。

〈トマ〉の理性は途中で崩壊し、女装青年は生きたバイブレーターとして、悲鳴を上げ、嬌声を上げながら、少女たちに奉仕した。

結果、半日後の〈トマ〉は、その残骸に等しい姿になっている。

身体中のあちこちを甘噛みされ、キスされ、時にナイフなどで胸や肩、脇腹を軽く切られた。

中には、セックスしている最中に興奮して〈トマ〉を蹴った者もいるから、青あざは身体中のあちこちにある。

「あーあ、タマタマこんなにパンパンになって。つらいねー。〈トマ〉ちゃん」

離れた場所にパイプ椅子を置いた、ロングヘアの美保が、全裸のまま、さりげなく組んだ膝の上で〈トマ〉の資料ファイルをめくりながら笑った。

淫らな汗で汚れた、首と右腕の包帯は、さっき取り替えたばかりだ。

「しゃせえ、しゃせえしゃしぇてくりゃしゃい……」

制服も女物の下着も乱れに乱れ、汗と唾液と愛液まみれ、下半身はバルトリン氏腺液からなる愛液と、カウパー腺液まみれの〈トマ〉は、すらりと伸びた美保の脚にすがった。

といっても、肘と膝で這いずるようにして、美保の脚に掌と頬をこすりつける形になる。

「なんれも、なんれもしましゅ、しましゅからしゃせえ、しゃせえしゃしぇて、しゃしぇえ、しゃしぇええええ！」

面白がって、美保は組んでいた両脚を解き、驚く程濃い茂みを晒しながら、〈トマ〉の顔を押し付けた。

「くんにしましゅ、くんにしましゅ、らから、らから、らからぁ！」

〈トマ〉は膝立ちになり、少女の剛毛をかき分けて、息づく女性器に舌を這わせた。

血液が送り込まれすぎて、やや赤黒くなるほど勃起したペニスを、少女の脚にこすりつけながら、三才児が母親に菓子をねだるように〈トマ〉は懇願する。

「んじゅ、じゅっ、じゅぶっ、しゃ、しゃせえ、しゃせえさせてぇ、はむっん、じゅぶぶるぶろぉおっ」

亀頭部分は張り詰め、少女たちの淫水で磨かれたように艶光っていた。

「あ……〈トマ〉上手ぅ……」

ファイルを放り出し、美保は〈トマ〉の舌技に酔いながら、形のいい乳房を持ち上げ、自らその先端をしゃぶった。

「こしいっぱいふりましゅ、いっぱい、みなしゃんを、いかせましゅ、らから、らからしゃしぇえしゃしぇてくりゃしゃい」

喘ぐ〈トマ〉の股間では、普段の倍近い体積になったペニスの先端、栓をしている射精防止カテーテルの隙間から、切ない先汁をじくじくと垂れ流している。

「あたしをイカせたら、考えてあげる……んんっ、……わよ……」

「はい、はいがんばりましゅ、がんばりましゅぅ！」

泣きじゃくりながら美保の股間へ、一心不乱に奉仕する〈トマ〉の背中を見ながら、頬にガーゼを貼った、全裸のケーコがそっと建物を出て行く。

「ねえ、どうする？　さすがにそろそろ射精させないと、頭がコワレちゃうよ？　壊れたらまた先生に怒られて、あたしらの資産価値下がるよ？」

下着姿で、片隅に置かれた、水分補給用のクーラーバッグから取りだした、缶コーヒーを美保に差し出しながら、片目を眼帯で覆ったセミロングのイズミが口を尖（とが）らせた。

今日は〈トマ〉の管理を、彼女たちが行うことになっていて、しくじれば、評価が三人まとめて下がってしまう。

「んっ……でも、なー。あぅふ……情報、吐かない……んんっ……だもの、ふぅ〈トマ〉ちゃん。あ、そこ……もっと奥……そう、そのぼつぼつ舐めてぇ」

美保は〈トマ〉の奉仕で、軽いクライマックスに上っていく。

「……ねえねえ、いいこと思いついたんだけど！」

ベリーショートのケーコが、パーティサイズのポテトチップスの袋を抱えて戻ってきた。

「あんた、全裸で宿舎までいったの？　先生に見つかったら資産価値ゼロにされるよ？」

美保があきれ顔で注意するが、ケーコはにかっと笑ってVサインする。

「大丈夫、先生が他のKUDANを始末しに行ったのは、確認したから」

「えー。じゃああたしたちが情報吐かせる価値、ないじゃん」

イズミが口を尖らせるが、

「ま、あたしたちの学習能力向上ってやつ？　じゃないの……でさ」

ケーコは改めて、先ほど遮られた自分の考えを述べ始めた。

「どうせ散々ためて射精させるなら、いい方法があるよ？」

にやりとケーコが真っ黒な微笑みを浮かべる。

「どんな？」

「今さっき、シンと明日菜（あすな）と桜（さくら）が再編されてさ、戻ってきたんよ」

「あら、議員暗殺成功者の桜と、ＫＵＤＡＮの残りの襲撃に失敗して四人組がふたり組になっちゃったシンちゃんたち？」

美保が、長い髪をかき上げながら、わざとらしく両手を広げ、大げさに悲嘆するポーズを取った――トリルヴィーの中で、あの三人はエリート扱いされている。

故（ゆえ）に、他のトリルヴィーたちからは妬（ねた）まれることが多く、美保たち三人もその例に漏れない。

「あの三人……特に、シンに犯って貰おうよ、アナル」

ケーコの言葉に、びくっと、〈トマ〉の背中が震えた。

「あな……る？」

「初めてだっけ？」

首を傾（かし）げるケーコに、

「ちがう、ちがうよぉ！」

〈トマ〉は必死に、媚（こ）びるような笑みを浮かべた。

この八時間近く、射精できないまま、睾丸（こうがん）が五倍に膨らむように思えるほどの精子が、身体の中に貯まっている。

放っておけば、精液が全身脱毛した、毛穴という毛穴から噴き出しそうだった。

「あなる、なれてます、あなるで犯されながら射精するの、好きです、好きですぅ！」

普段は、〈時雨〉たちの前でも、決して口にしない言葉が〈トマ〉の口から滑り出る。

それを聞いて三人の少女は顔を見合わせて笑った。

「じゃあ、うつ伏せになって」

美保が命じると、

「はい……」

言われるままに、淫液の染みこんで重くなったマットレス――ケーコが穴をあけたものはすでに取り替えられていた――の上に、〈トマ〉はうつ伏せになった。

両脚はカエルのように広げたままで、パンパンに膨らんだ陰嚢と、細い身体の中、女のようにむっちりとした尻肉と、その奥のすぼまりが見える。

その上に、ケーコが部屋の隅に転がっていたローションを持って来て、注ぐ。

とろりとした液体が、冷たく肛門を濡らす慣れきった感覚に、〈トマ〉はため息をついた。

「んじゃ、はじめるねえ……」

ケーコの指先が〈トマ〉のすぼまりの中に、ローションを塗り込むと、〈トマ〉は、あどけない少女のように、悦び(よろこ)の声を素直に上げる。

「ぉおう、ぉう、いい、お尻いい、お尻、いいですぅっ！」

もう頭の中は完全に「射精」という言葉で埋め尽くされている。

〈時雨〉に秘密を知られて以来、女性にアナルを犯されながら射精することに、〈トマ〉はもう悦びしか感じない。

たまりに貯まったこの精子を、とにかくぶちまけたかった。陰嚢、ペニスも含め下腹部全体が燃える様に熱い。

「あ、きた」

いつの間にか、倉庫の彼方に広がった闇奥から、ひどくほっそりした、背の高い少女が現れた。

紅く(あか)染めた、美保より長い、腰を越えて脚の付け根まであるロングヘアで、これまでの少女たち以上に、病んだ感じがした。

今、周りにいるケーコや美保をはじめとした、トリルヴィーの少女たちにも病んだ部分は大きいが、それはどこか乾いたものだ。

だが、この少女には、ねっとりとした湿度があった。

病み系メイクのその少女は、〈トマ〉の身体を見て、にちゃっと笑う、黒い口紅を塗った口元、細まる目の下には隈（くま）ができていて、アイシャドーともども、タトゥーらしかった。

鎖骨まで、びっしりとトライバル模様のタトゥーの入った喉には、深紅のシルクのチョーカー。鹿革の手袋が肘まである。

肩と、すらりと伸びる細い太腿の内側、右側には、股間に伸びる矢印と「ＢＩＣＨ（くそあま）」の飾り文字。

そして、左側には、同じ様な矢印に「ＤＩＣＫ（ちんこ）」とあった。

「そういえばさ、〈トマ〉ちゃん」

美保がにやにや笑いながら言った。

「女装始めたのって、入ったばかりの水泳部のコーチに犯されてからだって、本当？」

ぎくり、と〈トマ〉はいやな予感がして、美保の方を向いた。

「ど、どうしてそれを……」

「ああ、だってアタシら、ＩＮＣＯに雇われてるからさ、そういう情報、丸っと抜けてくるわけー。『お前は女みたいな奴だ、男にしてやる』ってのが口癖の元オリンピック候補で、アンタその人に犯されてから登校拒否になって、ハッカーとか始めたわけ？　うわ、マジ受けるわー、ドラマみてえー！」

キャキャキャキャッと美保、ケーコ、イズミの三人は笑った。

「ま、まって、それ、どういう……」

「シンちゃーん」

美保が手でメガホンを作って、病んだ感じの少女に呼びかけた。

「思いっきりやっちゃってクダサイ！」

「い、いいの？　いいの？」

病み系メイクの少女の声は、うわずっているが、喜びに満ちていた。

だが、〈トマ〉はその中に、同じように女装した人間だから判る、変数を感知する。

「え……？」

不安が言語となって具現化する前に、病んだ雰囲気の少女と、美保たちの会話は続く。

「やっていいの？　ボク、いつも最後までお預けなのに」

「いいよー！」

ケーコが無責任に手を振った。

「がんばれー！」

美保が親指を立てる。

「ぶっころせー！　ち○こがもげるまで、かわいがってあげてー！」

イズミの声に、

「ありがとう、ありがとうありがとうありがとうありがとう！」

嬉しげにかくかく頷いて、「シン」はスカートを下ろした。

子宮を抽象化したタトゥーの入った下腹部と、紐で両サイドを留めるタイプの、青と白のストライプ模様の下着の結び目を解き、剝ぎ取る。

無毛の股間には女性器すら見えない。

シンは脚を開き、股間の後ろ、肛門近くまで手を伸ばし、何かをベリベリと剝がす。

すると股間に、〈トマ〉の股間にあるのと同じ物が、ぶらりと下がった。

「ああ……ああ……」

うっとりとうめきながら、シンはそれを固く握りしめ、扱き立てる。

うなだれていた、包皮の塊のような肉槍は、手が前後に動くたび、ドクドクと脈打ちながら、ゆっくりと鎌首をもたげていく。

「うっはー。いつみてもドラゴンみたい」

「ツチノコじゃね？」

「っていうか、ペットボトル？」

美保たちが勝手なことを言ってる間に、それは包皮の中から、完全に先端を露出させた。

まず目立つのは雁首（かりくび）の周囲に、びっしり施されたピアス。

亀頭は深く、歪な傷を縫い合わせた痕跡が、幾つもあり、奇怪に歪み、凹凸が激しく、さらに表面を太い血管が無数に浮いている様は、ペニスというより、独立したグロテスクな生物、だった。

その持ち主が、〈トマ〉よりも年若く、病み系メイクの美少女にしか見えない、というのは異様なアンバランスさと、昏（くら）いものを思わせる。

「ちゃ、ちゃんと綺麗に洗ってるからね、洗ってるからね」

目を凶気に輝かせて、シンは〈トマ〉の物と同じぐらい、大きく勃起した逸物（いちもつ）をしごきながら歩いてくる。

〈トマ〉は凍り付いたように動けない。

「……ああ、嬉しいなあ」

やがて、〈トマ〉の顔が恐怖に歪んだ。

「や、やめて……やめて……いやだ、いやだ、男は、おっ、男は駄目ええ！」

「えーと中坊の時からだから大体、十年ぶりぐらい？　の本物チン○、楽しんでよ」

そう言って少女たちは〈トマ〉に向けて笑顔で手を振った。

「いや、いやだいやだいやだいやだいやだいやだいやだいやだいやだ！」

両手を両脚を拘束された〈トマ〉は、蛇がのた打つように、肩と膝を使ってよたよたとマットレスを逃げようとするが、

「逃げちゃ駄目だよ、逃げちゃ駄目、逃げちゃ駄目……」

うわごとのように呟いたシンは、その尻を捕まえた。

「いただきまぁす……」

先端が、〈トマ〉のすぼまりに当てられたかと思うと、圧倒的な質量と凹凸が、〈トマ〉の腸壁をえぐった。

雁首のピアスと、肉槍の幹の途中に埋め込まれたプラスチックの球が、ごりごりと、勃起と射精封印で限界まで漲(みなぎ)った前立腺を、こそげ取るように前進し、先端が〈トマ〉のＳ字結腸を突き上げた。

「はごおうぅおおおおお！」

〈トマ〉の声から漏れたのは、絶命する小動物の声。

脳裏に十代の頃、信頼していた水泳部のコーチに犯されたときの、むせかえるプールの更衣室の湿気、生乾きの衣類の匂い、カルキの匂いが鼻孔の奥に蘇(よみがえ)る。

ラッシュと呼ばれる薬物を嗅がされ、意識朦朧(いしきもうろう)とした〈トマ〉を「君がいけないんだ、こんなに可愛(かわい)くて女の子みたいだから」と言い訳しながら、コーチは押し入ってきた。

枯れたと思った涙があふれ出し、肺の中から全ての空気が押し出される。

「ああ……〈トマ〉くん……君の中、温かいよぉ……動くね、壊れるかもしれないけど、ご免ね、ごめんね」

病み系美少女の姿をした少年は、謝りながら〈トマ〉を犯し始めた。

〈トマ〉は泣き叫ぶ。

マゾとしての喜びでは無かった。それに目覚める前の、十代の少年に、〈トマ〉は戻っている。

「た、助けて、〈時雨〉……さん、〈狭霧〉さん……〈ボス〉……っ、〈ケイ〉さんっ……〈ツネマサ〉さんっ……たすけて、たすけて、僕、壊れる、壊れるぅっ！」

それは身体のことか、それとも精神のことか。

パンパンと激しい尻肉と腰がぶつかる音と、ローションと腸液が混ざり合う、すさまじい匂いの中、〈トマ〉は悲鳴をあげた。

「あぐあああああ、こんな、こんなのでしゃせえするのやだぁあああ!!」

「あ、そろそろ〈トマ〉くんのコックロック、外さないと」

その言葉に、美保があっけらかんと舌を出した。

「まだ外してなかったの？　あんたそれあたしら管理者責任問われんだけど？」

イズミがため息をつく。

「なんか面白くってわすれてたわーははは」

ケーコがあきれ顔で駆け寄り、揺れる〈トマ〉の股間の付け根のコックロックの鍵を素早く開けて取り去った。

ついでに精巣まで突き刺さった、射精防止カテーテルも引き抜く。

「はくッこうぉおおおっ！」

カウパー氏腺液でぬめったカテーテルは、ずるりと四十センチ以上の長さを持って引き抜かれ、〈トマ〉の悲鳴が上がった。

「おー、さすがケーコ、素早いー♪」

「へっへー」

「ほーら〈トマ〉ちゃーん、射精できるよぉ！」

イズミが手でメガホンを作って声をかける。

激しく犯され、マットレスに顔の半分を埋めながら〈トマ〉は叫んだ。

「いやだ、こんなの、こんなのいやだぁあああ！　こんなので射精、射精いやぁああ！」

これまでの射精欲求に支配されていた脳に、昔の記憶が蘇り、怒りと屈辱が、男に犯されながらの射精を拒絶して、〈トマ〉を叫ばせていた。

〈トマ〉の悲鳴とは裏腹に、ペニスはぽっかりとカテーテルのハマっていた分の空間を空けたまま、断続的に透明な汁を噴射する。

「あー、また〈トマ〉ちゃんメスイキしてるぅ」

イズミが言い、少女たちは笑った。

笑いながら、それぞれの手が股間をいじり、頬を赤く染めながら自慰行為を始めている。

彼女たちにとっては、面白い陵辱ショーでしかない。

いつの間にか、深夜になって警戒任務が終わった、他のトリルヴィーの少女たちも来て、好奇の目で目の前のショーを眺めた。

同じように自慰にふけったり、互いに抱き合って唇を重ねて同性愛行為を開始する。

〈トマ〉の心のそこからの悲鳴も、三十代の男の顔になったシンの、嬉しげなあえぎ声と腰を打ち付ける音も、全てが薬と同じく、彼女たちの報酬であり、活力になっていた。

「ああ、いい声……〈トマ〉君、ああ、〈トマ〉君〈トマ〉君……いいしまりのアヌス……パパに犯されてたときのボク……そっくり……」

激しく腰を打ち付けながら、シンがうっとりと、犯している〈トマ〉を説得する。

「〈トマ〉君、ボクらは選ばれてるんだ、男らしく、男なんだ。男同士じゃなければホモセックスなんて出来ないよ、ね、いつも君も、男らしくないって言われてるんでしょ？」

パンパンと音を立てて、腰を動かしながらシンは、うわごとのように囁いた。

「いやだ、いやだ、お前なんか、お前なんかで射精したくない、射精したくないっ！」

〈トマ〉は叫んだ。

「男らしくなろう、男になろうよ〈トマ〉君、ああ、いい、お尻いい……〈トマ〉君のケ○マンコ、ボクのチン○にぴったり……あ、おおぅ、来る、クルゥ！　一発目いくよぉおお！」

「言うな、言うな馬鹿野郎ぉ！　お前なんか、殺してやる、殺してやるぅうう！」

叫びながらも、〈トマ〉は抵抗できない。頭では否定していても、身体に初めて犯されて以後、刻み込まれてきたマゾの本性が、肉体を快楽にせき立てていった。

「おぅ、おぅ、おぅ、おぅ、いいよ、〈トマ〉君、いい、アナルいい、もう、もう、ボク、イク、イッちゃうっ！」

　叫ぶシンの表情のゆがみが激しくなり、こめかみの後ろと顎の付け根のあたりで皮膚を引っ張り上げて、十代に装った顔の下にある、三十代はじめほどの、男性の素顔を覗かせた。

「ああ、だめだめだめだめ、そんな激し、くっ、激しくした……らぁあああああ！　いく、いく、いくいくいくいくぅうううう！」

「イク、イク、イク、イクっぅううう！」

　やがて二人の女装者は「いく」という、一つの単語をデュエットし、シンが〈トマ〉の体内に射精した瞬間、

「うあああ、でるぅっ、でるぅうう！　いやあああああ、こんな射精いやあぁあああっ！」

〈トマ〉の股間から、我慢させすぎて黄色くなり始めたザーメンが、線のようにほとばしり、マットレスにぶちまけられた。

「うっわ、すげー。〈トマ〉ちんのザーメン、ゼリーみたいにブルッブル……」

「ああ、すごい、凄いよ〈トマ〉くん……お尻が、お尻がボクのチン○をぎゅうぎゅう締め付けて、あ……ボク、また勃起する……もっと、もっと男らしくなろうね……」

　シンは腰を止めない。吐精した肉棹はまだ硬さを保ち続けている。

「やめろ、やめろおおおおお！　本物のペニスなんか嫌だぁ！　男らしくなんか男らしくなんか、なりたくないいいいいっ！」

　泣きながら〈トマ〉は犯され続けた。

　橋本たちが、足柄の運転するボロボロのベンツ・マイバッハを停められたのは別荘から十キロ以上離れて、ようやくだった。

「死ぬかと思ったぁ……」

　足柄はハンドルに突っ伏した。

「50口径で狙われながらのドライブなんて、もうご免だからな。このベンツ、借金のカタたぁ言え、最高級品のマイバッハだぞ？　まったく、こんなに傷つけやがって」

「文句言わないの……っと」

〈狭霧〉が手でドアを押し開けた。

　後部座席の上には、Tシャツに革ジャンの〈ツネマサ〉が、ダウンジャケットの優樹菜に覆い被さり、床にはジャージ姿の〈時雨〉を、潰さないように注意しながら、同じくジャージ姿の〈狭霧〉が覆い被さっている。

後部席の四人は、わたわたと外に出る。

「大所帯だから。そうそう追跡は出来ないと思ったが、ここまで来れば大丈夫だろう」

助手席から降り立ち、橋本はため息をつきながら、トランクを開けて中に積めたツァスタバ二挺と予備弾倉ふたつ、そして〈時雨〉愛用のラウゴ・エイリアンを取りだした。

「あとは各自の拳銃だけか」

「俺はこの辺で降りるぞ」

むすっとした顔で足柄。

「この車くれんの？」

目を輝かす〈狭霧〉に足柄は「ばーか！」と怒鳴った。

「今回のヤマから降りる、って意味だよ！　お前マイバッハだぞ、マイバッハ！　中古でも二千万はする走る宝石だっつーの！」

「仕方がないな。じゃ、金返せ」

橋本が手を出す。

「降りる、ってことは、逃走経路もなしってことだろ？」

「それは最後の仕事にしといてやる。ただ、会うのは、お前さんたちを脱出させる相手と引き合わせる一回こっきり、一回こっきりだかんな！」

足柄は、人差し指を立てて「一回」を強調する。

「あ、やらずぼったくる気だ」

〈狭霧〉が冷たい眼を向ける。

「んなわけあるか！　お前等が死んで、最終的にそうなるかもしれんが、それは俺の左右する話じゃない。俺は極道だぞ。約束は、守る」

「どーだか」

「まあ、いい。華々しく死ぬ可能性より、うっかり生き残った心配をしないとな」

「……そういうことだよ、そう、そういうこと」

そう言って誤魔化そうとする足柄のジャケットの内ポケットでスマホが鳴った。

「あいよ俺だ」

出た足柄が狐につままれた顔になる。

「〈ユア〉って女から電話だぞ、吹雪の旦那」

橋本の偽名を言って、足柄がスマホを差し出す。

そういえば、〈ユア〉とは、火事になった彼女の住み処で別れ、それきりだった。

「〈ユア〉、無事か？」

橋本がそう尋ねると、安堵が半分、呆れが半分というため息が聞こえた。

『こっちは無事に逃げた。あと無事に保険会社からお金も下りることになったわ……で、そっちは無事？　〈トマ〉以外』

〈トマ〉が行方不明という話は、まだ何処にも出ていないはずだった。

「何か判ったのか？」

『生きてるわよ、アイツ……で、アタシのクライアントからお話』

首を傾げる橋本に構わず、電話の相手が変わった。

『ご無沙汰してるわね、橋本サン。一年ぶりかしら。〈ポーター〉よ』

流暢な日本語と共に、タイトスカートに包まれた、アフリカ系ならではの丸い、バレーボールのような尻と、知的な目つきが橋本の脳裏に蘇る。

「あんたか」

『〈トマ〉サンの居場所を教えるから、ついでに私の仕事を受けて欲しいの。クダン全員まるごとを雇うから』

「どういうことだ？」

『その場所にいる、馬鹿な子供をついでに一人、捕まえるか、殺すかして欲しいの。詳しいことはこれから合流して説明するわ』

否を言える立場に、橋本はなかった。

スマホを切る。

「〈トマ〉の救出は私と〈狭霧〉が」

と、〈狭霧〉と目線を交わした〈時雨〉が声を上げた。

不思議なことに、別荘で寝ていたときより、大分血の気が戻っている。

治療処置や輸血が、適切に功を奏したというのもあるのだろうが。

「そうだよ、〈ボス〉や〈ツネマサ〉さんたちはそのまま行っちゃってくれよ」

〈狭霧〉がほろ苦く笑って手を振る。

「〈ポーター〉ってあのＩＮＣＯだろ？　関わりにならねえ方がいいよ」

「バカ言うな」

橋本は即答した。

「俺はＫＵＤＡＮのリーダーだ、仲間が生きてるなら救いに行く。どんな奴と手を組む羽目になってもな……〈ツネマサ〉、お前は優樹菜さんに対して責任がある、足柄と一緒に行け」

「…………」

〈ツネマサ〉はなにか言いかけ、隣にいる優樹菜を見た。

「すみません、隊長さん。この人、連れてってください」

　驚いたことに、優樹菜が〈ツネマサ〉を押し出した。

「この人、意外に小心者ですから、ここで行かなかったら、あたしの顔を見るたび、生涯後悔すると思います。そんなツネちゃんと一緒にいるのはまっぴらですから」

「お、おい優樹菜……」

「その代わり、死んでも生きて帰ってきてね……隊長さん、お願いします」

　きっぱりと言って「隊長さん」こと橋本に、優樹菜は頭を下げた。

　優樹菜には、橋本も〈ツネマサ〉も、大雑把に「非合法な政府機関の活動をしていて、そのボスが死んでしまったので部隊は解散」程度にしか話をしていない。

〈ツネマサ〉が、どれくらい戦力として大事か、どんな目に遭ってきたか、という話もない——第一、殆ど長い話をする余裕は、なかった。

　にもかかわらず、優樹菜は〈ツネマサ〉を理解し、状況を見聞きしただけで判断している。

「……ありがとうございます。〈ツネマサ〉君を預からせて頂きます」

　橋本はそう言って頭を下げた。

　ふと、気がつくと、香がじっとこちらを見ているのに気づいた。

「代わりに私を護衛に付けるのはナシですよ。〈ボス〉」

香が、すかさず声を上げる。

「私も行きます。ＫＵＤＡＮはいつだって全員そろった方がいいみたいですし」

香の顔に浮かぶのは、風呂場で見せたマゾ奴隷でも、後輩でもない、同じ仲間の顔。

「……判った」

こうなると説得は難しいし、人手が欲しいのは事実だ。

今回は単に攻めればいいものではない。救出と捕獲、という目的もある。

「で、またこれに無理矢理、六人乗せて町まで、か？」

「いや、迎えが来る」

橋本が顎をしゃくると、反対車線から二台分、ヘッドライトが現れ、近づいてきた。

「げ、ロールスかよ。しかもブラックバッジゴーストにファントム……」

ベンツのライトに照らされた、静かに、滑るようにこちらへやってくるフロントグリルを見て、足柄が心底羨ましそうな声をあげた。

「高いのか？」

無邪気に問う〈ツネマサ〉に、足柄は呆れたように、

「高いなんてもんじゃねえ。どっちもロールスロイスで観音開きドア、先に走ってるゴーストは五千万、後ろのファントムは今じゃ億単位だ……本物の金持ちしか乗れねえ」

そう言ってため息をついた。

「そりゃ、走る金塊みたいなもんだな」

「当たり前だ、相手はＩＮＣＯ様だぞ」

橋本が皮肉に口の端をつり上げた。

「オマケに、アメリカ大使館のナンバー付きだ」

停まったロールスのドアが開き、ゴスロリなオフショルダーに、レースをふんだんに使ったドレス、さらに小さなシルクハット型の髪飾りをつけた、ツインテールの〈ユア〉と、社長秘書然としたタイトスカートの斗和が、先行するゴーストの後部座席と運転席から降り、ファントムの後部座席が開いて、漆黒のようなシルクのドレスに、銀のアクセサリーがアクセントに輝く、アフリカと中東の血が混じった黒人女性を、するりと夜道に送り出す。

「一年ぶりね、橋本サン」

ＩＮＣＯの一人、そして橋本が顔を知る唯一の存在、〈ポーター〉はそう言って艶然と微笑んだ。

「お元気そうで……で、なんで俺たちに味方してくれる?」

「子供はナマイキぐらいがちょうどいい、と思ってるけど、思い上がったガキが嫌いなのよ、私は。そういうこと……あと、今回後ろに中国が絡んでいるのよ」

「は？」

「中国の国家安全部・第三局の徐文劾（シェ・ウェンカイ）って知ってる？」

「まさか？」

橋本は驚いて〈ポーター〉を見つめた。

「そのまさかよ。あんたが相手にしている、子供のＩＮＣＯの資金源は今回、彼を窓口とした中国政府なの」

第六章　奪還と報復

★

トリルヴィーによる、ＫＵＤＡＮ（クダン）の別荘襲撃の失敗が知れると、〈オキシマ〉は激昂（げきこう）した。

「なんでだよ！　なんでだよぉおっっ！」

叫びながら、「施設」の最上階、絨毯（じゅうたん）の敷かれた部屋の中、立ち上がってデスクトップＰＣに繋（つな）がっていたキーボードの線を、乱暴に引き抜き、紫檀（したん）の机に叩きつける。

破砕音と共に、ＰＦＵ社のHappy Hacking Keyboardが粉砕され、キーが部屋に散らばる。

「二十人だぞ！　腕利きのスナイパー五名を選抜して、一本道しかない別荘を襲わせて、籠城されて困ってます、ならともかく、逃げられたァ！　死ね！　お前等全員死ね！　舌嚙(か)んで死ね！」

がんがん、とキーが全て飛び散り、半分にへし折れたキーボードをなおも、イタリア製の紫檀のデスクの天板に叩きつける。

紫檀の表面を保護し、輝くニスに傷が入り、ボロボロになっていくが、そばに控えた金髪碧眼(へきがん)のコレリー・リュネンコは、まったく表情を崩さず、薄く微笑(ほほえ)みを浮かべたまま少年の蛮行を温かく見守っていた。

さらに少年は、応接セットのガラステーブルを、ひっくり返して粉砕し、ソファを蹴り飛ばし、観葉植物を引き抜いて壁にぶつけた。

二重にした窓ガラスの内側の一枚にも、長く伸びた観葉植物をバットを振るうように、何度も何度もぶつける。

やがて、絨毯を敷いた床に叩きつけ、

「ああああああああああああ！」

と天を仰いで絶叫して、身を震わせる。

「理事長……」

ドアを開けて入ってきた「先生(コマンダー)」カーラを見つけるや、少年は駆け寄ってきて、タイトスカートのスーツ姿な、その引き締まった腹部に膝蹴りを入れた。

鍛え上げた腹筋を持っていても、ジャンプして飛びこんで来た、十六歳の少年の質量を受ければ、その身体（からだ）は吹っ飛ばざるを得ない。

転がる彼女の身体を蹴りまくり、ようやく少年は落ち着きを取り戻した。

「今のでお前の失態はチャラにしてやる」

言って、少年は背を向けると、元の机の前に座り、同じメーカーのキーボードを机から取り出してＰＣに接続した。

「状況を説明しろ」

乱れた髪を手荒くかき上げて〈オキシマ〉はじろりとカーラを見やった。

すでにカーラは立ち上がり、服と髪についた埃（ほこり）を払っている。

素人（しろうと）の〈オキシマ〉少年の蹴りを、元軍人で、今も現役の兵士でもあるカーラは上手くさばいたらしい。

ピンク色したカーラの唇の端は切れ、無表情のブラウンの眼には、軽蔑（けいべつ）と憎悪がある。

それを気取（けど）られぬように目を伏せて、カーラは口を開いた。

「仰（おっしゃ）るとおりの完全な失敗です。弁明のしようもありません。兵士の練度の低さによるものです。また私も前線に行き、自ら指揮すべきでした」

「やつら、ベンツのマイバッハに乗ってたんだな？」

「はい。ナンバープレートは控えてあります」

　そう言って、褐色の肌を持つ現場指揮官は、ナンバープレートの数字と、アルファベット番号をそらんじて見せ、〈オキシマ〉は、それをＰＣに打ち込んだ。

　陸運局のサーバーに侵入し、確認を取る。

「くそ、偽造ナンバーか。まあいい自動車ナンバー自動読取装置(Nシステム)で車両で追う」

　今度は交通局へのバックドアを開ける。

「逃走は二時間前だな……」

　タイムスタンプを遡(さかのぼ)らせ、アメリカの麻薬取締局(DEA)の開発した、車両用画像認識・解析ソフトにベンツのマイバッハを記憶させ、検索させる。

「医者はどうなった」

　解析結果が出るまで、ＰＣの前で腕組みしながら待つ〈オキシマ〉に、コレリーは部屋にしつらえさせたソーダバーで、コーラを作りながら答えた。

「もう連れてきてます。施設の設置も終わりましたから、いつでも仕事、出来ますよ」

　ジョッキに入れたコーラを〈オキシマ〉の前に置くと、少年はがぶがぶとそれを飲み干し、口元を拭(ぬぐ)って、

「誰か適当な、そうだな、しくじったトリルヴィーから一人選んで試させろ。あの設計で

本当にいいのかどうかを試す」

と、またＰＣの画面に戻る。

「少しお待ちください。選定しておりますので」

言いながらコレリーは、ソーダバーに戻って、自分の為の炭酸水をコップに注ぎ、カーラの為に、ショウガシロップを混ぜてジンジャーエールを作る。

対象の車の画像が、幾つか見つかって、画面が切り替わる。

近くの高速道路入り口に襲撃から三十分後にその車両の姿があった。

料金所の屋根に取り付けられた監視カメラからの映像が一枚目だ。

車に似合わず、無線通信走行（ETC）がないのか、わざわざ紙の発券機を使っている。

券売機の上に付けられたカメラからの画像。その奥にあるＥＴＣレーンを、ロールスロイスが二台通っていく。

ぞわっと、奇妙な予感が〈オキシマ〉の背中を撫でた。

一台はゴースト、もう一台はファントム。

いつか自分も、この車を買ってその後ろに座ってみたいと、前から思っていた。

理由は、一度乗ったことがあるからだ。

とある女性の所有しているファントムに。

まだ中学生だった頃だ。

その女性は、日本にたまたま物見遊山にきて、疫病のせいで足止めを食らった。

〈オキシマ〉は彼女にリアルで初めて合い、その日本語の流暢さに驚き、それ以上に彼女が乗ってきたロールスロイス・ファントムの乗り心地に圧倒された。

車という物に一切の興味がなかった〈オキシマ〉が、この車の後部座席に乗る人生を夢想したほどに。

だから、憶えている。

慌てて、ETC側の監視カメラ画像を収得する。

後部座席、カメラに向かって窓をあけ、艶然と手を振って微笑んでいる黒人女性の姿。

彼女のハンドルネームを呟き、気がつくと〈オキシマ〉は自分の指が震えているのに気がついた。

「〈ポーター〉……」

「い、いやまさか、僕はINCOのルールには従ってる……」

INCOのルールは常にシンプルだ。

ルール1、自分の生業の利益とINCOの事業を絡めない（※違反時・収益の七十％を没収)。

ルール2、他のＩＮＣＯの名前を口にしない(※違反時:『罰則』適用)。

ルール3、ＩＮＣＯであることを自ら司法・政府関係者に漏らさない。協力を要請しない(※向こうからの要請を除く・違反時・『罰則』適用)。

ルール4、仲間のＩＮＣＯとしての事業を妨害しても、ＩＮＣＯ同士で直接命を狙いあうことは禁止(※違反時:収益の五十%を双方没収&殺害時は片方に『罰則』適用)

ルール5、ルールを破った場合はペナルティ申告を行う。※行わない場合は「罰則」適用。

この五つのルールで動いている。

だが、今回の「資金稼ぎの事業」のため、少年はルール1と3を破っている。

そして「5」も。

「ま、マズい……」

〈オキシマ〉は立ち上がろうとした。

急いでＩＮＣＯの会議場に接続し、自己申告しようとしたが、指がもつれた。

それだけではない、急に部屋が回転を始めた。

少年はそれを、脳梗塞の前兆か、疲労によるものと思い込んだ。

「ま、まず……」

舌までもがもつれ、〈オキシマ〉は、椅子から立ち上がろうとして、絨毯の床に倒れた。

身体中から、神経がゆっくりと消えていくような、麻痺した感覚が広がっていく。

死の予感に、慌てて逃げだそうとしたが、脚をもつれさせて倒れる。

「ああ、ようやく効きましたか」

コレリーとカーラが〈オキシマ〉の顔を覗き込んだ。

どういうことなのか、と尋ねようとしても口が動かない。

「コーラに混ぜたんですよ、筋弛緩剤」

と、出入り口に上品なノックの音がした。

カーラが視界から外れ、ドアの開く音がして、黒いカシミアのコートに、ソフト帽の男が颯爽と入ってくる。

丸眼鏡をかけた、温厚そうな大学教授、といった風貌の男だ。

名前は徐文劾。赤坂のビジネスホテルを偽装した本拠地を持つ、中国の情報局員。

そして、今回の「事業」における彼の金主。

「お疲れ様です、ミスター・シェイ」

「徐（シェ）」という名前は発音しにくいので、コレリーたちは彼をシェイと呼ぶ。

「おやおや、〈オキシマ〉君。今回の相手が同じＩＮＣＯと知って、お仕置きされるのが怖くなりましたか」

にこやかに徐は笑った。

「ですが、もう、ここで降りて貰っては困るんですよ。少なくともあと二十時間は。貴方（あなた）には全部の罪を被って貰わないと。我々とあなたたちＩＮＣＯは敵対存在ですが、まだ実力行使に至りたいとは互いに思ってませんから、どうしても生け贄（いにえ）が必要なんですよ」

「や……め……」

かろうじて声が出たが「やめて」と最後まで喋（しゃべ）ることも出来ない。

脳と身体が、切り離されたような状態だ。

「ああ、その様子だと、何をされるかはご存じですね」

徐の笑顔が冷たく、少年の目に映る。

「不良少年の末路は、悪い大人に利用されるだけだ、という話を、ちょっと前のヒーロー番組で見ましたよ？　あなた、見ている世代ですよね？」

何か言おうと〈オキシマ〉の口が動くが、もう、声は出ない。

「まったくＩＮＣＯともあろう人が情けない……世の中は学びに満ちているのに。あなたは知識(インテリジェンス)はあっても地頭(ウィズダム)が足りなかったようだ」

　悲しげな表情だけを作ってそう言い捨てると、徐はコレリーに顔を向けた。

「優秀な筋弛緩剤ですね。表情筋は動くのにそれ以外は完全に麻痺してる」

　徐は、顔を上げてコレリーに声をかけた。

「はい、ロシア式の最新です」

「あの国は我が国以上に、人をどうこうするクスリを作らせると世界一ですね」

「しかし、本当に彼を使っていいんですか？」

「ええ。彼とそのお仲間には、私の部下や同志が、二十人以上は被害に遭っていますからね——彼の内臓全てを売り払って賠償(ばいしょう)に充てて頂きましょう。オマケに施設のデキや、医者の腕も判るわけですから。それと、今日の来客に、急ぎでお孫さんのために腎臓(じんぞう)が必要な人がいますから、ちょうどいいでしょう」

「了解です」

　もはや、身じろぎひとつできない、徹底的無抵抗の存在に落ちた〈オキシマ〉少年を、コレリーは、実の息子の遺体のように、優しく抱き上げた。

「では、手術室へ」

　ぽかん、と開いたままになっている〈オキシマ〉の口から、か細い悲鳴が上がったが、コレリーがドアの向こう側に消え、オートロックが行われると、それも途絶えた。

「さて、電話を掛けねば……『罰則』を適用したと」

にっこり笑って徐は、懐からとある人物と繋がった、専用のスマホを取りだした。

「ああ、そうそうミズ・カーラ。そろそろ約束の時間ですよね？　くれぐれも私の名前はださないように。この国は『言わぬが花(Better leave it unsaid)』で動いているのです。知っていてもはっきり口に出さない限り、話し合いはスムーズに終わると思いますよ」

スマホの向こうにいる人物に語りかける前、こちらを向いての徐の言葉に、静かにカーラは頷(うなず)いた。

橋本(はしもと)たちは、東京都内に戻る道の途中にある。

橋本は黙ったまま、夜景を眺めていた。

徐文劾のことは、当然だとは思っていた。

これまでどれだけ協力関係にあったとしても、結局は中国の諜報部員、いつこちらに牙を剝(む)くか判らない。

そのことは踏まえた上での付き合いだったはずだが、十年近い歳月、友好関係にあったという事実が、どうやら覚悟を緩ませていたらしい。

「先輩……」

香が気遣って話しかけるのへ、橋本は首を振って微笑んで見せた。

「気にするな」

東北自動車道を南下し、須賀川アリーナを越えた辺りで、一行はサービスエリアで一休みとなった。

〈ポーター〉と、眠ってしまった〈狭霧〉以外は車から降りて、外の空気を吸う。

外気は、すでに冬の気配をまとう寒さだが、戦闘で上がった体温には、ちょうど良かった。

深夜近いサービスエリアは殆どの店が「準備中」の札を下げているので、そのままコンビニでトイレを借り、ペットボトルのコーヒーを手にする。

つい二時間前の死闘とは、まったく縁遠い、平穏なコンビニの風景。

これも今となっては当たり前になった、七十代の老人ふたりの打つレジに並び、弱々しい値段の読み上げを聞きながら、現金をレジの決済部分に投入する。

「現金なので処理代三％を頂戴しますがよろしいですか？」という機械音声と液晶の表示に「ＹＥＳ」をタップ。

「そういえば、このメンツでコンビニで買い物、なんて初めてじゃないっすか？」

〈ツネマサ〉がふっと言った。

「そういや、そうだな」

KUDANは、仲良しこよしの集団ではない。一緒に外で食事をする、ということも一切なかった。

「〈トマ〉が無事なら、またこういうの、ありますよね」

いつになく、メランコリックになってる〈ツネマサ〉の言動には、横にいる優樹菜の影響もあるのだろう。

「気を抜くな。俺たち全員が気を抜いたが、ここにも罠があるかもしれん。何かあれば車まで走って乗り込め——優樹菜さん、すまないが飲食はなるべく車の近くでやってくれ」

「……はい」

優樹菜は、にっこり頷いた。橋本を本当はどう思っているか、は不明だが、少なくとも、この数日、橋本自身は、この状況下で真っ直ぐに〈ツネマサ〉に付いていく、と決めたこの女性を、尊敬のまなざしで見ている。

「……〈トマ〉君を無事に助け出したら、絶対に、外食しましょう、〈ボス〉」

ジャージ姿に、顔のあちこちに絆創膏やガーゼを貼り付けた〈時雨〉の横顔は、それでも静謐で、思い詰めた美しさに溢れていた。

「検討しておく。高いところを選ぶなよ」

軽い笑いが一同の中に一瞬起こる。

封鎖されたイートインコーナーを横目に、橋本たちは外に出て、それぞれの車のそばに散らばって外の空気と飲み物を堪能した。

〈時雨〉は車の中で〈狭霧〉を揺り起こして、彼女にコーヒーを与えていた。

〈ツネマサ〉と優樹菜は、自分のベンツで付いてきた足柄に、お茶とコンビニの握り飯セットを手渡し、不器用に足柄は頭を下げた。

〈ツネマサ〉はともかく、その恋人の優樹菜にどう対応していいか、判らないらしい。

ともあれ、死線を一つくぐって生き延びた。

この後、すぐに〈トマ〉救出と〈ポーター〉の依頼完遂のため、地獄へ舞い戻ることになるが、その前に、ひと息つくこと自体は悪くない。

〈時雨〉と〈狭霧〉は目に見えて元気だ。〈トマ〉の生存が確認されたのが大きい。

〈ユア〉と斗和を相手に話す表情は、元気そうだ。

普通の人間なら、しばらく安静の重傷だったのが、嘘のようである。

赤色灯が見えて、橋本は身体を硬くした。

パトカーが一台、道の向こうを走ってくるのが見えた。

通り過ぎてくれ、と思ったが、パトカーはサービスエリアの駐車スペースに入ってきた。

マカロフは車に置いてきているから、身体検査をされても問題はない。

だが、自分たちの顔写真などは、出回っている可能性がある。

橋本は自分たちを「一件が落ち着いた、と上層部が判断するまでは追わない」とした決定を、まだ知らない。

「大丈夫ですよ」

足下はスニーカー、タートルネックセーターにジーンズ、眉の上までのニットキャップを被った香が、ニコッと笑った。

「いざとなったら私が話を……」

といいかけ、自分も手配中の身だと思い出して、香はうつむいた。

「……どうしましょう?」

香の横顔は、今にも泣き出しそうだった。

(まだ、警官じゃなくなったという実感はないよな、普通)

ぽん、と橋本は、香の肩を叩いた。

「いざとなったら車に駆け込め。外交官ナンバーの車内は外国だ。日本の警察は手が出せない。特にアメリカが絡めばな」

「はい」

「普通にしてろ……くだらない話でもしよう」

「あ、はい……」

「〈ポーター〉から、今回だけじゃなく、これから先も雇われないか、と誘いを受けた」

「……え？」

「これまでＩＮＣＯは、犯罪が成立するか、否かだけで賭けをして来た——それに新味を加えたいんだとさ」

橋本は、視界の隅でさりげなく、パトカーを意識しながら話を続ける。

パトカーから降りた警官ふたりは、真っ直ぐサービスエリアの建物の中に入っていった。

彼らの横顔を見て、目元と口元が緩んでいるのを見て、橋本は安心した。

少なくとも自分たちの一件で、ここに来たのではない。

犯人、ないし手配犯のもとへ急ぐ警官は、緊張して目つきは険しく、口元は引き締まっているものだ。

「……？」

「つまり、俺たちみたいな『妨害者』の阻止が成功するか、否か、という『ジャンル』を増やしたい、と言われた」

くだらない話といえば、これ以上くだらない話もない、そんな顔で橋本は肩をすくめた。

「つまり、俺たちに馬としてレースに参加しろ、ってことだ」

「え……」

「栗原警視監が生きていたら、引き受ける事も耳を傾けることもない話だが、俺は今度の事で、つくづくこの国が嫌になった——はっきり言っちまえば、お前たちさえ良ければ、それでいい」

橋本は笑った。

「受けるんですか、先輩」

「ああ」

橋本は頷いた。

KUDANを結成してから五年。どうやら自分には、この世界が肌に合っている。

「今更、海外に脱出して事務職が出来るか、と言われれば無理だしな。それにドルで受け取る報酬なら贅沢ができるぞ、色々と」

「それはそうでしょう、けど」

香は、戸惑いの表情を浮かべた。KUDANの活動で破天荒なことには慣れていても、根っこの部分は警察官だ。

　橋本の選択肢は、彼女にとって無法者になる、という一線を越える決断になる。

　橋本には、そこで戸惑う香が、微笑ましかった。

が、ここで、ためらいが収まるまで待つには時間が掛かるし、これから数時間後に始まる戦いには、命取りになりかねない。

「お前も来い。日本で隠れ住むのは、すぐ限界が来る……いずれ海外に出るなら、最初に出てしまった方がいい」

　だから、強引に誘ってみた。

「はい！」

　間髪(かんはつ)入れずに香は答える。顔が紅潮していた。

「先輩の行く所なら、何処(どこ)でも行きます！」

　まるで、決死の思いの告白が相手に受け容れられた、十代の少女のように、一転してテンションが高い。

（いっそ、本当に結婚でもしようか？）

　と、ふと聞こうとした。

　何故(なぜ)かは判らない。

サービスエリアの建物から、警官が出てきた。

両手に弁当らしい包みの入ったポリ袋を下げている。

どうやら夜勤の同僚たちのため、買い出しに来たらしい。

(そういえば、警官は給料日か)

「そういえば、今日、給料日でしたね」

ぽつん、と香は呟いた。

その横顔があまりにも寂しく、

(今、訊くことじゃないな)

と橋本はその言葉を飲み込み——そのことを生涯、後悔する事になる。

★

深夜近くまでシンに、〈トマ〉は犯され続けた。

胃の中に注ぎ込まれた精液が逆流して口から溢れ、直腸から注がれた精液は薄い腹が軽く膨れてしまうほど、シンは〈トマ〉を責め抜いた。

そして、不意にゼンマイが切れた人形のようにシンは腰を動かすのをやめ、その日最後の射精をした後、倒れて、他の女子高生殺し屋たちに担架に乗せられ、「回収」されていった。

その後も、なおも薬物のせいで勃起と精液の増産が止まらない〈トマ〉の上に、美保(みほ)を筆頭にした、トリルヴィーの少女たちが群がった。

「だめえ……まだセックス……だめえ」

アナルからシンの精液を垂らしながら、それでも〈トマ〉のペニスは萎(な)えず、また、腰は勝手に動いてしまう。

陰嚢(いんのう)はまだ不気味に蠢(うごめ)いて、精子を増産していた。

「あ……は！」

シンの後に、手早くコンドームを着けてまたがったのは、戻ってきたトリルヴィーの筆頭である明日菜(あすな)だ。

アングロサクソンの血が入っていて、真っ白な肌に、染めた金髪がよく似合う明日菜は、ダンサーのように、小ぶりな乳房と、細身の身体にびっしり浮かぶ筋肉の束を見せつけながら、〈トマ〉のペニスを、脱毛して無毛となった秘丘にずぶりと飲み込み、笑った。

「シンに犯されたのに、まだ勃起するんだ、この人！」

そう言って、明日菜は切れ長の目を持つ、クールな美貌を淫蕩(いんとう)に滾(たぎ)らせながら、〈トマ〉の両脚を、筋肉の浮いた腕で持ち上げ、腰を高く浮かせて男を責める「女性騎乗位(アマゾンポジション)」をとると、自ら腰を動かして〈トマ〉を犯し始めた。

「いいっ、この人の、この人のチン○いいっ！　私の私のお兄ちゃんに決定ィ！」

明日菜は、セックス相手の〈トマ〉に「兄」の役を与えていた。

「変態お兄ちゃん！　男に犯されて、女装して、私の下着でオナニーしてっ！　変態っ！

変態っ！」

トリルヴィーの少女たちは、自分の求めるセックスへの趣味を隠さない。

とりわけ美形の相手を貰った場合、「自分を好きな肉親」は鉄板の妄想設定だ。

「いい、チン○いいっ！　ねえ、明日菜って呼んで、お兄ちゃん、お兄ちゃんっ！」

明日菜にとっては「女装の似合うお兄ちゃん」が理想のセックスの相手なのだ。

「は、はい、明日菜、明日菜っ！」

「いいっ！　いいっ！　また私の中でチン○大きくして！　駄目なお兄ちゃん！　変態のお兄ちゃん最高っ！」

髪の毛を振り乱しながら、荒腰を使って、自分と同じぐらいほっそりした〈トマ〉を犯す少女の姿を、順番待ちで周囲を囲む少女たちは、嫉妬と自分の番はどうしてやろう、と想像を膨らませながら眺めていた。

表向きは馬用とされるが、実際には、軍の老高官たちが使用するために中東で開発された回春剤は、まだ年若い〈トマ〉に驚異的な精子の量と勃起力を与えた。

そして、先ほどまでシンに犯された女装青年は、精神的にも破壊されたらしく、明日菜の言うがままに応じてくれていた。

やがて明日菜は女性騎乗位から、組み敷かれる体勢に、体位を入れ替えた。

後ろ手に拘束されたままでも、〈トマ〉は激しく腰を使って少女を追い詰め、明日菜はマットレスの端を摑み、快楽の汗でびっしょり輝く身体を固定して、それを受け止める。

「いいっ、あああっ、出る、出ちゃうっ」

「出して、出して、お兄ちゃん、お兄ちゃん出して！　ゴム着けてるから無責任射精して！」

「うん、出す、出すよっ　明日菜、明日菜ぁあ！」

やがて〈トマ〉の身体がのけぞり、互いに完全脱毛された結合部から、互いの愛液と精子が泡を吹いたようになる中、受け容れた明日菜も、感極まった声を上げてのけぞり、〈トマ〉を全身と胎内の姫肉を総動員して締め上げる。

ややあって、明日菜は荒い息をつきながら、〈トマ〉から離れた。

パンパンに、精子で膨らんだコンドームを、膣内から引き抜く。

次は、地味な茶色に染めたポニーテイルを解き、褐色の肌に、身長一四〇センチほどの小柄な桜が、制服のスカートを外したままでマットレスに上がった。

「じゃあ……私も、お兄ちゃんになってもらうわね」

そう言って、こちらも明日菜同様、永久脱毛した秘部を露わにしながら、〈トマ〉の上に腰を下ろした。

「あぅ……射精してるのに硬ぁい」

目を潤ませながら、桜は〈トマ〉の頰にキスした。

「あなたがいけないのよ、お兄ちゃん……私がこんなに好きなのに、おまん○濡らして待ってたのに、手を出さないから……」

桜の頭の中では、そういうシチュエーションが好みらしかった。

それから、さらに数時間後。

少女たちはそれぞれ〈トマ〉の上にまたがり、あるいは、仲間の手助けで上にのしかからせてその肉棒を堪能した。

少女たちが、扱いやすいように途中から解放されたものの、再び後ろ手に手錠をはめ直された〈トマ〉は、うつ伏せのまま、ピクリともしない。

使用された薬物のせいか、萎えてもかつての二倍ほどの大きさにされたペニスからは、まだ、じくじくと精液とカウパーの混じった物が溢れている。

「すげー。シンに攻められて、それから二周しても壊れなかった奴、初めて見たわー」

ベリーショートをかき上げながら、ケーコが笑う。

「運も良かったよね。今日のシン、クスリ、キメてないもの。キメてたら多分、明日の朝までノンストップだよねえ……」

イズミが、〈トマ〉の制服のボタンを留めてやりながら、しみじみと首を振った。

「でもさー、おかげで〈トマ〉ちゃんのお精子一杯出たよねえ。あたし、お腹たぷたぷ」

あぐらを掻いた美保の剛毛の奥から、〈トマ〉の吐き出した精子が溢れる。

「二回もマットレス換えたモンねえ。でもKUDANの襲撃班、帰ってこないけど、どうしたのかな？」

「突入班は全滅、狙撃犯は標的の選択ミス。今頃先生に怒られてるねえ全員」

黒いレースの下着を引き上げながら、ポニーテイルの少女……乾議員を暗殺した少女、桜が、スマホを見ながら言う。

「怒られてるだけじゃスマナイっしょ」

「あー当番じゃなくてよかったー。あたしら、今日は〈トマ〉ちゃんのチン○味わうだけでいいんだものね」

「何言ってるの、次はあたしらだよ」

「オッサンとオバさんばかりでしょ、あたしら油断しないから楽勝楽勝」

「バカ言うんじゃないの。狙撃チームが撃ち漏らすぐらい賢くて、突入班が全員死ぬぐらい手強（てごわ）い上にラッキーな連中だよ。なめてかかると相手に飲み込まれるよ」

ニーハイソックスを履きながら、首の後ろで二つ髪の毛をまとめた明日菜が言う。

「マリと礼子（れいこ）は、なめてかかったわけじゃないけどあっという間だった。あいつら、異様なぐらい強いし、運もいい」

運がいい、という言葉に少女たちは沈黙した。

明日菜は、この中ではＱＧＨの出身で、練度は低い癖に委員長（サージャン）に選ばれてる、と多くのトリルヴィーたちに見られていたが、それは間違いだ、とここにいる三人は知っている。

彼女たちは単に、殺しの天才なのだ。

だからこそ、腹の底では嫌っているのだが。

彼女は日本のＱＧＨで訓練を受けた後、すぐ東欧諸国で仕事をしていた。

年齢は二十八歳。整形手術もなしに十代の若さを維持しているのは、日頃の鍛錬と、彼女は数少ない、オフの時に大麻を吸うぐらいで一切薬物に手を出さない意志の強さにある。

各国の司法機関との撃ち合いも、エリートである桜と同様に――時には同じ場所で戦いもしている。

中にはアメリカの特殊部隊や、メキシコのカルテルとの圧倒的に不利な状況もあった。

死んだマリと礼子、薬物まみれのくせに狙撃の名手であるシン……そして桜と明日菜の五人は、「持っている」のだ。

「持って」いて、かつ、生き延びたトリルヴィーが言うことは決まっている。

「弾丸が当たるか、当たらないかは、その個人の運の向きと、その総量だ」と。

誰もがそれは真実だと知っている。

経済学でも金を積んでもひっくり返せない。

銃弾は時に外れ、時に当たる。

死ぬ奴もいる。生き延びる奴もいる。

手足を失う者もいれば、精神が破綻（はたん）する者もいる。

だから、戦場で彼女たちが一番恐れるのは「自分よりも運がいい奴」だ。

それがトリルヴィーの「価値基準」なのだ、と「先生」たちは決して言わないが、同じように考えているのは明らかだ。

実際、生き延びたトリルヴィーには、付加価値が付いていく。遂行した任務の内容も加算され高低差が付いていく。

高い価値が付いた任務をこなした者には高い報酬が与えられ、稼いだ金額の分だけ個人資産価値が加算され、失敗すれば低くなっていく。

だから、桜や明日菜は、恐れなくていいはずだ。

それでも、恐れる。

「運」は結局、数値化（パラメーター）に出来ない。

故（ゆえ）にトリルヴィーたちは年齢にかかわらず、クスリを使い、セックスにふけり、贅沢をして、少しでもいい装備を買い求める。

この共同体の中でしか通じない評価を、円やドルに換算したことにして、実際の商品を売り買いする。

閉じた世界の閉じた取引と価値観。

だから、「運のいい敵」は怖い。

「あんたらも装備品、7・62（ナナロクニ）か、7・65（ナナロクゴ）にしな。5・56（ゴーゴーロク）じゃやつらに勝てない」

明日菜が、制服のブラウスに袖を通しながらいう。

口にした数字は銃の使用する弾丸の口径である。

「あたしと桜はSCAR（スカー）のHにした」

FN：SCAR－Hは、米海兵隊も使用している7・62ミリNATO弾を使用する最新鋭の武器だ。いかにもエリートらしい選択肢である。

美保たちには、手が出ない高級品である。

「ちぇっ、せっかく久々に満足いくセックスだったのに………験直ししなきゃ」

舌打ちしながら、美保は服をまとめて抱きかかえ、ポタポタと〈トマ〉の精子を股間から垂らしながら倉庫を出て行った。

「7・62ってモーゼルミリタリーの弾だよね？」

「イズミそれちがう、7・63がモーゼルの弾！　7・62はＧ３とかＦＡＬとかあの辺！」

「えー……あの辺長くて嫌なんですけどー。あたしチビだし」

「あたしだって嫌いだよ、あんなデカイの！」

イズミとケーコも、同じように股間から〈トマ〉の精子を垂らしつつ、自分の服をかかえてその後を追う。

後には、優等生らしく、きっちり着替えている、桜と明日菜が残った。

最後に二人は、互いに向き合って、服装の乱れをチェックする。

「……コイツの精子、どうする？」

桜は明日菜に指先に挟んだ、二つのコンドームを見せながら尋ねた。

中身は白濁液でピンポン球を入れたかのように膨らんでいる。

〈トマ〉とのセックスに、この二人は最初にコンドームを使用した。

彼女たちの験担ぎの為に。

その後、避妊具なしでもセックスし、他の少女たちと違って〈トマ〉の精液も飲んでいる。

「こいつは結局あの爆発でも死ななかったし、KUDAN(奴ら)の仲間だ」

昔、存在した、首狩り族の理屈。

手強い敵の仲間の身体の一部、持ち物の一部などを身につけて、その「運」を自分たちに引き寄せる、

「じゃあ、一つずつ、ってことで」

「そうね」

コンドームの口を縛り、さらに薄い金属の蓋(ふた)付きケースに押し込めて、蓋をシュシュ用のゴムで固定すると、少女たちは、それぞれの上着の内ポケットにそれを収めた。

「さ、行こうか」

桜と明日菜は顔を見合わせて満面の笑みを作り、軽く口づけをした。

「みんなの仇(かたき)を討つわよ」

「ええ」

うなずき合い、自分たちだけのオカルティックな儀式を終えて、戦場へ向かう。

後には、〈トマ〉が残された。

誰もが、シンに犯されて後の〈トマ〉は精神が壊されて無抵抗だと思っていた。

乾き始めた精液と愛液と腸液、そして自身の汗に少女たちの、それぞれの汗とファンデーションの匂いが混ざる、濡れたマットレスの上で、〈トマ〉はしばらく震えていたが、やがてゆっくりと、手錠され、こすれて血の流れる手首の先、開いたままの指先が閉じ始め、ぎゅっと握りしめられた。

「こ……ろ……し……て……や……る」

見開かれたままの〈トマ〉の唇がわななと震えて、小さな声が絞り出された。

「ころ……し……て……や、る」

そうして、血と汗と愛液と精液で濡れた手首と手錠の間で、ゆっくりと手首を回しつつ、〈トマ〉は呟きつづける。

「ころして、やる……」

セックスのために、自由度を上げようと少女たちの誰かが一度〈トマ〉の手錠を外し、後ろ手にはめ直した。

その時、〈トマ〉は意図的に手首の角度を変えたが、色欲に夢中な少女たちは、そのことに気づいていない。

まして、シンに犯されて、精神を破壊されたと信じているから、なおさらだった。

「殺してやる」

〈トマ〉の手首はゆっくりと、手錠から引き抜かれつつあった。

「みんな……みんな……殺してやる……殺して、殺して、殺してやる」

呪詛を掠れ声で唱えながら、〈トマ〉はゆっくりと、手首を手錠から引き抜こうとし続ける。

★

中野区・南台図書館近くの貸しビルの周辺に、夜のとばりが降りている。

都内は秋から冬への、本格的な冷え込みが深夜から始まる、と言われているだけあって、かなり風が冷たくなっていた。

半地下の、ビルの規模の割には不釣り合いなほど、入り口の大きな駐車場の出入り口に設けられた警備室には、二十代後半の女性たちが数名、警備員の制服を着けて詰めている。

周辺は殆ど住宅地で、このビル自体はバブル時代からの古い物だ。

今は借り手がなく、管理会社も変わって、厳つい警備員から女性ばかりの警備に変わった。

今のところ周囲の住民の受けはむっつりとろくに挨拶もしない男の警備員よりも、にこやかかつ華やかに挨拶してくれる彼女たちを歓迎する向きが多い。

ただ、中に侵入しようとした者に対しては老若男女（ろうにゃくなんにょ）の別なく手厳しい態度を取ることは、彼女たちに警備が変わって三日目、ここを心霊スポットに仕立て上げようとした、お調子者の動画配信者たちを、文字通りたたき出したことで明らかだ。

以前は三名だったのが、今は五名に変わっている。

その中の二人が、警備巡回用の打刻機を首から提げ、警備室を出た。

その瞬間、警備室の対角線上に停まった宅配トラックの荷台を宅配業者に扮（ふん）した〈ツネマサ〉が開け、すかさず身をかがめると、荷台の中で膝立ちになった野戦迷彩の戦闘服にヘッドフォン姿の橋本と香、そして〈時雨〉は、AKのバリエーションの一つである、AS-VALの引き金を素早く絞った。

荷台の床に、いくつもの熱い空薬莢（からやっきょう）が跳ねる。

ツァスタバの7・62×39ミリよりも大きく重い、9×39ミリの亜音速弾は、セミオートで連続して発砲され、銃身全体を覆う減音器（サプレッサー）によって、ため息レベルの音と共に、中にいる五人の警備員の女たちを、ボディアーマーごと撃ち抜いた。

抵抗する間を与えない、瞬時の虐殺（ぎゃくさつ）である。

〈ツネマサ〉が立ち上がって成功を意味する大きな丸を両手で作ると、運転席の〈狭霧〉は、素早く車をバックさせた。

ＡＳ－ＶＡＬは、ロシアの特殊部隊用の隠密作戦用に、消音機能に特化している上、銃口の先にあるドア以外四方を密閉された荷台で、しかも亜音速の発砲である。

周囲の家々は、就寝前の団らんの時間で、気づいた様子はない。

荷台で死体の小さな山と、警備室を隠すように駐車すると、〈狭霧〉はハンドブレーキで宅配トラックを固定し、降り立ちながら宅配会社のジャケットを脱ぎ捨てる。

そしてＩＮＣＯの〈ポーター〉が手配した、別の宅配用トラックが、橋本たちのトラックが来たのとは別の角から現れ、荷台をこちらに向けてバックしてくる。

橋本はそれを誘導し、停車させると、扉を開けた。

中には縦列で四台、再奥に横向きで一台、合計五台のバイクが鎮座している。

腕時計を見る――午後十一時三十分。

敵の本拠地突入の決行まで、あと一〇分。ここまでは予定通りに進んでいる。

三十分前。
「元ロシアンマフィアの根城だった、ねえ……それでこんな所までトンネルが通じてるのか」

都内に戻った橋本たちは、〈ポーター〉の案内で、中野駅近くの宅配会社のビルに来ていた。

あちこちに置かれた紙コップから、珈琲の湯気が上っているのが見える。

橋本たちが到着する前に、ビルの中は、つい四、五分前まで従業員たちが作業していたことが明白な状態で、人っ子一人いなくなっていた。

社長室に入ると、入り口に並べられた机には、都市迷彩服を含めた各種装備が人数分、整然と置かれていた。

用意した人間の姿も、ない。

異様な風景だが、〈ポーター〉は、

「気にしないで、大株主の一人としてちょっと我が儘（わがまま）を言っただけなの」

と微笑み、橋本はそれ以上、質問する機を失した。

そして、社長室の大きな机の上で、〈ユア〉の「女奴隷」である斗和が地図を広げた。

すでに地図には印がある。ひとつはここからほど近い中野区南台図書館近くの一点、もう一カ所は渋谷の代々木大山公園近くにある、かつて専門学校だった一角である。

「いいえ、本来は昔、情報部のあったビルなの」

「日本陸軍のか？」

確かに渋谷には陸軍用地があった、という話は聞いたことがある。

現在の国営放送局、オリンピック室内競技場、代々木公園あたりに旧日本陸軍の代々木練兵場や軍人専門の陸軍監獄があったと。

だが、隣の中野区となれば、思い浮かぶのは、かの有名なスパイ機関、「陸軍中野学校」ぐらいだ。

「違うわ。渋谷のほうで、アメリカのよ――中央情報グループ（ＣＩＧ）の実働部隊の支部があったの」

ＣＩＧは後に、ＣＩＡ（アメリカ中央情報局）の母体となった組織である。

「アメリカ軍は当時、また日本人が再決起することを恐れていたの。アメリカから労働者を連れてきて、ここまで二キロのトンネルを掘らせたわけ」

「なるほど。今となっちゃ信じられん話だ」

橋本は肩をすくめた。

「どっちが？」

「両方だ……で、直線距離三キロ弱のトンネルが、今でも生きてる、と」

「そう。それを二〇一〇年代にロシアンマフィアが『安全な拠点』ってことでＦＳＢ（ロシア連邦保安庁）から買ったの」

つまり、その前からロシアの持ち物になっていた、ということになる。

「ここから一直線に移動すれば、奇襲が出来るわよ……私って、とっても親切な依頼者だと思わない？」

深夜十二時。

瀬櫛吉郎(せぐしよしお)、刑京(おみのり)親子に加え、馳田画(はせたかく)警察庁長官など、文科省の官房クラスの政府関係者が、「アンドリュー・ハッチノン経済研究所」を訪問した。

訪問目的は、ＱＧＨから本当に「アンドリュー・ハッチノン経済研究所」が分離し、無縁になったか、文科省職員と警察の長(おさ)である警察庁長官直々(じきじき)の尋問と彼らの行う社会実験の考査を行う、というものだ。

だが、実際にはさらなる「懇親」を図るためのものであった。

唯一、異質なのは厚労省の技官が三名、中には元官僚であり、新型感染症対策専門家会議の副座長である及川大全(おいかわたいぜん)博士もいたことである。

ともあれ、一行は、まだ古びたままの外観を持つ建物の玄関に降り立ち、そこから本棟に入った。

一階から三階までの「試験設備」と最新鋭の「医療設備」をエレベーターも使い、見て回るようにしつつ、三階の渡り廊下を通って、四階の会議室に入った。

　フロア一杯を使った三〇〇畳ほどの広さの部屋には、真新しい絨毯とも個別モニター付のテーブルと、ハーマンミラーの椅子、さらに天井一杯のLED照明、壁にはホワイトボードではなく、書き込みも出来る一〇〇インチの液晶モニター。

　ここまで案内した白人の所長と、物静かな中東系の女性である副所長のカーラ・ゾーイと共に、一同にお茶と飲み物が、見目麗しい二〇代の女性たちによって配膳された。

　彼女たちは身のこなしも表情も、一流レストランのウェイトレスもかくやというほどの上品さを持ち、さりげない微笑みや気配りも合わせて、真夜中にこの奇妙な施設に出向いて当惑する官僚たちの頬を緩ませた。

　彼女たちが「トリルヴィー」と呼ばれる暗殺者の一員だとは、夢にも思わない。

「アンドリュー・ハッチノン経済研究所」の建物は、古い専門学校跡を買い取ったもので、まだ未整備であるが、と前置きした上で、コレリー・リュネンコ日本支部代表は、これから行う社会実験「エレウシス・プラン」について説明をする、と宣言した。

　前回の会合で、官僚は前回の少年が消えて、高級そうな布地と縫製の、黒い背広に丸眼鏡の、温厚そうなアジア系の壮年男性がニコニコと微笑みを浮かべて部屋の片隅に座っていたことに気づく。

「彼は……」

小声で官僚たちはささやき合ったが、前回の少年同様、コレリーは何の説明もせず、また彼らをここに引っ張ってきた、瀬櫛親子も何も言わないため、質問は各自の胸の奥にしまい込まれることとなった。

「さて、我々の『エレウシス・プラン』のご説明を出来る今日の日を、光栄に思います」

コレリーはこう切り出した。

「今現在は、身寄りのない少年少女を引き取っての、職能訓練を行っています」

リモコンを操作し、壁に掛けた七十インチの液晶モニターにフローチャートを示した。

「貧困家庭の中から、健康な少年少女、成人男女を選び、まずＩＱテストを行います」

チャート表が進み、分離の矢印が増えていく。

「平均以上のＩＱを持つ者は高度な学習環境を与え、平均値の者は技能学習の訓練を行い、適性を図ります」

分離したフローに適性検査で就ける仕事の種類が表示されるなか、コレリーは流れるよう説明を続けた。

「我が研究所の適性試験によって選別された者はほぼ九十七・五％の割合で、一年以内に定職につき、その後六年の離職率は十二％です」

「まるで専門学校の説明ですな」

官僚の一人が鼻を鳴らしても、コレリーの微笑みは崩れない。

「専門学校は生徒側が、なりたい職業を選んで入ってきます。我々が行うのは、本人が気づいていない適性を見つける、ということです。高望みではなく、現実的な就職と人生を見つけ、与える確実な幸福、これが我々の提供するものです」

「それは……選民機関であり、行っていることは戦前に日本がフィィリピンや台湾、ハワイなどで行った棄民政策になってしまうのでは？」

やや、眉をひそめた及川大全博士の冷静な意見に、

「いいえ。世界はもう夢見る時を過ぎました。教育と機会は均等ではないことはすでに明らかになり、日本は格差社会を推し進め、それによって富を一点集中することでこの世界不況を乗り切るしかありません。これは、社会の再編成なのです」

フローの内、ＩＱ平均値を出した者を示す所から矢印が伸びた。

技術教育を行った者たちには、再度適性検査を行い、語学教育を与え、海外就労を斡旋、外貨を彼らによって獲得していく。

「このサイクルを我々がまず五年行い、最初の三年で一万人を国外に送り出します」

合計三万人を送り出す。

彼らが送り出される先は、アメリカ、EU各国、南アフリカ各国、イギリスなど。

稼ぎ出す外貨の予想は五年内に平均二千万ドル、現在の円レートに換算すると、三十億。

コレリーは「ですが」と言葉を区切った。

「……これは最低値です。成功すれば我々は、ノウハウを日本政府に引き渡し、正式な公的研究機関として日本政府と正式契約を行い、研究費を請求できる立場となる、というのが今回のお取引ですね」

「つまり、貧困層を再教育し、ある程度の知能を持つ者たちを輸出する？」

「有り体に言えばそうなりますね。日本の人口は減少傾向に転化しますから、これ以上の内需は望めない。となれば、外貨を稼ぎつつ、次の日本の産業を育てるしかない、違いますか？」

コレリーは微笑みを崩さない。

「まさか、経産省が苦し紛れに作ったムーンショット提案が三年以内に実現するとでも？」

目の中に嗤いが浮かぶ。

「AIとロボットの融合による、共生を可能とするための、量子コンピューターの『予想誤り』を是正するシステムは、簡単にはできませんよ！」

大げさな身振り手振りで、コレリーは嘆いて見せた。

「まさか現実と対峙していらっしゃる官僚や政治家の皆さんが、国民向けの空虚なプロパガンダの自己暗示に掛かることはありますまい」

我々の計画は、それらに比べれば遥かにリアルで、実証性がある。

コレリーは断言した。

「とはいえ、国民をそう思わせるためには地に足のついたものが必要になります。そのための予算を、我々の側で年間で一〇〇億、合計三〇〇億、用意しております」

「で、あなたたちの見返りは何ですか？」

「先ほども申しましたとおり、我々の機関を日本政府によって『シロ』だとお墨付きを頂きたいのです。もうＱＧＨの傘下にない、と。我々は罪を償ったと」

「それは、君らがＱＧＨの教義を否定し、悪だと考える、と見ていいのかね？」

馳田画警察庁長官が鋭い目で質問する。

「はい！　我々はもう違う、新しい存在ですから！」

堂々と胸をはり、両手を広げてコレリーは断言した。

隣の建物に、少女の姿をした暗殺者が一〇〇名近くいることはおくびにも出さない。

さらに隣の倉庫に、陵辱された女装青年がいることも。

この場だけで見れば、彼はまっさらなビジネスマンに見えた。

しかも長身痩軀で金髪碧眼、完璧な白人――日本の中高年にとって最大のコンプレックスの源であり、憧れとして。

白い歯が、LED照明にキラリと光る。

「よいのではないかね」

数秒の間の後、椅子に座り、机と距離を置いてその間に杖を立て、両手を置いて沈思黙考していた、瀬櫛吉郎が重々しく口を開いた。

息子の刊京は、その横で真っ青になったままだ――彼だけが、この場にあの少年INCO、〈オキシマ〉がいない理由を正しく直感し、理解していた。

少年は処理されたのだと。

この途方もない日本を盤としたゲームは、本物のゲームマスターに委ねられている。

それが、今少年の席に座って微笑んでいる丸眼鏡の男だろう。

ただし、刊京も、中国情報部、徐文劾の顔と素性までは知らない。

息子の恐怖をよそに父親の演説は続く。

「アメリカは『チャンスの国』として大きくなった。日本もチャンスの国として大きく世界に雄飛するべきだ、その第一歩がこの『エレウシス・プラン』なのだよ！」

瀬櫛吉郎は「獅子王宰相（さいしょう）」と在任時呼ばれた、あの眼光を官僚たちに向けた。

昭和の時代の末期を見、平成の最初の時代を乗り切った豪腕を、それは濃厚に漂わせる視線であり、眼の力。

一瞬で中年以下の官僚たちは引き込まれ、壮年の官僚たちは「やはり我らの瀬櫛先生だ」という顔になる。

「今は人を出稼ぎに出す国にまで落ちぶれても、彼らが将来、必ず大きくなって帰ってくる。その送ってくる金は日本を潤（うるお）していく。五年で三万人が三十億を稼ぐなら、さらに五年で十万人に増やせば六十億、いや、それまでの累計も考えれば百億だって少ない見積もりだ。なぜなら我々日本人は、世界でも最高の識字率と教育レベルを誇る、優秀な民族だからね！」

宰相時代、アメリカの保守政権の方針に付き従い「優秀な人間にはともかく、そうでないものにまで手厚すぎる」と教育予算を三割カットし、大学の授業料が二十％値上げし、研究予算を大幅カットする元凶となったことは、おくびにも出さず、吉郎は続けた。

「だが、あくまでも、民間機関で成功し、ニュースに取り上げられ、世間が誘導されてから国が引き受ける方が、危険は少ないと思うが、どうかね？」

言われ、文科省の役人たちは顔を見合わせた。

大臣のいない席で、元首相とは言え、今は議員でもない人物の言葉に、安易に首肯することを役人の本能が、一瞬否定したからである。

だが、すぐに年長者たちが、瀬櫛元首相の眼光の鋭さから、今後の政局の動きと官僚の有り様を推察し、結論した。

「我々も、同じ思いです。瀬櫛元総理」

政務官がそう言って頭をさげ、他の者たちも遅れずに、同意の意を示す。

「ひとつだけ、疑問があります」

及川大全博士が立ち上がった。

「先ほど、この施設を拝見しましたが、医療設備を見て不思議に思いました――私が、五年ほど前にＷＨＯに出向していたとき、東南アジアの某国で見た物と、そっくり同じなのであります」

及川は、まっすぐにコレリーを睨み付けるようにした。

「並列した手術台、心拍モニター、手術用の道具の数々……どれも通常の医療現場で用いられるものとは微妙に違うものが混じっているのであります。これは」

疫病対策の有識者会議で、現役の大臣や首相相手に「寝技使い」とまで言われる巧みな戦略を、立て板に水の勢いと、独特の言葉遣いで繰り広げてきた人物は、初めて口ごもった。

「某国で行われていた、臓器移植用…………それも、冷蔵保存されたものではなく、提供者(ドナー)から直接、対象者に移植手術を行うための設備ではありますまいか？」

「はい」

コレリーは即答し、一瞬の空白が生まれた。

「あれは、臓器移植にも対応した設備です……いえ、臓器移植に特化しております」

「どういう、ことでありますか」

及川の顔が強(こわ)ばり、厚労省官僚たちも不安げに顔を見合わせる。

自分たちが悪魔の取引現場にいることを、ようやく理解した顔だった。

「いかがでしょうか、及川博士、あの設備は日本の移植手術の医療基準や法律に違反するものでしょうか？」

「どうして、そんなものが、ここに必要なのでありますか？」

「簡単なことです。我々は貧困層を査定し、その能力を測り、平均の者か、それ以上の能力の者には職業と未来を与えます。平均よりやや下の者にもおそらく与えることが出来るでしょう。ですが何処にでも平均値以下、という存在は出てきます」

コレリーはにこやかに、何の罪悪感もなく、そして緊張もない。

「ですが、それらの人の多くが持って生まれているものがあります、それが健康——より正確に言うなら、内臓です」

世界でも有数の「健康管理と衣食住が最もレベルの高い国」日本。

その最低貧困者でさえ、発展途上国の高所得者層よりも遥かに健康だ。

老人も、子供も。

「健康な内臓には移植需要があります。そしてそれは、持ち主の能力には関係がない……世界に眼を向ければ、内臓には常に需要がある。いえ、国内にも、ですね」

つまり、移植内臓には常に需要と供給がある。

「そして、誰もが自分の親に、子には楽をさせてやりたい……我々は何も売る能力がない人たちに、世界中の金持ちに、日本の貧困者の臓器を売る機会を与えるんです」

コレリーは穏やかな、宗教画に描かれる聖者のような笑顔で続けた。

「もちろん、タダではありません。支払われる報酬のうち、六割が彼らの取り分です。膵臓ひとつで二千万、肝臓半分で一千万円です、血液は一パイント……この国では半リットルのほうが判りやすいですかね………で三万円、一番お安い皮膚でさえ一平方センチで千円を超えます。腕や足も売れる。もっとも、ぐっとその後の生活は不便になりますがね。でも当人たちが売りたいなら、我々は売ります。それこそ自由主義国ですからね」

「ばかな、売血をさせないために赤十字がある理由は……」

「もう、ないんですよ。このご時世では」

「そもそも、君らは医療と科学をなんだと思っているのであるか！」

「全てが再定義の時代に入ってきているんです。尊厳死を考えねばならない時代なんですよ、博士。つまり生きる事自体が、再定義されねばならない」

「君らのやろうとしていることは、新型タブレットの欲しい子供の両目を奪ってしまう連中と何も変わらない！」

「いいえ、我々は、日本政府のお墨付きの上で、これを行うのです。ちゃんと六割支払う。いいですか？　われわれは悪人ではないんです」

コレリーは誠実なビジネスマンが、ハイテクをよく知らない老人に商品を説明するように、丁寧に、穏やかな物腰で続けた。

「新しいスマホが欲しい子供を騙して内臓全てを奪い、鉄の板を渡すような真似はしない。ちゃんと金を支払います。医療的なアフターケアも行う――つまり、オー・ヘンリーの『賢者の贈り物』と同じです。夫は金時計を売って妻の髪飾りを買い、妻は髪の毛を売り払って夫の金時計の鎖を買う…………ご存じですよね？」

人差し指を立てて、コレリーはウィンクした。

外国ドラマの役者のように。

「小説ではそれはすれ違いの、悲しい愛の皮肉に終わりますが、我々はそうさせない。幸せのために何を売るかを尋ね、彼らは我々に指定するだけ。拒否することだって出来る」

「拒否したら？」

「ああ、この施設を出て貰うだけです。予算は限られていますから」

「衣食住を与えて教育し、自分が何者にもなれない、売れる物は内臓しかないと絶望を与えて、放り出すので、あ、ありますか？」

「そこから先はお国の仕事です。日本には生活保護という、美しい制度があるじゃありませんか。まあ、来年度から、予算と基準を大いに見直すそうですが」

　コレリーは付け足した。

「我々は民間の経済研究所に過ぎませんし、これは社会実験です。誰も損はしない。少なくとも我々以外は、経済的に損をする人はいません」

　沈黙の中、誰もがコレリーの言葉は、建前だと理解していた。

　この施設で一年近い年月を過ごし、能力選定を行い、希望を持たされ、そこから突き落とされる。その間に彼らはこう教え込む。

　内臓を売れ。それが君が持てるだけの幸せを得る為の、唯一の道だ、と。

　ＱＧＨの教義と、それはよく似ている。

「全ては神の与える試練。それをくぐり抜けて真の幸福を手にするためには、一切の逡巡（しゅんじゅん）や迷い、常識は捨てねばならない」

これまで、数十万人の人間を洗脳した手口を、彼らが使わないはずは、ない。

そうなれば、ここは日本政府が間接経営する、臓器売買と移植工場ということになる。

彼らに渡される金は、確かに六割かもしれない。だが収入が発生すれば生活保護は外される。

そして所得税が付く、住民税がつく、さらに、街中で使えば消費税が付いてくる……そして、翌年、何もかも失った臓器提供者は、また何かを売りにここへ来る。

売る物がなくなるか、命が尽きるまで。

己の贅沢のためか、それとも子供のため、親の為か。理由はともあれ、それしかないと知らされてしまった以上、選択肢は、なくなる。

「悪魔の所業である！」

「もう二十一世紀なんですよ？　慈善事業に、見返りを求めて何が悪いんですか？」

答えるコレリーに対し、なおも怒りの言葉を吐き出そうとする及川へ、

「いい加減にしたまえ！」

と瀬櫛吉郎の大喝が落とされた。

「我が国は、次に売るものを作るまでの間、食いつながねばならないんだ。彼らに任せれば、我々は貧困層を減らし、年金を食い潰す老人層を減らし、福祉に投じる三十五兆円もの金を半分以下に出来る。日本を立て直すためにはこの新しい〈姥捨て山〉が必要なんだ。これ以上の議論は不要だ。及川さん、あなたも元官僚で、今なお厚労省の威光で飯を食い、立場を安んじている身だ、そろそろ慎み給え」

「これなる事実を、首相は……」

「知ってる。私を誰だと思っておるのかね？　党内の根回しはすでに終わっている。だからこそ私が汚れ役を買って出ているんじゃないか」

唖然とした顔で、及川は瀬櫛吉郎を見た。

三十年前に、福祉を削り「小さな政府」を目指すべきだと国会で論戦をはり、「確実に儲かる科学研究」として軍事開発と最新医療に、その削った分を注ぐべき、とマスコミをあおり立てた宰相は、その最新医療の力で復活したことは間違いない。

だが、その最新医療の生み出した闇と、この男は、日本という国を結びつけてしまったのだと、ようやく悟った。

「君には、マスコミに対して説得の論陣を考えて貰う為に、ここに呼んだんだ。己の立場を考えたまえ」

「それに」

とコレリーは微笑んだ。

「及川先生のお孫さんは、あと半年以内に腎臓移植が必要でしたね？　実は我々はもうご用意しているんですよ。いえ、お金は頂きません。我が施設の医師の久々の手術ですから……なんでしたら、病院にご連絡ください。もう届いているはずです」

絶句した及川に、コレリーはたたみかけるように告げた。

「医学的には完璧な適合を示すものですが、お孫さんに不浄の内臓はいらない、というのでしたら、そのままゴミ箱にでもお捨てください」

★

それらの会話を、橋本たちは、本棟のすぐ隣にある食糧倉庫の中で聞いていた。

橋本たちは抜け道を通って、食糧倉庫の奥、道具入れに偽装された出口から出てきた。

それから情報収集の為、明かりの点いている窓に、片っ端からレーザー盗聴器を当てていて、のことである。

この秘密の通路を警備していたトリルヴィーは五人。だが、橋本たちのＶＡＬのほうが正確で、素早かった。

今は額を撃ち抜かれて、足下に転がっている。

さすがに本拠地では、あの爆薬は背負っていないらしい。

「……こんな連中の為に、俺たちは命張ってたのか」

橋本の聞いている音声は、情報共有のために、全員が聞いている。

「栗原警視監が聞いたら、どんな顔をしてることか」

香の声に怒気が混じる。

「あの人は表情一つ変えない。そういう人だった」

橋本は苦笑した。

「……というわけだ、〈ポーター〉。目的の少年は、どこにいるのか見当も付かん」

聞こえる音声は無線で〈ポーター〉の元にも届いている。

『なんとなく今の会話で、あの子の末路が理解出来たわ』

「？」

『少年の探索は放置でいい。ただ、この施設は壊滅させて。手段は問わない。成功報酬は一人頭で二〇〇万ドル。そして全員の国外脱出の保証。ただし〈トマ〉君の分は今回はナシ。脱出費用一〇〇万ドルは、あなたたちで負担して』

橋本は薄闇の中、一同の顔を見回した。

全員が頷く。

「……いいだろう、契約成立だ。〈ユア〉、聞こえるか？」

『聞こえてるっての。了解。こっちも乗るわ。さっきの話聞いてて、つくづくこの国がいやになったもの。出て行く。資産は外国からでも管理出来るしね』

『いっそ売り払いましょう、女王様（ユア・マジェスティ）』

斗和が珍しく会話に割って入る。

『アンタにしちゃいい事言うわね。そうね、そうしちゃいましょう』

「よし、二分後に……」

と言った途端、この敷地内から銃声が聞こえた。

「いや、今すぐ開始だ。派手に頼む」

『了解！』

★

分棟のそばにある、真っ暗になった倉庫に、ＬＥＤフラッシュライトの斬りつけるような明かりが近づいてくる。

「あーあ、スカ引いたぁ……セックスは好きだけど掃除きらーい」

逆手にワルサー製の、レイルシステム用フラッシュライトを握り、もう片方の手で、湯気の立つ、お湯を満たしたバケツを持った、ケーコが口を尖らせた。

数時間前の、桜と明日菜の警告に従い、ケーコは7・62×51ミリNATO弾を使うFN・FALをスリングで肩に担いでいた。

本来なら桜や明日菜の使う、FN社製SCAR－Hを持ちたかったが、彼女の価値で稼いだ金額では買えず、この古い上に、やたらと長いアサルトライフルにせざるをえなかった。

「仕方ないッショ。クジ当たったんだから。感謝してよね。付き合いのいい私に」

コロ付のタンク式高圧洗浄機を引きずり、新しい眼帯姿のイズミがため息をつく。

自分とセックスした相手を「掃除」する、と表現するあたりに、トリルヴィー全員の〈トマ〉に対する扱いの意味が見て取れた。

イズミもFALを同様の理由と、運用面の理由で共同購入してるが、「重いし長いから明日から頑張る」と分棟の三階にある寮の部屋に置いてきている。

ふたりは公正なるくじ引きで、倉庫に転がっている備品＝〈トマ〉の「掃除」に行く羽目になった。

「美保のやつめー。なーにが『久々にパイパンにしたいからパス』よ。あのゴーモー！」

「まあ、実際、美保のアンダー綺麗に剃るには時間掛かるしねー。まずバリカン使わないと……またきっと刃にインモーが絡んで動かなくなるよ、きっと」

「だねえ」

と少女二人は、顔を見合わせてクスクス笑った。

笑いながら扉をくぐった瞬間。

誰かの、裂帛の気合いと共に、ケーコの頭がガクンと落ちた。

金属パイプが、人の頭にめり込む間抜けな音。

ベリーショートの頭は、明らかに一部陥没している。

制服の腰の後ろにあるホルスターから、銃を引き抜こうとしたイズミの顎が、次の瞬間に骨の砕ける音と共にのけぞり、手にしたＣｚ75 ＳＰ－01が地面に落ちた。

「こ……」

砕けた顎から溢れる血を手で押さえながら、イズミが視線を下ろすと、そこにはトリルヴィーの制服をまとった女装青年が、銃に飛びついて転がっていくところだった。

「い……てえええなあああ！」

頭を凹ませたケーコが、ＦＡＬを構えようとした、その頭に、立て続けに三つの穴が開いた。

「ぉおを、あ……」

砕かれた顎を押さえたまま、友人の突然の死に、呆然(ぼうぜん)とするイズミの顔面にも、9ミリパラベラムによって、四つの穴が開き、眼球と脳漿(のうしょう)が地面と、背後の扉と壁にぶちまけられる。

「殺したぞ……まず、ふたり……」

紫煙たなびくCzを残心の構えで持ちつつ、〈トマ〉は喘(あえ)いだ。

手首を手錠から抜くことに成功し、あとは膝を固定していた金具と拘束具を外して、それに使用されていたアルミパイプを持って、誰か来るのを待っていた。

この二人だったのは、それこそ因果応報と言うべきかもしれない。

「みんな、みんな殺してやる……」

熱に浮かされたように、ギラギラした眼で呟きながら、〈トマ〉は、服を脱ぎ、お湯の入ったバケツの中身を頭から被った。

愛液と淫らな汗が洗い流され、〈トマ〉の傷だらけの肢体から湯気が立つ。

あの銃声で、そのうちトリルヴィー全員が駆けつけるだろう。

彼女たちを皆殺しにする。できなければ戦って死ぬ。

〈トマ〉はそれだけを決めていた。

救いは来ない。自分一人で戦って死ぬ。

また嬲りものになるぐらいなら、殺されるほうが、いい。

人に銃口を向けることすら禁忌だった〈トマ〉の中で、何かが音を立てて砕け、代わりに恐ろしく凶暴なものが、頭をもたげていた。

落ちていたFALを手に取り、装弾数を確認する。

これまでの仕事で、何度かこれに触ったことがあるから、扱い方は知っていた。

残念ながら少女二人はチェストリグも、コンバットベルトもしておらず、予備弾倉はない。

セレクターはセミオートに合わせる。

自分の体格では、立って発砲した場合、7・62×51ミリのフルオートでのコントロールは難しい。

ふたりの少女がきた方角……別棟の入り口へ、〈トマ〉が足を向けた瞬間、本棟のほうで立て続けに爆発が起こった。

だが、すでに凶暴なものを宿した〈トマ〉は小揺るぎもせず、少女たちの死体を重ね、その陰にFALを抱えて潜り込んだ。

その横に、撃鉄を起こしたままのCzを置く。

★

「ひゃあっほぉおおおおお！」

トヨタ・ハイラックスの上でグレネードランチャーを連続してぶっ放しながら、ゴスロリ衣装にガスマスクを被った〈ユア〉は雄叫び(おたけ)をあげた。照準を付けやすくするためか、今は片目に、可愛らしく(かわい)ディフォルメされた、ウィンクするドクロマークの入ったアイパッチをしている。

斗和がハンドルを握り、彼女が荷台にいるのは、真っ黒のハイラックスを改造し、荷台に鉄パイプを溶接して三脚を前後に作り、後ろにベルト弾倉付のミニミ分隊支援火器を四挺、前にはアメリカ軍のＭｋ19 自動擲弾銃(グレネードマシンガン)を取り付けてある。

中東の紛争地域で俗に言う「テクニカル」風というやつだ。

「ガンガン走らせて！　斗和！」

「はい(イエス)、女王様(ユア・マジェスティ)っ！」

運転席ではイギリス軍の野戦戦闘服に赤いベレー帽、顔には夜間迷彩塗料を塗りたくった斗和がハンドルを切る。

ハイラックスは「アンドリュー・ハッチノン経済研究所」の正門を突き破り、前庭でタイヤを派手にならし、土煙をあげつつ、燃え上がる本棟を左手に、別棟に向けて斜めに横切りながら、彼らにとって最も価値のある、医療施設に向けて擲弾（てきだん）を連続して撃ち込みまくる。

応戦するために出てきたトリルヴィーたちは、玄関で集中砲火を食らって血肉の欠片（かけら）と変えられた。

さらに、斗和の座る運転席のドアに取り付けられた、本来は装甲車用の、発煙弾発射機（スモーク・ディスチャージャー）が作動し、次々と発煙弾を冬になり始めた秋の夜空、宙空に打ち上げ、それらは空に、落ちた地面に煙幕を立ちこめさせる。

「上層階へ！　撃ち下ろせ！」

爆発の中少女たちの誰かが叫び、唯一の玄関から出ることを放棄して、少女たちは煙の届かない三階から上へと急ぐ。

「させるかい！」

その階段を狙って、ガスマスクを被った〈ユア〉はグレネードマシンガンを向けて撃ち、連続する爆発が階段と、それを上りつつある、少女の姿をした暗殺者たちを吹き飛ばす。

運転しながら、同じく煙幕よけにガスマスクを装着した斗和も、持っていたストック付のモーゼルM712を窓から突き出してフルオートで撃ちまくる。

　やがて、カキン、という乾いた音がして、Ｍｋ19のベルト弾帯が尽きた。

「撤収！」

「了解（ラジャー）です、女王様（ユア・マジェスティ）！」

　斗和がハイラックスを反転させ、場を後にした。

　後ろを追ってくるトリルヴィーたちには、荷台の後ろを向いているミニミ分隊支援火器四挺が一斉に火を噴く。

　ヒットアンドアウェイである。

第七章　奪還と別離

美保(みほ)が、さらさらした髪の毛とは打って変わった秘所の、タワシよりも強い、針金のようなアンダーヘアを全てバリカンで刈り取った後、さらにカミソリで剃(そ)り終えた所で、銃声が聞こえて来た。

聞き覚えのある、イズミのＣｚの９ミリパラの音。

「あいつ、まさか殺しちゃったんじゃないでしょうね？」

ブツブツいいながら、股間のシェーブクリームの残りを、蒸しタオルで拭(ぬぐ)い、ブルーのボクサーパンツを穿(は)いて、制服に着替え直す。

（これで験担(げんかつ)ぎは終わり。アンダーヘアが生えそろうまで、使う銃が変わっても、あたしは死なない）

壁に掛かった鏡を見つめて、そう自分自身に暗示をかける。

それから美保は、ブレザーの下に隠れるようにデザインされた、拳銃用のウェポンベルトを巻き、ホルスターにガンラックのＳＩＧＰ　２２６のスライドを軽く引いて、初弾装填を確認し、突っ込んだ……負傷した右腕の痛みは、先ほど飲んだケタミン入りの神仙水でゼロになっていた。

「あのチン○、いいものなのに！」

ドアを開けたあたりで、グレネードの連続する爆発音が響き、別棟全体が震動する。

「ひゃあっほぉおおおおお！」

聞いた事のない女の声に、廊下を横切って窓へ駆け寄ると、つや消し黒に塗られたトヨタハイラックスの上、ゴスロリファッションに身を固めたガスマスクの女が、本棟に次々とグレネードを命中させながらこちらへやってくる。

非常サイレンの音が鳴り響く中、他のトリルヴィーたちが武器を手に手にそれぞれの非常配置へ走って行く。

擲弾が玄関に向けられるのを視界の隅に見、窓ガラスの破片を浴びないように美保は窓から離れた。

爆発が起こる。玄関のドアはガラス張りで、それが砕け散る音を、美保は聞いた。

玄関から出るのは、危険だと即断し、美保はわっと廊下に出てくる仲間たちを背に、部屋にとって返す。

三人が共同生活をしている部屋の靴箱の上のガンラックから、長さを持て余しそうなFN・FALを引っ張りだし、壁に掛かった三十連の予備弾倉三本を差し込んだ、防弾ベストを兼ねたチェストリグを、上着の上から装着した。

最後にヘッドセットと、アイウェアを装着する。

「あのバカども……」

FAL本体と、拳銃ホルスターもくっついたウェポンベルトはともかく、予備弾倉の入ったチェストリグとヘッドセットまで、相棒たちが残していってるのを見て、美保は唇をゆがめた。

「ったく、いつも最後はあたしが面倒見ることになる！」

ヘッドセット二つをパラシュートコードでまとめて腰に下げ、チェストリグからマジックテープで固定された予備弾倉を外して自分のものの下に装着すると、美保はそのまま廊下を走り、裏口に面した、三階の窓から雨樋を伝って飛び降りた。

他の二人のチェストリグ自体は、大きすぎて持って行けない。

アイウェアはそれより小さいが持って来るのを忘れた——取りに戻る暇はない。

弾に当たって死ぬとしたら、あの二人の自己責任だ、と美保は判断していた。

基地の寮にいても、外に出るときはフル武装、という取り決めを、〈トマ〉の掃除という作業がしやすいように、と怠った彼女たちが悪い。

真っ暗な地面に受け身も取らず、着地して即座に走り出す……身体を筋肉増強剤などで補強しまくった身体は、その程度ではびくともしない。

表に回ろうとすると煙幕弾が張った煙が大量に流れ込み、視界を塞ぐ。

仕方なく美保は腰をかがめ、ＦＡＬを構えて、ヤリ部屋の倉庫へ向かった。

何かがいる。

ＦＡＬの先台部分に無理矢理ネジ止めしたレイルシステムに取り付けた、ワルサー社製のフラッシュライトのスイッチを入れる。

倉庫の入り口、煙の彼方、フラッシュライトのＬＥＤ照明に照らされて、見覚えのある身体つきの少女が二人、折り重なっていた。

どちらも血まみれで、スカートがめくれ上がり、下着が丸見えになるポーズで倒れ伏しているのに、ピクリともしない。

「まさか……ちょっと！」

我を忘れて駆け寄ろうとした美保の太腿に、二人の折り重なった尻の間から突き出された銃身から、7・62×51ミリNATO弾が命中して大腿骨を粉砕した。

太腿を思わず押さえ、悲鳴を上げて倒れる、その頭頂部に三つの穴が開いて、少女は肉の残骸になった。

ケーコとイズミの死体の陰に隠れ、FALを発砲した〈トマ〉は、立ち上がると美保に駆け寄り、腰に巻いたベルトからヘッドレシーバーを取り、さらにチェストリグを奪う。

それから立ちこめる煙幕の中、自分より背格好がひと回り大きな美保の服を、〈トマ〉は剝ぎ取り始めた。

★

橋本たちは〈ユア〉の攻撃が始まった途端に、爆発音に紛れてバイクのエンジンをかけた。

CBR‐650R。通常のカウルは外し、エンジンガードと防御を兼ねて、ケブラーとFRPを使い、空気抵抗を犠牲にした、大きめの防弾パネルに覆われている。

シートの上でハンドルを握って、タンクにしがみつくように身を縮めれば、〈狭霧〉でさえも前面からの銃撃に耐えられる仕様だ。

「いくぞ」

ここまで三キロ弱の道のりを、押してくるだけの荷物だった五台のバイクは咆吼（ほうこう）し、闇の中から飛び出す。

本棟の玄関を〈ユア〉は攻撃していない上、エレベーターはとっくに擲弾の爆発で使用停止になっているが、階段は裏に近い奥にある。

そこを駆け上った。

本棟の三階から伸びる、五十メートルほどの渡り廊下を突っ切れば、そのまま会議室までショートカット出来る。

途中、グレネードの爆発で砕け散った窓ガラスの破片を、全身に浴びて絶命している手術着の男たちを廊下で見かける――数時間前に〈オキシマ〉を「部品」に変え、これからこの施設で大量の「出荷」を行うべく雇われた医者たち。

トリルヴィーの美保たちに暗殺された半グレ連中のリーダー、立中（たちなか）ハジメの元で働いていた闇医者連中だ。

そのすぐそばには、爆風でガラスの破片に、首を切断された中東系女性の死体も。

彼女こそ、橋本たちの標的のひとり、「先生」ことカーラ・ゾーイ。

が、橋本たちは彼らと彼女の正体を知らず、単にもう抵抗できない死体だと確認して、そのまま放置していく。

ただ、香だけが一度だけバイクを降りて、転がった中東女性――「先生」の首の、唖然として見開かれたままな眼を、そっと閉じさせただけだ。

わずかに腕の差で、〈時雨〉と〈狭霧〉が先に出た。

渡り廊下を走りながら、二台のCBRのヘッドライトを二人は点けた。

LEDの、警察用小型サーチライトをそのまま移植したヘッドライトは、閃光と共に行く手を照らし出す。

そこには、トリルヴィーの少女たちが、アサルトライフルを構えて二十人ほど待ち構えていた。

最初の攻撃の際、素早く階段を上りVIPの保護に走った者たちだ。

その中に明日菜と桜が、それぞれ指揮官と、補佐役を臨時でつとめていた。

「撃てえ！」

明日菜の腕が振り下ろされ、二十挺のアサルトライフルが火を噴く。

迷わず、〈時雨〉と〈狭霧〉は、加速したバイクの上ギリギリに身を伏せ、防弾板で銃弾の雨をやり過ごしつつ、急ブレーキを前輪と後輪同時に掛け、逆ハンを切らず、進行方向に向かってハンドルを切った。

当然バイクは横滑りになって転倒する。

バイクの底には、厚さ五ミリの、戦車にも使われているクロムモリブデンの防弾板が装着されている。

〈時雨〉と〈狭霧〉の二人は、横転するバイクに従って倒れ、渡り廊下を滑走しながら、本来のツァスタバＡＫのトリガー位置より、やや前にあるＧＰ－30擲弾筒（グレネードランチャー）のグリップを握り、撃った。

擲弾は、少女たちの真ん中で炸裂（さくれつ）し、十数名の少女たちが逃げることも出来ずに爆風と破片でズタズタにされて二階から吹っ飛んだ。

残った少女たちも応戦できる態勢ではない。

そこへ一瞬で本来のグリップに持ち替えた〈時雨〉たちの、ツァスタバの連射が襲う。

さらに遅れてきた橋本たちも直線走行用にハンドルをロックしたままツァスタバを構え、制服姿の少女たちへ、擲弾と銃弾を浴びせた。

先行する〈時雨〉たちが地面に寝そべった状態だから、当てる心配はない。

そして、少女たちの倒れる別棟に、横転したバイクが滑走しながら到着するころには、動く者は絶えている。

なおも滑走しながら、ばん、とコンクリートの床を叩いて、〈時雨〉と〈狭霧〉が跳ね起き、すかさず銃を構え、索敵するが、動ける敵は階下に逃れたらしい。

バイクを引き起こす――今回KUDAN（クダン）の全員が野戦服の下に、プロテクター付きの革ツナギを着用している。

そうでなければこんな真似は出来ない。

「くそ……なんで……そんなに……」

下腹部と心臓から溢（あふ）れる血を、自分自身を抱きしめるようにして押さえ込もうとしながら、桜が呻（うめ）く。

「あんたら……強いの……よ」

右手が身体から離れ、血まみれのクリス・ベクターCP1自動拳銃を〈狭霧〉に向けようとするが、〈狭霧〉は迷わず少女の頭に数発の弾丸を撃ち込んだ。

「うるせえ、〈トマ〉返せ」

歯をむき出すようにしていいながら、〈狭霧〉は素早くツァスタバの弾倉を取り替えた。

絶命した桜の顔は、よく見ると高校生には見えない。

化粧や表情筋の動かし方、頭の後ろの皮膚を引っ張り上げるフェイスリフト手術などで、十代の少女に見せかけていたものの、素性は二十歳（はたち）を半ば以上過ぎているように見えた。

「なんだこりゃ……」

サーチライトで照らされた周囲の、死屍累々（ししるいるい）を眺めた〈ツネマサ〉が、驚いた声を出す。

「半分以上は二十歳以上にしか、見えないんだが……」

この距離で、ＬＥＤサーチライトに照らされると、トリルヴィーの大半は十代ではないのがよく分かる。

人間、死んでしまえば、表情筋を含めた筋肉が弛緩し、生きてる間はファンデーションなどの通常の化粧ならごまかせても、その下から素顔が現れるものだ。

しかも全員が重度の麻薬と筋肉強化薬物の常習者で、身体は鍛え上げられていても、肌には年齢が出やすい。

それ故に「死化粧」というものが必要になるのだ。

トリルヴィーたちの大半は、〈時雨〉たちよりも、かなり年上かもしれない。

「なるほど……少女の姿をしているだけ、ってわけか、女はバケルっていうけど、あたしにゃムリだな」

「みんな武装が７・62ミリに変わってますわね」

地面に落ちたＳＣＡＲ－Ｈを拾い上げつつ、〈時雨〉が興味深そうに言った。

すかさず振り向いて、死体の中に隠れて襲おうとした、トリルヴィーの頭を、ラウゴ・エイリアンで撃ち抜く。

「こちらは本物の十代のようですね……可哀そうに」

〈時雨〉は言って、一瞬目を閉じる。

「何名かはボディアーマーのグレードも上がってるみたい。タイプⅢ（スリー）ばかり」

追いついた香が、警戒を解かずに分析する。

「——ということは私たちのツァスタバの7・62ミリ弾で狙うのは頭とアーマーの隙間だけ、ということですね」

淡々とした〈時雨〉の声は、人を殺すという作業の確認だった。

「気を抜くな。指揮官のコレリーとカーラを始末しなけりゃ、仕事は終わらん」

『お知らせよ』

撤退して、オペレーターと変じた〈ユア〉から通信が入る。

『偉い先生たちは全員、四階から上にいるわ。どうやらヘリの救助を待つみたい。あと付近住民からの通報が警視庁に届いて、パトカーがでたよー。一応、ミズ・〈ポーター〉のスタッフと信号のコントロールにハッキングして二十分は稼ぐけどさー』

「判った。俺と〈ケイ〉で上を。〈ツネマサ〉、〈時雨〉、〈狭霧〉は下を……〈トマ〉を探すのは敵を殲滅（せんめつ）してからだ」

橋本はバイクを降り、ツァスタバに取り付けたGP－30に、擲弾を再装填しながら命じた。

「時間がない、善は急げ、悪はもっと急げ、だ」

〈ツネマサ〉が言うと、〈時雨〉と〈狭霧〉は頷いてアクセルを開き、階段へと飛び込む。

「ところで、ここに来てる偉い先生方はどうします？」

「いつも通りだ――『目撃者は、なし』」

「了解」

〈ツネマサ〉の姿もまた、階段の下へ消えた。

「よし、行くぞ」

バイクはここに置いていくことにした。

下へ降りれば、地面があるから有利になるが、これから上に上がっても、屋上まで、バイクが走り回る余裕があるほど、ここは大きな建物ではない。

「はい、先輩」

香もバイクから降りて、ツァスタバを構え直した。

「行きましょう」

二人は階段を足音を殺し、慎重に登る。

★

トリルヴィーの制服をまとった〈トマ〉が、破壊された階段を二階へ上ると、上の方で銃撃音がした。

銃声を聞いても〈トマ〉は気にもしない。

無線の声を聞くと、トリルヴィーたちは襲撃されている。敵はバイクだという。

構わず、〈トマ〉は建物の中を進む。

見えるもの、聞こえる音は、これまでの人生の中でも、あり得ないほどにクリアだが、〈トマ〉の思考回路は止まったままだ。

嬲られている時に使われた薬物の影響か、シンによる陵辱が心の核を破壊しているのか。

どうやら〈ユア〉たちが乱射した、煙幕弾が飛び込んだのか、建物の中は煙が充満していて、混乱を増加させていた。

トリルヴィーたちが走り回り、無線も様々な命令が混線している。

三階で侵入者を迎え撃ち、上層部を逃すはずだった精鋭部隊が全滅したらしいという。

「あんた！　一人で何してるのこんな……」

声と共に肩を摑まれた〈トマ〉は、振り向きざまにＣｚを、声の主の首に撃ち込む。

くたりと倒れる身体を受け止めて盾にし、煙の中を進みながら、〈トマ〉は唖然とする他の人間を次々と射殺した。

制服を着けた者は味方、という強固な連帯感と固定概念が彼女たちを縛っていた。

トリルヴィーは、基本的に三人ないし四人一組の「ユニット」であり、集団戦を殆ど経験していない彼女たちにとって、指揮官たる「先生」からの指示がこの期に及んでない。

ベテラン勢は、三階に上がったまま、戻って来ない。

煙幕は建物内に立ちこめ続け、指示を与えてくれる者も、状況も不明なまま、混乱している少女たちを、次々と〈トマ〉は射殺していく。

『ブッコワレタのが一人出た！』

『同士討ちしてる！』

『だれ？　誰？』

『今、ドアノックしてる？』

薬物常習者の集団は、こういう状況では脆い。

禁断症状や副作用が、立ちこめる煙の中で増幅していく。

バイクの爆音が、廊下に響き始めた。

「見つけたぁ！」

声がして振り向くと同時にＳＣＡＲ－Ｈの台尻が〈トマ〉の肩に振り下ろされ、咄嗟に〈トマ〉は後ろに飛んで避けたが、今度は素早く振り上げられるモーションに顎を砕かれそうになってのけぞり、微妙にサイズが大きいコンバットブーツの足下が滑る。

仰向けに倒れた〈トマ〉の下半身の上に、シンは馬乗りになってけたたましい笑い声をあげた。

「だめだよ、〈トマ〉君、ボクの仲間になりたいからって美保たちを殺しちゃぁ！」

倒れた〈トマ〉がＦＡＬの銃口を向けようとするのを、シンはあっさりとＳＣＡＲ－Ｈの台尻で弾き飛ばした。

ＦＡＬは床を跳ね、立ちこめる煙の彼方に消える。

隆々と勃起した巨根をスカートから覗かせながら、シンは麻薬常習で壊れた人間の笑みを浮かべる。

「ボクらは美しい男なんだ、男だから女らしくする必要なんかない。ボクは仕事だから仕方ないけれど、君は違う、男らしく男同士でセックスするんだ、男にしか出来ないことをするんだ！」

めちゃくちゃな理論を言って、ＳＣＡＲ－Ｈの銃口を〈トマ〉に向け、長い舌で自分の唇の端から鼻先までをぞろりと舐め、シンは命じた。

「ここでしようよ〈トマ〉君。トリルヴィー全員に見せてやるんだ。僕らは、こんなに男らしい、って！」

笑うシンの胸元に、立て続けに十五個の穴が開いた。

「僕は……男らしくなんか、なりたくないんだよっ！」

吐き捨てるように言い、ブレザーの胸元に、巻き付けるようにして装着した、ケーコのウェポンベルトから抜いたCz75を撃ちつくし、しばらく両手で構えていた〈トマ〉だったが、がっくり、とのしかかってくるシンの身体を、横に押しのける。

「僕は……女らしい男で充分なんだ、屑野郎！」

横倒しになるシンから解放され、〈トマ〉は立ち上がって、しばらく荒い息をついた。

「殺した……やっと……」

口にして、ようやく自分が何を望んでいたかを、理解する。

復讐。それは今、終わった。

そして、緊張の糸がぷつりと切れ、煙の中、〈トマ〉はへなへなと、その場に座り込んで、動けなくなった。

前よりも煙幕が薄くなってきた気がする。

ふと、遊底が下がりきって、空っぽになったＣｚを握った、自分の手を見る。

不可思議なことに気がついた。あの近接距離で全弾を撃って返り血が、ない。

煙の中から、恐ろしく長い銃剣を装着したＳＣＡＲ‐Ｈが飛び出して〈トマ〉の左肩を背後から貫き、そのまま、白いリノリウムの床に押し倒す。

がすっと音がして、リノリウムを貫通した刃（やいば）が、コンクリの床材を貫いた。

「ははは！　すごいね、凄いよ〈トマ〉君凄い！　さすがボクと同じ男の娘（こ）！」

狂騒的に笑いながらシンは〈トマ〉の細い脚の上に馬乗りになった。

「ででも、ボクはスナイパーだけど、同時に観測手（スポッター）なんだ、狙撃の誘導をするだけじゃない、自分の班の行動を監視して、記録して報告する。時には仲間が全滅しても自分だけは生きて帰る必要があるから、ボクの制服は特別な防弾仕様なのさあああ！」

そう言って、シンは制服の胸元を広げた。

ついでにブラウスのボタンも引きちぎってしまい、ケブラー繊維を織り込んだシリコンで、女の乳房を模した防弾ベストが露（あら）わになる。

「全弾、この豊かな胸に撃ち込まれたときは、心臓が止まるかと思ったよ！　〈トマ〉君凄い！　でもボクを殺そうとしたね？　悪い子だ！」

派手に腰を前に突き出すシンの、股間からそびえるものを見て、痛みにうめく〈トマ〉

の全身の毛穴が開いた。

「や、やめろ！」

叫ぶ〈トマ〉の目の前で、完全に勃起したシンのペニスが揺れる。

「悪い子は、悪い子はばばばば罰を与えないと、与えないと！」

シンの手が伸びて、うつ伏せにされた〈トマ〉の下着に手が掛けられる。

「きょ、今日のボクはお薬いっぱい、一杯飲んでるから無敵だよ！　君の心臓が止まって動かなくなるまでファックしてあげる！」

下着が下ろされ、逃げようと身をよじると、ぐりっとSCAR－Hに装着した銃剣が、かすかにねじられて〈トマ〉は悲鳴をあげた。

「うう動いたら、腕がちぎれちゃうよ？　それともこのまま銃剣で片腕取っちゃう？　ボク、そうなった〈トマ〉君も好きだよえへ、エヘヘヘヘ」

「やめろおおおおおお！」

〈トマ〉の悲鳴は、燃えさかる炎の音にかき消されていく。

「さあ、ボクら、男らしくなるために、セックスパーティの……」

始まりだ、と言おうとしたシンの声は轟（とどろ）くバイクのエンジン音にかき消される。

〈トマ〉を今にも犯そうとした細い身体が、後ろに吹っ飛び、〈トマ〉の肩から銃剣が抜けた。

起き上がって後ろを向いた〈トマ〉の眼に、ようやく薄れ始めた煙幕の彼方、心臓の真ん中に、見覚えのある真っ黒な刀身の「カタナ」を突き刺したまま、壁に縫い止められているシンが、必死にそれを引き抜こうとしている姿が映った。

「〈トマ〉に何するんですか！　この変態野郎！」

バイクで疾走しながらハイスピードスチール製の「カタナ」を投げつけた〈時雨〉が、〈トマ〉の背中手前で、見事なカウンターを当てながらＣＢＲ－６５０Ｒを停車した。

ヘルメットとマスクを取り、〈トマ〉に駆け寄ると、〈時雨〉は〈トマ〉を抱きしめた。

防弾ベストとチェストリグごしだったが、〈トマ〉は懐かしい匂いに包まれた。

涙が溢れてくる。

「〈時雨〉さぁん」

そう、ひと言口にするのがやっとで、〈トマ〉は泣き出した。

「さぁ、手当を……」

〈時雨〉が優しく言ったが、その目が驚愕（きょうがく）に見開かれ、〈トマ〉は泣きながら振り向いた。

「ひっ！」

思わず〈トマ〉が引きつった声をあげる。

自分をコンクリの壁に縫い止めていたカタナを、シンが引き抜いて、床に降り立つと、ＳＣＡＲ‐Ｈを構えたのだ。

口からも胸からも止めどなく出血が噴き出している。

動いているのは服用している麻薬のおかげだ——異様な分量の薬物が、この異形の殺し屋を動かしている。

「一緒に……逝こうよ、〈トマ〉く……」

銃声。

シンは糸の切れた繰り人形の唐突さで、仰向けに倒れ、ＳＣＡＲ‐Ｈは天井に向けて火を噴き、今度こそ動かなくなった。

頭には数カ所の穴が開いている。

振り向いた〈トマ〉の眼に、同じＣＢＲ‐６５０Ｒにまたがってツァスタバを構えた〈狭霧〉の姿が飛び込んでくる。

「〈時雨〉の姐御がいきなり〈トマ〉の声がする、ってんで角曲がっちまうもんだから、戻るのに苦労したぜ」

シンが三度、起き上がってこないことを確認して、マスク越しの〈狭霧〉の眼が微笑む。

「よ、よう……〈トマ〉、助けに来たぞ」

「うん、うん！」

肩の傷の痛みも忘れ、〈トマ〉は何度も頷いた。

「おい、〈トマ〉生きてたのか！　やっぱりな！」

〈狭霧〉の背後から〈ツネマサ〉も顔を出す。こちらは徒歩だ。

「やっぱ女の勘はすげえなぁ」

「みんな……来てるんですか？」

「〈ボス〉も〈ケイ〉さんもいっしょだ――ま、救出が半分、任務が半分だな、生きてて良かったよ、〈トマ〉！」

〈ツネマサ〉がうっかり、ぽんと〈トマ〉の肩を叩き、悲鳴が上がった。

慌てて〈時雨〉が治療を始める中、〈ツネマサ〉は「悪い」と謝りつつ、

「急いでくれ。この階全体に爆薬を仕掛けた。、一時間後に遠隔で起動させるぞ」

★

瀬櫛吉郎（せぐしよしお）はその入り口の位置に躊躇（ちゅうちょ）した。

「ここは、マズいんじゃないのか？」

「大丈夫です、むしろ通り過ぎてしまう場所だからこそ、この中は安全です」

徐(シェ)は扉を開けて瀬櫛吉郎を招く。

他の来訪メンバーはすでに移動を終えていた。

「ただ、まだ防音加工は施されておりません。物音を決して立てないように」

「私もここが安全だということに同意見です、息子さんと元総理に、彼を付けます、今期SPの中では最も優秀な若者です」

彼らを護衛してきた内閣府所属のSPのリーダーが、若い頃の吉郎によく似た、がっしりした体格の青年を押し出すようにする。

総理になる前から、彼が護衛として昔の自分を思わせるがっしりした者を好む事を、リーダーは熟知していた。

こういう修羅場でも国会議員は「特別扱いされた」かどうかに拘(こだわ)る。

他のメンバーとは違う扱いをせねば、ここを切り抜けた後が問題になるのは明白だ。

「ここで物音を立てない限り、ここはとても安全です。流れ弾やグレネードの二、三発では穴も開きません。他の方々より、遥(はる)かに安全で、快適です」

そうして、瀬櫛親子はその入り口の中へと入った。

★

四階に上がった途端、床に伏せてSIG516を構えた、コレリー・リュネンコが見え、橋本は迷わずGP－30の引き金を引いた。

相手が引き金を引いて数発の弾丸が橋本と香の間をかすめ、擲弾の爆発が金髪碧眼の美男子をカーペットのシミと、巨大な焼け焦げに変えた。

四方の壁に偽装した入り口が開いて、トリルヴィーの少女たちが五名、現れる。

グレネードを装塡し直す暇はない。

橋本と香は、即座に階段へ腹ばいになって、床ギリギリに構えたツァスタバを単発で撃ちまくった。

狙うのは腹部、撃たれ倒れた少女たちは、麻薬のおかげか、それでも銃を構える。

さらにそこへとどめの数発。

階段を空薬莢が転がり、空になった弾倉が後を追う。

橋本のヘルメットも、数十発以上被弾し、その度に首に伝わる衝撃が軽くなってきている気がした。

弾丸がヘルメットを、派手に削っているのが判る。

三発ほどほぼ同じ場所に当たって穴が開いたらしく、一瞬、毛髪に外気を感じた。

残り少女は二人。

予備弾倉を二本、消費して橋本と香は少女たちを殲滅した。

ヘルメットを外すと、感じたとおり、数カ所に穴が開いていた。

もう少し撃ち合いが続いたら、そこから弾丸が飛びこんで来たかもしれない。

橋本はヘルメットを捨てた。

香の方は無事だ――少し、ホッとした。

まだ三分の二は残っている弾倉を取り替える。予備弾倉はあと二本。

少女たちの使っている、ＦＡＬやＨ＆ＫのＧ３が目に入った。

「香、適当なのを拾え」

言いながら橋本はＨ＆ＫのＧ３Ａ４を一挺奪い、ボルトを引いて軽く点検し、使えると判断すると、持ち主であるトリルヴィーの死体から予備弾倉を頂戴する。

これまでのＳＩＧ５１６と違い、全長も長く、古い銃だが、その堅牢性は折り紙付きだ。

Ａ４はストックを伸縮できる。少女たちが使うため、かなり短くしているのを、軽く調整する。

上にクリップで固定するタイプのマウントレールに載せていた、ガラス面の壊れた光学サイトを、無事そうな別の銃から載せ替え、点灯させてみる。

使えそうだ。

「行くぞ」

四階は、完全なワンフロアの会議室になっていて、誰もいない。

外見から想定される広さと、ここには落差が殆どない。

ここに招かれた人間は数十名。まだ上にいる。

橋本と香は階段を這って進む。

人の、ひそひそとした話し声が聞こえた。

橋本はツァスタバの銃口だけを、階段から覗かせた瞬間、銃弾が撃ち込まれ、慌てて伏せる羽目になった。

5・56ミリだけでなく、38口径の銃声も混じっていた。

「SPか」

階段に伏せたまま、橋本は呟いた。

M4系が二挺、38口径リボルバーが四挺はある。

バイクで突っ込んでいけばいい集中砲火の餌食だっただろう。

「上にいる連中に通告する！」

橋本は声を張り上げた。

「我々は、そこにいるカーラ・ゾーイ、そしているのならば……」

橋本は一瞬、言葉に詰まった自分に軽く驚いていた。

中国情報局のスパイマスターだと頭で理解していても、長い付き合いに、感情が抵抗するらしい。

「中国情報局の徐文劾（シェ・ウェンカイ）に用がある。それ以外はこの場を立ち去れ」

「私をどうなされるつもりです、橋本さん」

五階の奥から、徐文劾の声が聞こえてきた。

橋本の胸に、静かな感情が去来する。

まさか、と思ったが、同時にここまで盛り上がる場所で、静かに含み笑いを浮かべていそうな男でもあった。

「おまえたちを『処理』する」

「何の為にです？」

「古くさい理由だ」

橋本はそう言って、立ち上がり、Ｇ３Ａ４をスリングで後ろに回し、ツァスタバを構えたままゆっくりと階段を上がっていく。

後を追おうとする香を、手で制した。

腰のアンモパウチに最後に残ったG－30擲弾筒(グレネードランチャー)用の擲弾(グレネード)を取りだして、香に手渡す。

これから起こる室内の銃撃戦では、撃った射手も吹き飛ばされること間違いなしだ。

橋本が持っていても仕方がない。

「仇討(かたきう)ちだよ」

上がっていくと、薄っぺらい、埃(ほこり)を被った青い絨毯(じゅうたん)が敷き詰められ、白い壁が、明るさを落とされたLED照明に照らされて、薄暗いブチ抜きの大広間が見えた。

「それほど、上司思いでしたか」

「意外だろう？　俺もそう思ってる」

そこに、机が迷路のように並べられ、天板をこちらに向けて縦に倒されている。

机のデザインは丸みを帯びた独特のもので、天板の輝きの中に、よく見れば格子の模様が入っているのを確認出来れば、クラスⅢの防弾性能を持った防弾板も兼ねていることが判る。

橋本は気づいていた。

ここは防弾板の迷路になっていた。

下のほうにトリルヴィーたちを集中させたのは、おそらくこれを用意するためだ。

防弾板付の机は、重さが三十キロもある。ざっと勘定して四十以上。この形にする時間を稼がせたのだろう。

黒い背広にソフト帽を被った徐文劾が、その真ん中で03式自動歩槍を構えている。かろうじて銃弾は通りそうな位置。この薄暗さがクセモノだ。

どことなく、日本の89式自動小銃を思わせるデザインのアサルトライフルには、七十連ドラムマガジンが装着されていた。

徐のトレードマークの丸眼鏡は、上着の胸ポケットに収められていた。

眼鏡がないと徐の顔はかなり険しく、殺伐としている。

特に、その目線を遮るものがないだけに、別人のようだ。

「カーラ・ゾーイはどうした？」

「あなたたちが知っているのでは？　本棟に向かったまま、戻ってきません」

徐は真顔だった。

「そういえば、ここに来る途中で、中東系の女性の死体を見たが、彼女がそうか……で、他の役人連中は？」

「屋上です。あなたたちの仕事は『目撃者はなし』ですが、あなたたちの姿を、見てない限りは、それに当たらないと思いまして」

「優しいことだ」

「いいえ、我々が弱みを握った連中を、温存したいだけです」

「だろうな」

瀬櫛刑京(おみのり)の父、吉郎は公安の外事四課——対中国専門部署だ——に顔が利く。

その吉郎を、今回の一件で、徐は抱き込むことに成功した。

つまりこれから、現状の内閣人事制度を利用し、合法的に、中国情報部に日本の公安は、手出しできなくなる。

「ひとつ、聞かせろ」

「なんでしょう?」

「なぜ、今なんだ?」

「今だから、ですよ」

徐は笑った。

「我々は敵同士のサソリみたいなものです。相手が隙を見せたら刺す、サソリ同士って、そういうものでしょう?」

「……理解した」

判ってはいた。相手は中国の情報機関のエージェントで、スパイを操るスパイマスターだ。最終的には、この国が隙を見せれば、それに見合った攻撃を仕掛けるのが仕事だ。

徐にとって、今こそが、その「チャンス」だったのだろう。

「出来れば敵対したくはありませんでしたが。私も役人と愛国者の端くれでして」

「よく分かるよ」

工作員や公安は、最後に国に対して忠誠を誓う。

個人の友情に、ではない。

「……七年前の朝の件、感謝する」

橋本の脳裏に七年前、公安を、警察を去るきっかけとなった、朝の風景がよぎった。

日本で捕まっても、外交官特権で釈放されると確信した状態で、快楽殺人を何件も引き起こし、橋本の親友の娘まで殺して、予想通りに引き渡しとなった時、こちらをバカにしきったロシア人の殺人鬼の笑顔、銃弾を食らって死ぬ寸前の、唖然とする表情。

このままロシア人たちに殺される、と思った瞬間、後ろにいた、ロシア側の見届け役だった徐が、滑り込ませてきたＡＫＳは、最近まで、橋本の愛銃だった。

あの朝、銃弾をそろって奴らに叩き込んだ自分たちが今、銃口を向け合っているのも、ある意味当然だった。

「なに、私の部下も、あいつに殺されてましたからね、ついでに乗っただけです」

「それでも礼を言う」

「そして、アサルトライフル同士で決闘、といきますか——あなたは相変わらず歪(ゆが)んだロマンチストだ」

皮肉な笑みが徐の口元に浮かんだ。

「階段から上がってくる俺を撃たなかった時点で、あんたも同類だよ」

「ですな——では……1、2の3、で始めますか？」

「そうだな、それがいい」

次の瞬間、互いの指が引き金を絞っていた。


そして、なによりも、公安や工作員は相手を騙(だま)そうとするものだ。

けたたましい銃声が室内に轟き、壁の高い位置にある窓を震わせた。

空薬莢が床に跳ね返り、ばらまかれる。

銃撃の音を遠くに聞きながら瀬櫛刊京は、悠然と狭い部屋の真ん中にあるソファに座る

父、吉郎の背中を見ていた。

（この人は化け物だ、この国と俺を不幸にする化け物だ）

その思いだけが強くなってきている。

（時代遅れの、危険な怪物だ）

悠然と腕を組み沈思黙考しつつ、ただ「待つ」ということが出来る姿は昔のままだ。

だが、時代が変わったことを、吉郎は決して認めない。

「本質は一緒だ刊京。お前は上っ面に騙されすぎる。あのＩＮＣＯ（インコ）とかいう小僧を恐れすぎるのがいい例だ、あれの後ろに居るのはタダの中国の情報機関だ」

ここへ来る前、決死の思いで陳情（ちんじょう）した刊京の言葉に、吉郎はあきれ顔で答えた。

「ネットがどうこうとお前たちは気にしすぎている。ロシアをみろ、中国を見ろ、そんなものは遮断してしまえばいいのだ」

吉郎の言葉は、今の与党の中年以上の議員の代表、そのものだった。

「むしろ『外国から我々は攻撃されている』と言い続け、『だから我が国独自のシステムが必要だ』という機運を十年掛けて高めれば、同じように我が国だけのＳＮＳが出来上がる。そうなれば大概の世論の操作など思いのままになる、何故（なぜ）そこに考えが及ばん！」

確かにそれは正しい。ただし、それは二十年前の理屈だ。

世界は刻一刻と姿を変えていく。ＳＮＳの流行でさえも次へ、次へと変わって行く。
そして雰囲気が世界を動かす。
意見や意志は関係が無い「なんとなく」が世界を変えてしまう。
父親の選択は間違っている。
中国と手を結ぶべきではない……清濁併せのむことと、盗泉の水を飲むのは別だ。
が、不肖の息子に何が出来るか。
ドアの向こうの激しい銃撃音を聞きながら、刊京の中に、ある考えが浮かんだ。
（父さん、日本の為に死んでくれ）
そんな言葉が、ふと思い浮かぶ。
不吉な笑みが刊京の口元に浮かびそうになり、彼はそれを必死に押し隠した。
今じゃない。今じゃない……この銃撃が終わったら。
刊京は壁に沿って置かれた机の上、古くて重そうな、ガラスの灰皿に目を付けた。
いつでも手に取れるように、そして二人に気づかれないように、そっと近づく。

★

手近の机の陰に隠れるまでに、橋本の心臓の真上に三発の５・８×42ミリＤＢＰ87弾が撃ち込まれ、徐の心臓にも二発の7・62ミリ弾が撃ち込まれた。

　徐の姿が粉々になる――あらかじめ鏡に映した姿で対応していたのだ。

（相変わらず、食えねえ野郎だ）

　5・8×42ミリＤＢＰ87弾で心臓の真上にフックを食らった橋本は、一瞬、心臓を停められたように感じつつ、倒れそうになりながらも机で出来た迷路に飛び込んだ。

（はしれ、走れ、ハシレ！）

　無意識が叱咤して、脚を動かす。指でカラシニコフデザインに共通な、ツァスタバのセレクターを引っ張って、フルオート位置に変える。

　先制攻撃は向こうの勝ち。

　心臓を殴られた橋本は数十秒、血液の流れがおかしくなって、半分意識が飛んだまま、機械的に走り、机に隠れて何とか息を整えようとした。

　が、その背後を銃弾が次々に炸裂しながら追って来て、一つ所にとどまれない。

　息が苦しい。だが、走りながら回復を待つしかない。

　なにもかもが、驚く程遠く、橋本には感じられていた。

　音も、匂いも、身体の感覚も、薄いビニール越しに見ている感じ。

　クリアだが、現実感がない。

死神が、背中に立っているようだ。

（いい腕だ、死んでくれないかな）

馬鹿なことを思って、ふとこめかみを流れる汗を感じる。

自分の息が、マスクに籠もって酷く生臭い。

（いいぞ、感覚が現実に戻ってきた）

机に、壁に、床に、あと二秒、脚を止めていたら当たる場所へ、あと二秒、脚を進めていたら肉をえぐり込まれる場所へ。

敵は最低でも二人。徐とおそらくその部下。徐は鏡越しに銃を構えていたから、こちらを撃てる道理はない。

だとしたら酷く腕がいい。初手の単発で三発を心臓に当てた。

おそらく死角になっている場所から伏せ撃ちを行ったのだろう。

ヘルメットがないから、橋本は頭か、ボディアーマーが覆っていない箇所に弾丸を食らえば終わりだ。

（だとしたら頭を狙った腕の悪い奴かもしれないな）

ふっと笑う余裕が出来た。

「香、動くな！　バックアップ頼む！」

それだけ叫んで、身をかがめて橋本は走る。

式自動歩槍の銃声は三つ――訂正、敵は三人いる。

不意打ちの有意差はもうない。圧倒的に不利と言えた。

ぐるりと渦を巻くように並べられた防弾机の迷路を、橋本は走る。

机と机の間を駆け巡る影を狙ったツァスタバの銃弾は机の角で弾かれ、03式自動歩槍の5・8×42ミリＤＢＰ87弾を橋本は身をくねらせるように机の陰に隠れ、弾かせた。

だが、徐も含めた四人の敵はやがて橋本を捉(とら)える。

「先輩！」

伏せて、と香が言う前に橋本は床に飛んで、手近な机の陰に隠れた。

階段の下から立ち上がった香の、ツァスタバの銃身下から放たれた、Ｇ－30グレネードランチャーの擲弾は、ちょうど橋本とは対角線、部屋の一番奥に陣取ろうとしていた中国情報局の連中を吹き飛ばした。

撃った瞬間、即座に香は階段に伏せ、橋本は机の陰に隠れて難を逃れることの出来るギリギリの距離を稼いだとたんの阿吽(あうん)の呼吸。

吹き飛ばされた机は壁に突き刺さり、或(ある)いは天井に突き刺さった。

爆発の煙が立ちこめ、排気装置が働いて、天井近くの窓が次々と開く。

排煙装置が起動して、外の寒い空気が流れ込む。

イヤープロテクター代わりのヘッドセット越しにも、クラクラくる爆発音が、激しい耳鳴りを引き起こす中、橋本はすかさず立ち上がり、まだ数発残る弾倉を交換しながら、徐のいる方向へ、銃を向けた。

目をこらす。耳鳴りが酷く、立っていられないが、気力だけで持たせる。

ここでは、死ねない。

生き残る為に、徐を殺す。

その意識だけが橋本を微動だにさせない。

やがて、煙の彼方、見覚えのある、コートの肩口が見えた。

03式自動歩槍の銃口も。

銃声が轟く。

橋本の心臓の真上に三発の5・8×42ミリDBP87弾が撃ち込まれ、徐の心臓にも二発の7・62ミリ弾が撃ち込まれた。

互いに倒れそうになるが、お互いの銃弾の尻が、橋本の防弾ベストと、徐のケブラーが織り込まれて防弾仕様となっている背広の胸元から覗く。

橋本は片膝をついて転がりながら、徐の体幹に沿って、直感で狙いを付け、素早く引き金を、短く何度も引いた。

徐の持つ、03式自動歩槍のフルオートが、橋本の上半身のあった空間を裂いて、背後の壁に散らばって着弾する。

橋本がマガジンを入れ替えた瞬間、決着は付いていた。

徐文劾の額には、8ミリ弱の穴が開いていた。

ツァスタバの空薬莢が階段を転がり、踊り場で伏せていた香の眼の前で止まる。

弾薬を発射して、空っぽになった薬莢内の空間から、小さな紫煙が、天井に立ち上った。

橋本は、肋骨が折れたのを自覚しながら立ち上がり、徐の所まで、ツァスタバを構えたまま、ゆっくりと近づいた。

徐文劾は動かない。

橋本はかがみ込み、徐の首に手を当てた。

確かに、死んでいる。

耳鳴りが不意に遠ざかりはじめ、長いため息が、橋本の口から漏れる。

足音がして、橋本はその方向へツァスタバを向けた。

ニューナンブ・サクラを手にしたSPの一人が、恐る恐るという感じで降りてくる格好のまま、階段の途中で凍り付いていた。

「これで終わりだ」

橋本はＳＰの顔を覗き込んで言った。

「俺たちを、追うな。お前等は、逃げろ、何も見なかった、何も聞かなかった、いいな？」

苦い声でそう告げて、橋本はツァスタバを構えたまま、ゆっくりと後退る。

中年を幾ばくか過ぎたＳＰは頷いて、銃を階段に置いて両手を挙げたまま後退っていく。

「行くぞ、〈ケイ〉」

香のコードネームで呼びかけつつ、後ろ向きに階段に向かう。

橋本の視線は、ＳＰが去った階段の上に、なおも据えられていた。

最初の一段目まであと四歩。

ごと、っと音が響いた。

「なにをする刊京！　この馬鹿者！」

数年前までテレビでよく聞いた声が、踊り場のほうから、くぐもって聞こえた。

橋本は振り向いた。


一瞬すら長い、刹那の間。

ガチャリと何かが開き、何かが壁の中から飛び出した。

「け、警察だっ、ぶ、武器を捨て、すてろっ！」

若い青年の声と、たどたどしく連続する銃声は、同時だった。

KUDANの装備ではない、38口径の、リボルバーの発砲音。一瞬で五発全弾を撃ち尽くす。

橋本は慌てて階段にたどり着き、銃声のした方に、銃口を向けた。

踊り場の、それまで、壁だと思っていたところに、隠し扉が開いていて、その前に、都市迷彩服にヘルメットを装備した香が、ぐったりと倒れている。

「香っ！」

駆け寄ると、香の身体から、温かい液体が溢れて、リノリウムの白い床に広がっていく。

その彼方に、硝煙たなびくリボルバーを構えてガクガク震える青年がいた。

警察庁長官の護衛でここに来たSPらしい。所属を示すバッジが背広の襟元に輝いていた。

相手がさらに橋本に銃口を向け引き金を引く。

橋本は躊躇（ためら）わずにツァスタバの引き金を引いた。

再装塡を忘れた、SPのニューナンブ・サクラは、すでに撃ち終わった薬莢の雷管を、むなしく叩く乾いた音を立て、その音はフルオート射撃のツァスタバが起こす銃撃音にかき消される。

SPを貫いた銃弾はさらに、その背後にいた、偉そうな顔をした老人と、さらにその向こうにいた線の細い青年もズタズタに撃ち抜いたが、気にしなかった。

薬室から、最後の薬莢が吐き出され、床に跳ねる澄んだ音が、硝煙の中に響く。

ドアの内側に、今時珍しい、重くて大きなガラスの灰皿が砕けて転がっていた。

それは、瀬櫛刊京が、父に対して行った「義挙」の光景だったが、橋本の知るところでは、ない。

SPを死体に変えて、橋本は無機質に弾倉を取り替え、階段を駆け下り、五階からここへ飛びかかろうとした別のSPの足下を撃った。

銃弾はSPの足下で弾け、先ほど手を挙げていたSPは、慌てて引っ込む。

「そこに居ろ、降りてきたら遠慮なく、殺す！」

橋本の怒声は、大きく反響した。

「すみま……せん、せんぱ、い」

マスクから覗く、香の目元が笑った。

「相手、が悪党、なら、って思った……けど、SPは……何も、しらないな、って思った

「……ら……たい……たい……」

けふ、と香の口から血が溢れ、橋本は思わず香のマスクを剝がした。

さらに香が血を吐く。

ニューナンブの五発の弾丸のうち、少なくとも一発はどうやら、防弾ベストの脇にある隙間から、身体内に飛び込み、肋骨に沿って香の中を駆け巡ったらしい。

戦場の運は、最後の最後で比村香を見放した。

「対応が遅れたんだな、判ってる」

みるみる血が溢れていく。酷い勢いだ。

病院は間に合わない。

目に見えて判る。

香は、ここで、死ぬ。

自分と違い、比村(ひむら)香が数日前まで、現役の警部だったことを、警察官だったことを、その重みを、忘れていた。

ここに行かせるべきでは無かった。一般警官と対決する場所に。

トリルヴィーを追わせるべきだった。

橋本は腰のパウチから、救急セットを取り出し、出血点を探した。

右の脇の下。小さな、38口径の開けた穴。

傷口にありったけの止血剤と、ガーゼを押し当て、芯を潰してコンパクトにした、ダクトテープで固定し、首筋にペン型注射器でモルヒネを投与する。

ガーゼはすぐに真っ赤になった。

香のパウチもあさり、彼女の分のモルヒネも打つ。

死ぬにしても、痛みで苦しめたくはなかった、絶対に。

「せんぱい……おいていかないで、ください」

かすれた声で、香は言った。

「もちろんだ。当たり前だ」

橋本は何度も頷いた。少しでも呼吸しやすいよう、顔を覆っていたスキーマスクを脱がせ、香の手を握りしめて。

「わたしがしんでも、つれてってください……ね」

「馬鹿なことを言うな」

橋本はパウチからパラコードを取りだし、互いの身体を縛り合うようにして、香を背負った。

「痛くないか」

「もるひね、効いてるみたいで……楽です。でも、ちょっと……さむい」

モルヒネの作用による多幸感に、早くも香は包まれているようだった。

「しっかり、摑まってろ、ポンコツ」

橋本は、なるべく香を揺らさないようにしながら階段を降りていく。

歩きながら、いっそ、ＳＰの誰かが自分たちを追いかけて銃撃して、自分も殺してくれないか、と思ったが、誰も五階から降りてくることは無かった。

「すまんな、本当はお前、まだ警官でいたかっただろう」

「いーえー。いーんですよぉ、せんぱい。わたし、たのしんでました。ＫＵＤＡＮ、たのしかったです。いのちがけのすりる、すぴーど、それと……えっち」

うふふ、と香は笑った。

「あの、ですね……先輩」

「なんだ」

「これ、おわったら……お……願い、した……かった……んで、す……け……れど」

「なんでも聞いてやるぞ、ポンコツ。金は入るんだ」

目の前の風景がぐにゃりと歪んだ。

天井のＬＥＤ照明が笑ってる。

自分が泣いていることに、橋本は驚いた。

「あの……でしゅ、ね……おわったら、日本から出られたら、いーっぱい、いーっぱい」

香の声が不意に途切れ、

「おい、どうした、一杯なにがしたいんだ」

橋本は身体を揺すって、旅立ちそうになった香を呼び戻す。

「あ、気持ちよくって……ねちゃいそ……そうそう、いーぱい、えっちして……ください……ね?」

くすくすと、香が笑った。

「ああ、してやるぞ、お前が眠れなくなるぐらい、毎晩かわいがってやる」

「おねがい、しますね……わたし、もう、せんぱいなしじゃ……いきて……け……ないから」

「俺は一人でもやっていけるぞ、ポンコツ」

「それと、ポンコツ、じゃ……な……くてぇ、〈ケイ〉でも、なく、て……か・お・り、って呼んでクダサイ……ずっと」

「皆の前でもか?」

「だって、もう秘……密、なん……か、守る……ひつよう、ない、でしょ?」

「そうだな、俺ももう〈ボス〉じゃなくていいか」

「そうです、よ……みんな、本当の名前で……家族です、家族」

「随分と爛れた家族だな、おい」

　橋本は笑顔を浮かべた。

「い、い、じゃ、ない、です、かぁ……もう、隠すこと、なんて、……名前だけ。せんゆう、です、よぉ……もう、かぞく、です」

「そうだな。そうだな」

　停めておいたバイクが見えてきた。

「〈ボス〉！」

〈ツネマサ〉が駆け寄ってきた。

「〈トマ〉、生きてましたよ！……〈ケイ〉さん！」

〈ツネマサ〉の向こうに、トリルヴィーの制服を着て、まだしゃくり上げている〈トマ〉と、それを胸に抱いて「よしよし」と頭を撫でている〈時雨〉と〈狭霧〉がいる。

「見ろ……ポンコツ、香。〈トマ〉、生きてたぞ」

「あ……」

　背中で、香が身じろぎした。

顔を上げた吐息が、橋本の首筋から頬に掛けて当たる。

湯気があがったのが、橋本の視界の隅に見えた。そのまま建物をするりと抜けて、天空へ昇っていくように。

「よかった……〈トマ〉くん、無事……で」

そのまま、ことり、と柔らかい、血の気を失った白い頬が、橋本の肩にそっと押し当てられて、二度と比村香は動かなくなった。

終章　ブルー・スカイ・ブルー

★

二ヶ月後。

橋本(はしもと)たちの姿は、年末の東京湾の彼方(かなた)にあった。

疫病蔓延(まんえん)以来、久々に世界一周旅行に出る、豪華客船の客として。

空は冬にしては珍しく青空。

甲板の上には日本との別れを告げる客がそれなりの数集まっていた。

疫病前とは比べものにならないほどの少人数だが、その分、人々の顔には経済的余裕を持つ者たちの穏やかさがある。

肩の包帯が取れ、髪を伸ばした〈トマ〉は冬物の黒いコート姿で、〈狭霧(さぎり)〉と〈時雨(しぐれ)〉の間に挟まれ、少し離れたところで薬指に同じデザインの指輪を塡(は)めた〈ツネマサ〉と優(ゆ)

樹菜（きな）が、肩を寄せ合って何事か話をしている。

　船内から出てきた、モコモコに着ぶくれした〈ユア〉と、逆にそれでいいのかと言うほど薄いベンチコートを羽織っただけの斗和（とわ）が、〈トマ〉たちの所へ行きながら声をかけ、三人が笑って手を挙げる。

　橋本は彼らから離れた展望デッキの上からそれを見下ろしていた。

　数時間前に船に乗り込んだときの背広にコート姿のままである。

　香（かおり）の遺体はすでに灰として、銀の小さなカプセルに封入され、橋本の胸ポケットの内にある。

　これから行く所の土に、埋めてやるつもりだ。残りの灰は、香の両親の元に送ってある——なんだかんだで結局、日本に残ることにした足柄（あしがら）の話によると、どうやら両親は娘が二人用に残した遺言（ゆいごん）通り、香の祖父母が眠る瀬戸内海に散骨したそうだ。

「これで、一段落、ね」

　ゴージャスなボア付のコートを羽織（はお）った〈ポーター〉が声をかけた。

「ところで、貴方（あなた）に別れを言いたい人がいるみたいよ？」

　そう言って、しなやかなゴートスキンの手袋に包まれた長い指が、絶滅危惧種となった折りたたみ携帯を手渡した。

「電源を入れて」

　肩を叩いて船内に去って行く。

　言われたとおりにすると、自動的にどこかのスマホに電話をかけた。

『よう、幽霊。そろそろ来る時間だと思ってたぞ』

　公安の植木(うえき)の声だった。

「生きてたか、植木屋」

『かろうじてな――お前、最後の最後にとんでもないことしでかしてくれたな？』

「何の事だ？」

『例の経済研究所炎上の一件だよ。せっかく復活した瀬櫛吉郎(せぐしよしお)、あの夜、内閣府差し回しの緊急ヘリで逃げたはいいが、ヘリが空港に降りた途端、脳溢血(のういっけつ)でおっ死(ち)んだってニュース、見てないのか？』

「引退した政治家が復活しかけて死んだぐらいで大騒ぎになるのか？」

　どうやらあの晩ＳＰごと撃ち殺したのは元総理らしい。

　そして、射殺されたのではない、となったようだ。

　当然だろう。元がつくとはいえ、日本の首相が暗殺されることなど、二度とあってはならないからだ。

『惚けるな。未だに与党は上を下への大騒ぎだ……息子の瀬櫛刊京も心臓発作起こして、おっ死んじまうしな』

親子そろって、死の真相は隠されることになったらしい。

「俺たちは国の安全を守るために戦ったんだ、政治家のためじゃない。それに俺は偉い連中には指一本触れてないぞ。あの三人を除いて」

その中の一人とは、香を撃ったSPのことだ。

『……比村警部の事は聞いた』

「誰からだ？」

『肌の真っ黒な別嬪さんだ……残念だよ』

「〈ポーター〉のお節介め」

『栗原警視監は二階級特進だそうだ』

「本人が聞いたら鼻を鳴らして笑ってるな」

『比村警部も、二階級特進だ』

「どういうことだ？」

『お前等への、女子高生殺人の容疑は晴れたってことさ……少なくともそうじゃなきゃ、政府がやってられんのだろうよ』

「まあどうでもいいさ。俺はこの国に愛想が尽きた」

『一生に一度、そういう格好いい台詞を言ってみたいが、そう言わなくても、もうお前等は日本には居られないしな……もう公海にでるころか？』

「ああ、戻る気もない」

『しぶとく生き延びろよ。俺と家族の安寧はお前が生きて俺の役に立つことに掛かってる』

「勝手な野郎だ……わかったよ」

苦笑し、橋本は携帯電話を切ると、誰も見ていないことを確認してから、海に投げ捨てた。

白い波濤の中に小さな携帯電話は飲み込まれ、消えた。

暖かい船内に戻ると、シャンデリアの光溢れるラウンジのテーブルの一つで、〈ポーター〉が待っていた。

「さて、契約の話だけど」

「シンプルにいこう、一件遂行するごとに掛け金の一割が我々の取り分、扱う事件で得た金銭や物資、人間などを処理する権利は全部俺たちのもの、そして——社会的正義の遂行にのみ、俺たちはアンタの駒になる。それ以外はお断りだ、騙されたらアンタでも殺す」

「シンプルね。いいでしょ。そろそろ露悪を気取るのも飽きてきたわ。偽善でも善を行いたい時代が来た、ってところね」

「そういえば、あんたがご所望だった子供のＩＮＣＯ（おなかま）はどうなった？」

「二ヶ月前、日本のとある官僚のお孫さんのことを皮切りに、彼は世界中で役に立っているわ」

とだけ、〈ポーター〉は答えた。それ以上の質問は受け付けない、と眼が告げている。

「俺たちも、場合によってはそうなる、ということか？」

「それはあなたたちの運と努力次第」

いって〈ポーター〉は艶然（えんぜん）と微笑（ほほえ）み、ウェイターに軽く目線を送って呼び寄せた。

「何か飲む？」

「ジントニック」

そう言って橋本はラウンジのソファーに身を沈め直した。

これからはＩＮＣＯ（インコ）の仕掛けるゲームで「善」の側に立つ。

偉大なる偽善。金儲（かねもう）けの正義。

それでも、露悪や偽悪より、なにより無関心や無反応、見て見ぬフリよりマシだ。

耐えられなくなったら、消えればいい。

元々、「くだん」とは、警告したらいなくなる妖怪変化だ。

(そういえば、あのとき、結婚でもするかと聞いていたら、お前はどう答えたんだろう)

ふと、どうしようもない過去のことが橋本の胸に去来する。

(そう言えば、お前を俺は守れただろうか。あるいはあのとき下の階に行かせ、自分一人で上に向かうべきだったのか)

そして、自らの手で撃ち殺した徐と、任務を遂行しただけの若いＳＰの顔が浮かぶ。

ともあれ、生き延びた。生き延びてしまった。

なら、生きるだけだ。

「外の連中を呼んでくる」

言い置いて、橋本は再び外に出て、展望デッキを降りた。

汽笛が長い尾を引いて日本に別れを告げた。

先輩。

橋本はふと、香が側にいるような気がして振り向いたが、そこには空と、輝く海が広がるばかりで、苦笑しながら頭を振った。

我ながらメランコリックが過ぎる。

苦笑は自嘲に変わり、すぐ消えた。

まずは、明日の事だ。生きていくことだ。

橋本は仲間たちに、これからのＫＵＤＡＮ（クダン）の未来について話し合うため、再び甲板を歩き出した。

白銀の波間に、失った者、得た者、取り戻した者、戻ってきた者たちを乗せて、船は日本を離れていく。

（終）

この作品は徳間文庫のために書下されました。
なお本作品はフィクションであり実在の個人・団体などとは一切関係がありません。

徳間文庫

警察庁私設特務部隊KUDAN

エレウシス・プラン

2023年1月15日 初刷

著者 神野（かみの）オキナ
発行者 小宮英行
発行所 株式会社徳間書店
東京都品川区上大崎三－一－一
目黒セントラルスクエア 〒141－8202
電話 編集〇三（五四〇三）四三四九
販売〇四九（二九三）五五二一
振替 〇〇一四〇－〇－四四三九二
印刷
製本 大日本印刷株式会社

ISBN978-4-19-894821-4 （乱丁、落丁本はお取りかえいたします）